학원을 끊고 유럽을 걷다

학원을 끊고 유럽을 걷다

발행일   2021년 4월 30일

지은이   김성한
펴낸이   손형국
펴낸곳   (주)북랩
편집인   선일영   편집   정두철, 윤성아, 배진용, 김현아, 박준
디자인   이현수, 한수희, 김민하, 김윤주, 허지혜   제작   박기성, 황동현, 구성우, 권태련
마케팅   김회란, 박진관
출판등록   2004. 12. 1(제2012-000051호)
주소   서울특별시 금천구 가산디지털 1로 168, 우림라이온스밸리 B동 B113~114호, C동 B101호
홈페이지   www.book.co.kr
전화번호   (02)2026-5777   팩스   (02)2026-5747

ISBN   979-11-6539-732-6 03810 (종이책)   979-11-6539-733-3 05810 (전자책)

아빠와 초딩 딸의
슬기로운 여행 이야기

학원을 끊고
유럽을 걷다

김성한 지음

북랩 book Lab

목차

I 아이와 여행하기 위해

II 아이와 여행하기 위한 슬기로운 여행 준비

들어가는 글

✕

함께 동행해 주시겠어요?

이 책은 아빠와 아이 둘이서 함께한 네 번, 55일간의 유럽 여행 이야기입니다. 유럽 열 곳의 나라, 서른네 곳의 도시와 마을을 걸으며 보고 듣고 나눴던 아빠와 딸의 이야기지요. 그리고 여행에서 만난 사람들의 이야기도 같이 담겨 있습니다.

처음엔 기록으로 남겨야겠다고 시작한 여행기였습니다. 그렇게 한 번씩 다녀온 여행기를 몇 년의 기록으로 쌓아가니 제 블로그로 유입되는 가장 많은 검색어가 '아이와 유럽 여행'이었습니다. 그만큼 아이와 함께 여행을 준비하는 분들이 점점 많아지고 있다는 뜻이겠지요. 그래서 아이와 여행을 준비하는 분들과 먼저 다녀온 경험을 나누고 싶었습니다. 여행에서 경험한 많은 이야기들 중에서 꼭 들려 드리고 싶은 이야기들을 모으고 다듬어 책으로 펴내게 되었습니다.

한때 <아빠 어디가> 라는 프로그램이 유행한 적이 있었습니다. 특별해 보일 것 없는 콘셉트의 프로그램이었는데 아빠와 함께 가는 여행이 그만큼 사람들의 눈에 신선했나 봅니다. 엄마와 여행을 떠나는 모습은 흔히 볼 수 있지만 부녀가 여행을 떠나니 낯선 시선을 많이 받았습니다. 외국인들조차도 우리 부녀를 호기심을 가지고 보았습니다. 책을 준비하면서 만난 어느 출판 전문가가 그렇게 말하더군요. "우리나라에서 제일 안 팔리는 책이 '아빠'라는 단어가 들어간 육아서"라고.

아이의 몸과 마음이 예쁘게 성장해서 이 불안하고 시시각각 변하는 세상에서 '평온한 마음'을 지니고 살았으면 하는 게 세상 모든 부모의 마음일 것이라 생각합니다. 저는 그 마음을 보여줄 수단으로 '아이와 함께하는 여행'이 어떨까 했죠. 물론 제가 여행을 좋아하는 탓이라는 것을 고백하지 않을 수는 없네요.

한 철학자는 "기러기가 날 수 있는 건 어미의 날갯짓을 따라 하기 때문"이라고 했습니다. 아이와 함께 낯선 도시의 골목길을 탐험하고 답사하듯 걷고, 예기치 못한 위기 상황에서 당황할 때 아이와 함께 해결하면서 서로 의지하고 연대감을 느꼈습니다. 여행에서 만나는 새로운 순간순간을 대하는 아빠의 태도를 아이는 보았을 것입니다. 그게 아이에게 아빠가 보여주는 삶의 태도이자 생생한 삶의 경험을 통한 학습이라고 여겼습니다. 또한 그것이 아이가 따라 할 '어미의 날갯짓'이었으리라 믿습니다. 이런 이유가 '아이와 여행'할 용기를 주었습니다. 그런 점에서 아이와 여행을 하는 아빠가 좀 더 많아지면 좋겠습니다. 저한테도 저와 같은 처지의 동지가 필요하거든요.

아이가 태어나 자라면서 아빠와 아이는 멀어지고 있는 것인지도 모릅니다. 아이와의 '심리적 탯줄' 연결이 점점 얇아져 가고 있고 아이가 더 자라면 그 약한 연결마저 끊어지지 않을까 하는 불안이 아이가 자라듯 부모의 마음에도 함께 자라고 있는 건 아닐까요? 그러나 아이와의 여행을 통해 함께 한 기억과 경험이 곰비임비 달콤해진다면 우리는 그 불안에 맞서 미립 날 수 있을 겁니다.

저희와 함께 따라와 주면 좋겠습니다. 독자가 아니라 아이스크림 하나 사서 함께 여행하며 떠나는 동행자가 되어 주세요. 지금부터 자동차도 타고, 기차도 타고 비행기도 타고 함께 여행 가는 겁니다. 그럼 이제 출발해 볼까요?

감사합니다.

2021년 5월
김성한

I

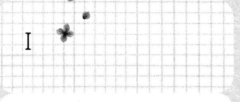

아이와
여행하기 위해

아이와
여행한다는 것의 의미

인간은 누구나 불안하다. 삶 자체가 어쩌면 불안에서 출발해 불안에서 끝을 맺는 일인지도 모른다. 누군가는 삶이 하나의 불안을 다른 불안으로 대체하는 과정이라고도 했다. 그러나 그 불안으로 인해서 우리는 좀 더 나은 나, 좀 더 나은 환경을 만들어 왔다. 자신이 계획한 대로 일이 이루어지기를 원했고, 내가 떠나는 길에 그 어떤 사고도 없기를 바랐다.

그러나 그런 삶을 만나본 경험은 거의 없다. 김영하는 『여행의 의미』에서 여행은 일상으로부터 완벽히 멀어지는 일이며 "과거에 대한 후회와 미래에 대한 불안, 우리의 현재를 위협하는 이 어두운 두 그림자로부터 벗어날 수 있기 때문이다."라고 했다.

여행의 의미는 여기에 있다. 이렇게 불안으로 둘러싸인 우리의 삶에서 여행은 온전한 하루를 계획해 보는 일이다. 우리의 일상을 아침부터 저녁까지 빼곡하게 계획해서 보내는 날이 얼마나 되겠는가. 아침에는 무얼 먹고 점심에는 누구와 어딜 가고 오후에는 무엇을 타고 어떤 저녁을 보낼 것인가 하는 계획 말이다. 하루를 완벽하게 내 계획 안에 놓아보는 것이다. 김진애 작가의 『도시의 숲에서 인간을 발견하다』에서는 "온전한 하루를 보내고 나면 항상 쫓기는 느낌에서 자유로워질 것이다. 마감에 쫓기고 부탁에 쫓기고 남과의 관계에 쫓기며 사는 데에서 벗어난다는 것이 얼마나 자신의 영혼을 자유롭게 하는지 알게 될 것이다."라고 했다. 그렇다. 불안과 동거할 운명인 우리가 온전한 하루를 통해 영혼까지 자유로워지는 경험을 할 수 있는 일이 여행이다.

한편 여행의 경험을 곰곰이 되짚어보면 '온전한 하루'라는 말에 의심도 든다. 정말 내 계획 안에 여행은 다 들어 있었던가. 거의 그렇진 않았다. 계획대로 모두 다 이루어지는 것은 여행일 수 없다. '뜻밖'의 것이 없기 때문이다. 계획대로 모든 것이 이루어지는 일이라면 이미 내 안에 있는 모든 지식과 경험의 재탕일 뿐이지 않겠는가. 여행을 하다 보면 길을 잃거나, 맛집에 실패하고 쫄쫄 굶기도 하고, 기차는 연착되고, 스마트폰은 소매치기를 당해 영혼까지 탈탈 털리는 등 정말 센 변수와 만나고 나면 그 자리에 주저앉아버리고 싶을 때도 있다. 계획에 없던 이 일은 새로운 불안이 된다.

바로 이 순간, 우리는 길을 찾기 위해 가능한 모든 지혜를 끌어모은다. 진정한 몰입의 순간이 온다. 그리고 아마 대부분 길을 찾을 것이다. 길을 찾은 우리는 비로소 알랭 드 보통이 말한 '좀 더 나은 나'가 되는 것이 아닐까. 여행의 의미는 일상의 불안을 새로운 불안으로 대체해 가면서 성장하는 과정과 다름없다. 경험을 통해 우리는 새로운 차원의 인간성을 얻을 수 있는 것이다.

삶의 행복은 재미와 의미를 추구하는 일이다. 우리는 재미가 있으면서 나에게 의미까지 있는 일을 할 때 가장 행복감을 느낀다고 한다. 재미는 없지만 의미 있는 일의 가장 대표적인 것이 '밥벌이'이고 우리의 우울 지수가 가장 높은 시간은 일요일 저녁 해가 지고 나면서부터다. 그저 그런 사람들과의 술자리는 재미는 있을지언정 큰 의미는 없다. 신나게 마시고 수다 떨고 돌아오는 길에 내 마음은 왠지 더 허전하기만 하다.

그럼 재미도 있고, 의미도 있는 일의 가장 큰 교집합은 무얼까? 바로 그게 '여행'이라는 행복심리 연구 결과가 있다. 여행은 일상으로부터 벗어나는 해방감도 있고 새로운 경험을 주고, 두근거리는 낮은 수준의 긴장감, 약간의 불편함 모두 의미 있게 받아들이는 것이다. 여행의 의미가 일상의 벗어남을 통한 새로운 의미를 발견하고 또 그 속에서 재미를 찾고, 온전한 나의 시간에서 얻는 훌륭한 경험이라면 아이와의 여행에서는 그것을 어떤 의미로 해석할 수 있을까.

나는 부모다. 아빠다. 아빠가 아이에게 무엇을 해 줄 수 있을까. 아이가 성장하며 겪을 모든 시련과 어려움을 부모가 대신해 줄 수는 없다. 그럴 능력도 의지도 없다. 금수저로 살 수 있도록 물려줄 건물이 있는 것도 아니다.

아빠로서 바라는 일은 아이가 올바르게 성장해 적당한 자존감과 공감 능력을 갖추고 살기를 바란다. 삶의 버거움 앞에서 지치고 엎어지더라도 넉넉한 마음으로 회복할 수 있는 회복탄력성을 갖춘 사람이 되길 바란다. 그리고 욕심을 좀 더 내자면 끊임없이 성장하는 사람으로 살길 바란다. 이 바람은 돈을 많이 번다거나 늘 행복한 삶을 사는 것과는 다르다. 사람을 이해하고, 새로운 생각을 덜 낯설게 받아들이길 바라는 것이다. 그러면서 내 아이가 세상과 조화롭게 성장하며 살길 바란다. 이 바람을 이루어줄 수단이 여행이라 믿는다.

뇌가 성장하는 동력은 연결이라고 한다. 신경세포의 자람을 통해 일어나는 뉴런의 연결이 강화되면 성장이 일어나는 것이다. 그리고 그것이 얼만큼 지속되느냐에 따라 성장의 크기가 결정된다. 뇌의 신경 세포를 자라게 하는 데는 운동과 더불어 필요한 것이 새로운 경험과 자극으로 생겨나는 새로운 생각을 받아들이는 일이다.

여행은 새로운 경험과 나의 연결이다. 세상과 나의 연결이고, 사람과 사람의 연결이고, 지식과 나의 연결이다. 그리고 걷기다. 즉 뇌에게 '새로고침 F5'의 자극을 줄 수 있는 것이 여행을 통한 연결이다. 뇌 과학자 정재승 박사도 '독서와 여행, 사람 만나기' 이 세 가지는 지나치게 강조해도 모자란다고 했다. 새로운 자극을 위해서는 낯선 환경을 만들어 내는 것이 중요한데 그는 하다못해 살던 곳에서 벗어나 이사라도 가 보라고 한다. 이사 대신 아이의 성장을 위해 새로운 환경 만들어 주기로 여행을 택한 것이다.

피카소의 그림은 여행 중에 그린 작품이 더 비싸게 낙찰되었다고 한다. 고흐가 가장 많은 그림을 그린 곳도 남프랑스를 여행할 때였다. 박지원과 셰익스피어는 새로운 세상과 신문물에 대한 충격을 '열하일기'와 '이탈리아 기행'으로 남겼다. 뉘른베르크의 화가 뒤러는 플랑드르 지방과 이탈리아 여행을 통해서 르네상스 미술을 독일로 가져와 꽃 피웠고, 브루넬레스키는 로마로 떠났기에 그 거대한 피렌체 대성당의 돔을 완성할 수 있었다. 오늘날까지 이어지는 사고와 사유의 틀을 만들어 낸 이들은 2500년 전 자유로이 폴리스의 극장을 여행하던 그리스인들이었다. 그 사유의 틀로 창조적인 일을 하는 시인과 소설가도 끊임없이 여행하며 새로운 생각과 만나는 순간을 글로 담아낸다.

이 많은 사람들이 쌓아 만든 경험적 증거들을 통해 나는 여행이 아이를 겸손하고 행복하게 성장시켜줄 것이라 믿는다. 그래서 아이와 여행한다. 사람은 홀로 서 있는 것이 아니다. 이 온 우주와 아이의 의식은 연결되어 있다고 믿는다. 여행을 통해 아이와 세상의 행복하고 의미 있는 연결을 만들 기회를 주고 싶다. 이것이 아이와 여행을 하는 의미이며, 적금을 깨고 시간을 들여 내가 아이에게 해 줄 수 있는 가장 큰 일이다.

아이는
아이의 눈으로 여행을 한다

　아이와 단둘이 처음 여행을 떠난 것은 아이가 8살이던 때, 한여름 방콕이었다. 그저 물놀이를 좋아하고 이미 여러 번 다녀온 곳이라는 이유만으로 9박을 방콕, 그해 여름 거기서 보냈다. 그리고 9살, 10살, 11살, 12살 차례로 제주, 암스테르담, 쾰른, 파리와 프랑스 남동부, 스위스 이탈리아, 런던, 스페인, 뮌헨과 바이에른, 프라하, 부다페스트를 다녀왔다.

　내가 아이와 단둘이 여행을 하게 된 이유는 의외로 너무나 현실적인 이유에서였다. 아내가 장거리 비행을 못 한다는 것이다. 비행기를 타면 좌석 앞에 멀미용 봉투가 있는데 이런 봉투는 누가 쓰나 하는 걸까, 비행기 멀미를 하는 사람이 있나 했는데 그 사람이 아이 엄마였다. 그리고 세상에서 태어나 자라날 아이에게 내가 해 줄 수 있는 것은 '네가 생각하는 것보다 네가 살아가는 세상은 훨씬 더 크고 넓고 다양한 모습이 있어.'라는 것을 보여주고 싶은 막연한 생각도 함께 있었다.

아이와의 첫 여행은 참 쉬웠다. 이미 아이가 두 번 다녀온 곳이니 익숙하겠지, 잘하겠지, 라고 생각했다. 하지만 공항버스를 타자마자 아이는 엄마가 보고 싶다고 훌쩍거리고 울었다. '이제 겨우 8살짜리 아이인데 내가 잘 하고 있는 것일까.'라는 생각이 스쳤다. 가끔 엄마가 보고 싶다고 우는 아이를 달래 가며 9박 10일을 오롯이 수영장에서 놀며 지쳐 쓰러질 때까지 수영장에서 살았다. 여행 8일째 날 아침 아이는 "이제 수영 그만하자." 이 말로 단박에 여행을 정리해 버렸다. 물놀이라면 세상 그 무엇보다 좋아하는 아이였는데 말이다.

두 번째 여행은 오롯이 모험이었다. 아이와 함께 거대한 알프스의 자연을 누벼보고 싶었다. 그린델발트에서 트로티 바이크를 타고 영화 사운드 오브 뮤직에 나오는 그 멋진 풍경을 보며 달려보고 싶었다. 아이는 그때까지 자전거도 탈 줄 몰랐다. 아파트 내리막길에서 자전거 연습을 100번쯤 했을 때, '그래. 이제 떠날 수 있겠다.' 싶었다. 아이에게 자전거를 배우게 한 목적은 오직 알프스를 즐기고자 함이었다. 10시간. 5시간의 장거리 비행도 처음이었거니와 유럽의 멋진 풍경들, 그 앞에서 보고 싶은 엄마, 지루함, 따라 걷기 등등 걱정했던 것들을 아이가 다 이겨낼 줄 알았다.

그. 러. 나.

암스테르담의 고흐 미술관 앞 놀이터!

파리 노트르담 성당 마로니에 나무 뒤 놀이터!

스위스 그린델발트 아이거 북벽 만년설 아래 놀이터!

아이의 유럽 여행은 놀이터 여행이었다.

개선문을 오를 때도, 노르트담 성당을 오를 때도 아이를 업고 백 개가 넘는 계단을 걸어 올라갔다. 아이를 업고 계단을 200개쯤 올라가서 기다리고 기다렸다. 힘들게 올라간 에펠탑 꼭대기에 다다른 지 1분 만에 아이가 한 첫 마디는 "아빠 목말라. 내려가자."였다. 루브르, 오르세, 잘츠부르크, 암스테르담…. 내가 어릴 적부터 동경해 온 장소에 이르니 눈이 휘둥그레지는 상황이었지만 아이는 곧잘 "이제 그만 나가자~ 지겨워~"라고 했다. 여행에서 돌아오는 비행기 안에서 아이에게 물었다.

"이번 여행에서 뭐가 가장 기억에 남니?"

아이의 대답은 내 예상과 전혀 달랐다. 멋진 루브르나 베르사유도 아니었고 거대했던 쾰른 대성당이나, 노이슈반슈타인 성도 아니었다. 키와 몸무게 미달로 타지 못했던 **그린델발트의 짚라인과 카트라고 답했다. 그리고 알프스의 눈이 녹아 흐르던 계곡의 물맛!**

세 번째 여행은 아이와 7박을 함께 한 제주 여행이었다. 이제 아이는 제법 자라 말도 통하고 재잘거리며 책에서 본 것들을 함께 이야기에 녹여내기도 한다. 어디서 무얼 할지, 어떤 풍경이 눈에 들어오는지, 어디에서 더 머물고 싶은지, 먹고 싶은 게 무엇인지. 정확히 말할 때가 되었다. 그러다 보니 가끔은 의견 충돌이 일어났다. 아이는 별빛누리 공원에서 보이는 별과 곽지과물 해수욕장에서의 스노클링 그리고 고기국수 등을 말했지만 자기가 하고 싶지 않은 일, 가고 싶지 않은 곳엔 단호했다. 여행 마지막 날엔 낮은 바다에 발을 담그며 바윗돌 사이를 혼자 걷는 나에게 아이는 "이러다 비행기 놓치겠다. 좀 더 빨리 가자." 하더니 공항에서 한마디 던졌다.

"그런데 전복죽을 안 먹었다. 제주 전복죽. 전복죽 먹자."
'헛! 앞으로 이 아이와의 여행…. 감당할 수 있을까?'

열흘간의 이탈리아 여행에서 이제 아이는 더 이상 나를 따라만 다니는 존재가 아니었다. 그날 입을 옷을 결정하는 것부터 먹는 것에 관해 자기 선택이 확실해졌다. 함께 걸으면서 만난 로마의 골목길에 대한 자신만의 호불호가 담긴 감정을 드러냈고, 바티칸에서 아테네 학당이나 천지창조를 보고 이야기할 줄도 알았으며, 피사의 사탑에서 '나는 저길 꼭 올라가야겠노라.'라며 자기주장을 굽히지 않았다. 베로나에서 밀라노로 가는 길엔 아예 여행 책자를 자기가 들고 다녔다. 많게는 하루 22km를 따라 걸어 녹신녹신해진 몸과 마음으로도 아이는 자기중심을 잃지 않았다. 물론 여행의 마지막 날, 반쯤 잠이 깰 듯 말 듯한 상태로 "오늘은 어디 가지 말자. 그만 가자. 너무 힘들어."라고 하는 아이를 깨워 밀라노의 겨울바람을 맞게 했다.

왜 아이와 여행하려고 하는가? 아이가 여행을 즐기고 많은 것을 보고 느끼길 기대한다면 아이를 기다려주어야 한다. 아이가 스스로 즐기고 느낄 때를.

12시간을 날아 어렵게 온 여행지에서 아이가 고작 놀이터에서 시간을 보낸다 하더라도, 에펠탑, 모나리자 같은 명화 앞에서 사진은커녕 빨리 나가자 보채더라도, 에스까르고나 학센, 퐁듀 앞에서 아이가 햇반과 컵라면이 먹고 싶다 하더라도, 페스탈로치, 미켈란젤로, 단테, 모차르트 앞에서 초콜릿과 젤라또만을 찾더라도,

자기가 호그와트 학교 졸업생으로 마법 지팡이를 지닌 마법사라 여기더라도 말이다. 퇴근하고 돌아온 어느 날 아이가 서재에서 꺼내 보고 있던 책에서 눈을 떼며 하는 말.

"아빠 스페인은 언제 갈 거야? 나 이번엔 스페인 가 보고 싶어."

아이는 아빠 모르게 커 가고 있었다. 엄마도 모르게 커 가고 있다. 아이에겐 아이의 여행이 되도록 해 주어야 한다. 엄마 아빠가 만들어주고 따라만 다닌 여행은 아이의 여행 기억으로 남지 않는다. 아이와 여행을 위해 기억해야 할 것은 '아이는 아이의 눈으로 여행하게 될 것'이라는 것이다. 내가 경험한 세월의 부피와 질감은 아이의 그것과 결이 닮았을지언정 같을 수는 없음을 우리는 캐리어를 들고 집 현관문을 여는 순간부터 명심해야 한다. 그저 당신은 데려다주고 안내해 주고 보호해 주는 친절한 조력자로서 노력해야 한다. 그러한 여행이 오롯이 아이의 기억에 남아 아이를 성장하게 할 테니 말이다.

아이도
아이만의 여행 계획이 필요하다

> 우리가 실천의 한계를 극복하기 위해 가장 먼저 해야 할 일은 태도의 변화
> 다. 태도는 영어로 attitude라고 번역하지만 심리학 용어로서 attitude는
> '태도'라는 우리말과는 살짝 뉘앙스가 다르다. 정신과 전문의 김진세 박사
> 는 저서 〈에티튜드〉에서 "에티튜드는 라틴어 앱투스에서 기원한 것으로
> '준비' 혹은 '적응'이라는 의미로 쓰이는 말이며 어원적 의미로 따지면 무언
> 가를 행할 준비가 된 상태쯤을 지칭하는 말"이라고 설명한다.
> -박경철, 『시골의사 박경철의 자기혁명』 중에서

파리 여행 나흘째 되던 날, 파리 이에나 시장을 둘러보고 오르
셰 미술관을 가기 위해 버스를 탔다. 거기서 한국인 가족을 만나
게 되었다. 마침 그 가족도 오르셰 미술관에 가는 길이라고 했다.
파리 시내 버스에서 만난 한국인이라 서로 반갑게 인사를 나누
고 나도 동행하게 되었는데 버스에서 내리자 그 집 6학년된 남자
아이가 길을 너무도 잘 알고 있는 것이었다.

"파리에 여러 번 오셨나 봐요. 아이가 어떻게 저렇게 길을 잘

알죠?"

"처음이에요. 우린 쟤 없으면 여행 못 다녀요. 얘가 우리를 다 데리고 다니죠."

이 아이가 다녀온 파리와 부모나 다른 단체에서 함께 따라온 아이들이 다녀온 파리가 같은 기억으로 남았을까. 아이는 커서도 내가 이끌고 다녔던 그 파리의 버스정류장에서부터 오르셰 가는 길을 기억할 것이다. 아니 온 파리가 자기의 여행 기억으로 가득할 것이다.

파리 몽마르트와 이탈리아 베로나에서 단체 여행 온 한국 아이들을 볼 수 있었다. 이름만 대면 아는 유명한 영어 학원에서 온 아이들이었다. 대개 자기들끼리 놀고 쉴 새 없이 떠드느라 나와 마주치기 전 저 멀리서부터 주변 온 동네가 한국말로 가득했다. 아이들에게 물어보았다.

"내일은 어디 가는지 아니?"

"어… 모르겠는데요."

아이와 여행을 준비할 때 대개 부모들은 이런 정보만 알려준다.

"우린 ○○○로 갈 거야. ○박 ○일이야."

"가서 최대한 많이 보고 잘 따라다녀. 동생이랑 싸우지 말고."

"말 잘 들으면 가서 맛있는 거 사줄 거야."

"오늘은 어디 어디 갈 거야. 가서 뭘 보고 뭘 볼 거야. 그리고 맛집 어디를 갈 거야. 그 나라 음식도 좀 먹어봐. 이것도 다 경험이야."

이렇게 제한적인 정보를 주고 아이들의 기억에 오래도록 남는 여행을 기대할 수 있을까? 이제 아이들에게도 아이들이 여행이 될 수 있는 상태, 준비된 적응 상태를 만들어주면 어떨까. 다음과 같이 아이와 함께 여행을 준비해 보자.

첫째, 아이와 함께 여행 루트를 준비하며 스스로 알아보게 해 보자.

블로그나 항공기 추적 사이트, 여행 루트 어플을 통해서 우리가 타는 비행기의 이름은 무엇이며, 어떤 기내식들이 나오는지, 어느 나라 비행기이며 경유지는 어디인지, 지도 위에서 어떤 항로를 따라 지구의 어느 땅 위를 날아가는지를 이야기해 보자.

우리가 여행할 루트는 어떤 경로이며 무엇을 타고 도시 간 이동을 하게 되는지, 기차인지, 버스인지, 항공인지. 미리 정보를 보여주기도 하고, 여행할 도시 사진을 찾아보거나 먼저 다녀온 여행자들의 경험을 이야기하면서 아이는 무엇을 경험해 보고 싶은지 아이에게 물어보자.

아이는 아직도 암스테르담에서, 뉘른베르크에서 탔던 ICE를 기억하고 있었다. 트립어드바이저 평점 1위 맛집의 그 ICE는 흔들림이 없는 승차감이 가장 부드러운 기차였음을. 또 스테이크를 앞에 두고 시차 탓에 식탁에 쓰러지듯 잠들어버려 먹지 못하고 온 로마의 스테이크집은 언젠가 꼭 다시 가겠노라고 기억하고 있었다.

둘째, 아이가 가 보고 싶은 곳을 아이가 정하게 해 보자.

함께 서점에 가서 여행 책 두어 권을 같이 보면서 함께 여행할 나라에서 한 도시, 한 도시에서 한 곳 정도는 아이에게 선택권을 주고 그 선택에 맞게 일정을 계획해보면 어떨까. 그러면 아이는 자기가 선택한 여행지를 더 기대하게 되어 그 여행지만큼은 오래 기억하고 있을 것이다. 어른 사람도 그러하지 않은가.

이탈리아 여행에서 아이는 피사를 꼭 가 보고 싶어했다. 일정에서 넣을까 뺄까 고민했지만 아이의 선택을 밀어주기로 했다. 1월의 늦은 오후 피사역에서 몇 Km를 걸어 도착한 피사의 사탑을 보자마자 아이는 말했다.

"나 저기 올라갈래."

셋째, 여행을 떠나기 전 미리 체험해 보자.

미술관이나 박물관에 갈 거라면 어떤 그림들이, 어떤 유물들이 있는지, 고흐와 밀레에 대해서도 말이다. 여러 정보를 통해서 미리 알아보는 것이다. 유튜브 영상도 좋고, <세계테마기행>도 좋고, 책도 좋고, 체험전에도 미리 다녀오면 어떨까. 이탈리아에 가기 전 미리 미켈란젤로전을 가서 천지창조 그림을 보았고 안네의 일기도 같이 보았다. 스위스 그린델발트에서 트로티 바이크를 타고 내려오기 위해 집에서 아이에게 자전거를 가르치고 내리막길을 연습했다. 잘츠부르크를 가기 전에는 같이 영화를 보았고 도레미송을 불러보기도 했다.

어제 TV에 나온 미라벨 정원을 보자 아이는 "저기 내가 우산으로 반사판 비춰줬던 곳이네."라고 했다.

아이와 여행을 계획하고 있다면 부모를 따라가는 여행이 아니라 아이에게도 아이만의 여행에 대한 기대와 설렘을 만들어 주자. 그럼 어떤 일기와 기록된 영상의 추억보다 아이의 기억 속에 생생한 여행의 장면이 남을 수 있지 않을까.

오늘의 활동

총 일일 걸음 수

28302 / 6000

21.28 km   910 kcal

1시간 54분
걷기

II

아이와
여행하기 위한
슬기로운
여행 준비

비행기 예약은 이렇게 하기

수많은 사람들 속을 지나쳐 마지막 게이트야

나도 모르게 안절부절하고 있어

이럴 땐 침착해 좀 자연스럽게

파란 하늘 위로 훨훨 날아가겠죠

어려서 꿈꾸었던 비행기 타고

거북이의 '비행기'에 나오는 가사다.

탑승 게이트의 문이 열리고 탑승 연결교의 네모난 통로 속으로
걸어 들어가는 그 길지 않은 구간은 마치 이 세계와 다른 미지의
세계를 연결해 주는 신비의 다리 같은 느낌을 준다. 그 네모 속
공간을 걸을 땐 숨 쉬던 곳과 공기마저 다르게 느껴진다.

목적지에 도착하기 전까지 여행 과정 중에서 가장 설레는 순
간을 꼽으라면 첫 번째가 공항버스를 타고 인천대교를 지나 저기

멀리서 은빛 물고기 비늘의 인천공항 지붕이 보이기 시작하는 순간이다. '이제 진짜 여행을 하는구나.' 심장이 뛰기 시작한다. 탑승 수속을 마치고 수하물이 내 손을 떠나면 열 몇 시간 넘게 헤어져 각자의 자리에 머물게 된다.

출국장 입구의 긴 줄 안에 서서는 아이도 조마조마해 하기 시작한다. 간단한 검사인데도 보안 구역을 통과할 때면 아이는 많이 긴장을 한다. 가위며 동전이며 주머니와 가방에 든 위험물질(?) 탓에 몇 번 요란하게 울렸던 사이렌 소리에 대한 두려운 기억 때문일 것이다. 여권에 출국 도장이 '쾅' 찍히고 난 뒤 몇 걸음 걸으면 또 다른 신세계가 펼쳐지는 불투명한 유리문이 열린다. 면세점의 강한 향수 냄새와 불빛이 긴장되었던 그 시간을 단숨에 확 바꿔 놓는다. 그리고 마지막은 게이트가 열리고 탑승을 알리는 방송이 나오는 순간이다. 오래 준비해 온 '이 여행이 드디어 시작되는구나.' 하며 마치 전쟁에 나가는 장수가 된 듯 비장해지는 순간이기도 하다. 그리고 여행에서 돌아오는 날 '이제 이 여행의 마지막 그림이 그려지겠구나.' 하면서 출발할 때와 같은 의식이 여행지 맨 마지막 도시의 공항에서 똑같이 이루어진다.

이렇게 여행의 처음과 끝은 비행기와 함께한다. 비행기를 고르는 일이 여행이 시작이고, 비행기에서 내리는 순간이 현실 여행의 마지막이기 때문이다. 그래서 아이와의 여행에서 비행기 선택은 중요한 일 중에 하나다. 그러면 비행기는 어떻게 선택해야 할까.

비행기 선택에서 생각해야 할 것은 아무래도 가격이다. 얼마의 요금을 내야 가장 합리적이면서도 뿌듯한 자부심을 가지는 여행이 될 것인가. 여행 카페에서 단골로 올라오는 질문 중에 하나가 바로 이 가격이다. 주로 이런 질문이다. "○○항공 이 가격 괜찮나요?" 자기가 사는 비행기 가격이 비싸지는 않은지, 내가 제대로 잘 준비하고 있는 것인지 비행기 요금에서부터 신경이 쓰이는 것이다.

비행기 요금은 말 그대로 고무줄이다. 내가 산 가격에서 더 떨어지기도 하고 더 오르기도 한다. 하지만 대부분 시간이 지나면 비행기 가격은 오른다. 비행기의 요금 구조는 다양한 클래스에 따라서 요금이 매겨진다. 같은 비행기 이코노미라고 하더라도 그 안에서는 열 가지가 넘는 클래스가 있고 그 클래스마다 가격이 다르다. 물론 클래스마다 환불이나 좌석 승급, 마일리지 적용률도 다르다. 쉽게 말하면 비행기 안에 탄 사람들이 100명이면 100명의 요금이 다 다르다. 그러나 어쩌겠는가. 다 같은 이코노미 좌석인걸.

일반적으로 비행기 요금은 미리 구매하는 것이 저렴하다. 대략 출발 날짜의 10개월 전쯤 구매하는 것이 저렴하다. 그리고 항공사마다 저렴한 티켓을 오픈하는 시기가 다르다. 왕복 80만 원대의 항공 요금이 계속 보이다가도 어느 날 보이지 않던 항공사의

60만 원대 항공권이 뜨기도 한다. 또한 비행기 티켓을 검색해 주는 어플마다 가격이 다르고, 당연한 말이겠지만 항공권 사이트마다도 요금이 다르다. 나의 경우는 보통 4~5곳을 검색한다. 같은 출발 날짜와 인-아웃으로 검색해도 요금이 다 다르게 나오고, 같은 항공사라도 요금이 다르게 검색된다. 네이버, 카약, 스카이스캐너, 옥션, 초특가 항공권 어플을 수시로 번갈아 가며 검색을 한다.

첫째는 내가 정한 목적지의 인-아웃 도시와 출발-도착 날짜나 요일을 바꿔본다. 이걸로 항공 요금이 바뀔까 싶지만 검색 결과가 내미는 요금을 보면 생각이 달라질 것이다.

둘째는 변경 가능한 주변 도시들로 검색해본다. 예를 들어 로마 아웃이면 베네치아나 밀라노로, 부다페스트 아웃이면 빈이나 자그레브로 바꿔서 검색해 보는 것이다. 그러면 항공권 요금이 정말로 달라진다. 많게는 2~30만 원씩 차이가 나는 경우도 있다.

저렴한 항공권을 사려면 검색을 오랜 기간, 자주 하는 수밖에 없다. 마치 생활하듯 검색을 하면 된다. 그러면 어느 순간 숨겨진 보물을 발견하듯 숨어있는 최적의 저렴한 가격의 항공권이 눈에 보인다. 그럴 땐 이렇게 외치고 싶다. 유레카! 내가 본 가장 저렴한 유럽 왕복 항공권은 왕복 44만 원. 그것도 아주 좋은 항공사였다. 내가 갈 수 있는 시기가 아니라 침만 꿀꺽 삼켰지만.

물론 요금이 저렴하다고 해서 좋은 비행기를 선택하는 것은 아니다. 비행 시간과 경유지가 중요하다. 가급적이면 직항으로 가는 비행기가 가장 좋겠지만 국적기는 외국 항공사에 비해서 비싸다. 성수기에는 직항이라는 이유로 이렇게 비싸도 되나 싶을 만큼 외국 항공사와 요금 차이가 크다. 나는 경유라도 직항에 비해 비행 시간에서 큰 차이가 없으면 저렴한 외국 항공사를 선택한다. 러시아 모스크바 공항을 경유한다는 말을 듣자 아이가 처음 꺼낸 말은 마트료시카였다. 러시아에 가면 살 수 있는 인형이니 꼭 사고 싶다고, 정말로 아이는 공항에서 왁자하게 늘어선 갖가지 디자인의 인형을 보며 즐거워했던 기억이 난다. 로마 여행 내내 아이는 모스크바 공항에서 산 마트료시카를 가지고 놀았었다. 가 볼 기회가 잘 없거나 새로운 나라의 공항을 경험해 보는 것도 아이와의 여행에서 나쁘지 않은 선택이다.

동남아 항공사들과 중동 항공사들은 지리상 비행 시간이 길다. 싱가포르 항공의 경우 인천에서 싱가포르까지만 해도 5시간이 넘고 싱가포르에서 유럽까지도 12시간이다. 그러나 서비스 면에서는 최고 수준의 항공사들이다.

중동 항공사들의 경우 장거리 비행에 힘들어하는 아이라면 이용해 볼 만하다. 카타르나 아랍에미레이트까지 7~8시간 걸리고, 다시 유럽까지 4~5시간 걸리니 중간에 내려서 한번 쉬어가야 하는 형편이라면 추천할 만하다. 그리고 대체로 신형, 대형 항공기가 많고 서비스도 훌륭한 편이다. 짧은 비행 시간을 원한다면 국적기가 가장 좋지만 유럽 내 항공사나 가까운 중국 항공사도 비행 시간이 짧은 편이다.

대체로 유럽까지 가는 항공사들은 FSC(Full Service Carrier) 메이저 항공사들이기 때문에 아이가 타면 아이에 대한 서비스는 훌륭한 편이다. 아이 기내식을 신청할 경우 먼저 제공하고 아이가 비행기 내에서 먹을 간식이나 그림 그릴 것, 장난감 등을 챙겨준다. 아예 아이 기내식을 백 파우치에 담아서 도시락으로 제공하는 항공사도 있다. 비행기를 결정했다면 꼭 아이 기내식을 신청하도록 하자. 아이가 밥을 먹기 힘들어한다면 과일식을 신청하는 것도 좋은 방법이다.

마지막으로 고려해야 할 것이 바로 비행기 출발-도착 시간이다. 비행기 출발 도착 시간은 유럽 현지에 도착해서 하는 시차 적응과 한국에 돌아와서 견딜 시차 적응에 굉장히 중요하다. 그래서 긴 비행 시간에서 언제 아이를 재우고 깨워야 할지 조절해야 한다. 대체로 국적기들은 한낮에 출발해서 현지 도착이 늦은 저녁이다. 한국에서 정오에 출발해서 현지 시간으로 저녁 7시에 도착한다고 하면 15시간 비행 후(환승시간 포함) 한국 시간으로는 새벽 2~3시가 넘어가게 된다. 이럴 경우 숙소에 도착하면 이미 한국 시간으로 새벽 4~5시가 되기 때문에 아이와 도착 당일 여행하는 것은 거의 불가능하다.

숙소에 도착해서 바로 잠이 들면 현지 시간으로 새벽에 잠에서 깨게 되니 여행 첫날부터 컨디션 조절에 어려움을 겪는다. 첫 두 번의 여행에서는 현지 시간으로 새벽 3~4시부터 깨서 말똥말똥 했던 기억이 난다. 그 시간에 일어나서 아이와 햇반과 컵라면으로 아침을 먹고 새벽 같은 시간에 나와서 트램과 버스를 타고 사람 없는 로마와 런던 시내를 구경했었다. 이럴 경우 유럽 현지에 도착해서 사나흘은 거의 현지 시간으로 새벽에 깨게 된다. 덕분에 좀 더 부지런한 여행이 되기도 하지만 아이 컨디션에 맞추다 보면 저녁이 없는, 야경을 보지 못하고 돌아오는 유럽 여행이 될 수도 있다. 유럽의 여름, 특히 알프스 북쪽 도시들은 여름에 밤 10시나 되어야 어두워지기 때문에 아름다운 야경을 보려면 정말 오래오래 눈뜨고 있어야 한다.

가급적이면 인천에서 출발하는 시각은 이른 오전 출발, 현지 도착은 너무 늦지 않은 오후에 도착하는 비행기가 좋다. 그렇지 않으면 인천에서 밤늦게 출발해서 유럽 현지에 아침이나 낮에 도착하는 비행기도 좋다. 비행기 안에서 한국의 밤처럼 계속 잘 수 있기 때문에 현지에 도착해서도 아이 컨디션을 잘 유지할 수 있어 도착 첫날부터 바로 즐겁게 여행할 수 있다. 비행기 출도착 시간과 시차를 잘 계산해서 아이를 비행기에서 첫 번째 기내식을 먹이고 영화를 보고 재울 것인지, 두 번째 기내식을 먹이고 재울 것인지, 언제 게임을 하고 책을 보고 간식을 먹이고 재워야 하는지 비행기 안에서의 시간 계획을 세워야 한다.

이렇게 아이와의 유럽 여행 준비는 항공권에서부터 신경 쓰고 챙겨야 할 부분이 많지만 그 과정이 모두 즐거운 기억으로 남는다. 그건 다녀와 보면 더 크게 느낀다. 이렇게 꼼꼼하게 준비해 가면서 여행에 자신감도 생기고 내 여행을 만들었다는 뿌듯해지는 경험을 하게 된다.

자 이제 비행기 출발~!

도시 간,
도시 내 루트는 최단 동선으로!

방콕에서 있었던 일이다. 한 무리의 젊은이가 식당을 찾느라 헤매고 있었다. 여행지에서의 맛있는 식당을 찾는 건 큰 기쁨이고 검색 능력이 빛을 발하는 순간이기도 하다. 숨이 턱턱 막힐 만큼 더운 방콕의 대로에 서서 무슨 식당을 갈지 몰라서 헤매고 있는 모습이 한눈에도 보였다. 이런 상황은 누군가에게 도움을 줄 수 있는 기회이기도 하다. 마침 주변에 알고 있는 식당 서너 곳 정도를 소개해 주니 그 젊은 일행들이 기뻐하며 식당을 향해 출발했고 옆에서 보고 있던 아이는 나를 믿음직한 눈으로 바라봐 주었다.

움직임이 곧 여행이다. 여행 후 돌아와서 사진을 정리하고 기록을 하다 보면 '내가 왜 이렇게 움직였을까' 하는 후회가 든다. 내가 짠 동선이 효율적이지 않았음을 뜻하는 것이다. 반대로 '여기서 여길 간 건 정말 좋았어.'라고 생각할 때도 있다. 효율적인 여행 루트 짜기가 아이와의 여행에서 더 중요한 이유는 아이의 체력과 컨디션 유지에도 중요하지만 아빠나 엄마가 헤매지 않고 여행하는 모습이 아이에게 심리적으로 안정감을 줄 수 있다. 아이에게 낯설고 멀기만 한 세계여행을 가장 든든한 엄마 아빠가 옆에서 함께하는 것이기 때문이다.

유럽 여행을 위한 비행기가 결정되었다면 인-아웃 도시가 정해졌다는 말이다. 인-아웃 도시가 정해졌다면 이제는 내가 가고 싶은 도시들을 결정해야 한다. 유럽 여행은 국가 여행이 아니라 도시 여행이다. 몇 개의 나라를 갔느냐는 별 의미가 없다. 몇 곳의 도시를 방문했느냐가 유럽 여행의 기억을 더 풍족하게 한다. 도시마다 다른 이야기가 있는 곳이 유럽이다.

유럽 여행에서 도시 간 이동의 루트는 교통편에 의해 결정된다. 기차로 갈 건지, 버스로 갈 건지, 렌터카를 이용할 것인지, 아니면 비행기를 타고 이동할 것인지에 따른다. 가장 효율적인 것은 아무래도 기차 이동이다. 기차 이동은 이동 시간이 짧다. 대개 기차역은 도심의 가장 중심에 있어서 기차역을 왔다갔다하는 일도 편리하다.

유럽의 주요 도시만을 이동한다면 기차 이동이 가장 낫다. 아이와의 여행이라면 아이가 편하게 이동할 수 있는 수단은 기차다. 특히 유레일 패스를 이용한다면 만 12세 이하 아이는 유레일 패스가 무료라는 매우 큰 장점이 있다. 유럽 여행에서 기차는 대개 석 달 전부터 예매할 수 있는데 국가 간 이동을 하는 고속열차나 야간 열차의 경우 일찍 예매할수록 저렴하다.

버스는 요금이 기차에 비해 저렴하고 기차로 가기 어려운 곳을 이동할 때 유리하다. 플릭스버스의 경우 기차로 가기 어려운 도시 곳곳을 연결해 준다. 반면 기차보다 이동 시간이 길고 아이가 느낄 답답함이 있어서 여행의 불편한 점이 있다. 그래서 아이와의 여행이라면 추천하지 않는 이동 수단이다.

항공 이동은 먼 도시로의 이동 또는 기차나 버스에 비해서 요금이 저렴한 경우가 아니라면 이용하지 않는 것이 좋다. 유럽 내에서 두 번 이상 타는 것은 여행 시간의 많은 부분이 이동에 소요된다. 항공 요금 자체가 저렴하다고 하더라도 공항을 왕복하는 교통수단이 비싼 경우가 많고, 아주 작은 공항이 아니라면 공항에 최소한 1시간 30분 전에 도착해야 하므로 이동에만 하루의 절반을 써야 한다. 예를 들어 런던을 여행하고 싶다면 항공으로 이동할 가능성이 크기 때문에 마지막 도시에 넣거나 맨 처음 도착지로 넣는 것이 좋다. 아이와 여행하기 좋은 런던이나 로마를 출발 기준으로 했을 때 첫 유럽이라면 아래와 같은 루트가 도시 간 이동에 편리한 루트가 될 수 있다.

런던 ▷ 벨기에 ▷ 파리 ▷ 취리히 ▷ 밀라노 ▷ 베니스 ▷ 피렌체 ▷ 로마
런던 ▷ 파리 ▷ 항공 이동 ✈ ▷ 포르투 ▷ 리스본 ▷ 세비야 ▷ 마드리드 ▷ 바르셀로나
로마 ▷ 이탈리의 여러 도시 렌터카 이동 🚙 ▷ 밀라노 ▷ 스위스
① 파리 ▷ 벨기에 ▷ 런던
② 독일 뮌헨 ▷ 뉘른베르크 ▷ 프라하 ▷ 비엔나 ▷ 부다페스트 ▷ 항공 이동 ✈ ▷ 런던

도시 간 이동을 최대한 줄이려면 한 개의 중심 거점 도시에서 숙박을 하고 여러 도시를 당일로 왕복 여행할 수도 있다. 이 경우에는 이동 시간을 편도 2시간 이내로 하고 기차역과 가까운 숙소를 잡는 것이 중요하다. 암스테르담과 주변 도시(헤이그, 에담, 잔세스칸스), 브뤼셀과 주변 도시(헨트, 브뤼헤, 안트베르펜), 뮌헨과 주변 도시(퓌센, 뉘른베르크, 밤베르크, 잘츠부르크), 프라하와 주변 도시(드레스덴, 체스키크룸루프) 같은 경우가 될 수 있다.

유럽 여행의 재미난 점 중에 하나가 소도시 여행이다. 유럽의 소도시들은 말 그대로 소도시이기 때문에 웬만한 곳은 다 걸어서 여행할 수 있다. 주요 볼거리가 구시가지에 몰려 있기 때문에 놀듯 쉬듯 산책하듯 아이와 함께 정해진 루트 없이 다녀도 좋다. 어느 오래된 골목길 풍경 안에서 아이와 아이스크림 하나 물고, 손잡고 걸어 다녀도 소중한 기억이 된다. 어디에 어떤 여행지와의 인연이, 어떤 풍경이, 어떤 맛집이 숨이 있을지 기대하며 다녀도 참 좋은 곳이 유럽 소도시 여행이다.

하지만 대도시의 경우는 다르다. 런던이나 파리 로마 같은 대도시는 볼거리도 많고 가야 할 곳도 많기 때문에 그날그날의 일정이 매우 중요하다. 인터넷 블로그에는 자신의 경험을 담은 여행 루트가 많지만 아이와의 여행에서는 그대로 따라가기 어렵다. 대체로 아이가 초등학생 저학년이라면 변수가 너무 많기 때문에 하루에 두 곳 이상 가는 것은 무리가 된다. 따라서 숙소를 중심으로 최대한 동선을 짧게 짜는 것이 좋고 도시 워킹 투어나 1일 투어에 참여하는 것도 방법이다. 각 도시에서 이루어지는 워킹 투어들은 최적의 루트로 이루어지기 때문이다.

　로마나 파리, 바르셀로나, 런던 같은 대도시의 경우 아이와 가고 싶은, 혹은 내가 꼭 가고 싶은 여행지를 적절한 축척의 지도 위에 표시해 본다. 그런 다음 그 스팟들 간의 거리를 확인한 후 가장 효율적으로 이동할 수 있는 중심이 되는 지점에 숙소를 잡으면 좋다. 이건 숙소 가격보다 중요한 요소가 된다. 숙소 주변에는 시장이나 마트가 있어야 하고 식당도 쉽게 걸어서 갈 수 있는 곳이면 더 좋다. 런던이나 파리 같은 경우는 너무 넓기 때문에 숙소 위치를 잘못 잡으면 도시 내에서 이동으로만 시간을 다 소모하게 된다.
　유럽 대도시에서의 이동은 가급적이면 트램이나 버스를 권한다. 지하철이 빠르고 편리하긴 하지만 그 먼 곳까지 가서 캄캄한 지하로만 다니기엔 너무 아깝지 않은가. 트램과 버스를 타고 가면서 만나는 도시 풍경이 나에게도, 아이에게도 더 많은 추억과 인연을 줄 수 있다. 나는 그랬다. 소매치기로 늘 긴장해야 하는 불편한 지하철보다는 버스에서 더 많은 사람을 만났고, 우리나라에서 탈 수 없는 각 도시마다 특색 있는 모양과 색깔의 트램 타기는 그 도시를 떠올려 주는 기억으로 남는다.

TRAVEL

아이와 유럽 여행에서 꼭 챙겨야 할
예상 외의 준비(물)들

"이렇게 단출해도 되나?"

세 번째인가, 네 번째인가. 여행 떠나기 전날, 싸 놓은 캐리어를 보면서 했던 말이다. 아이와 여행하려면 어른끼리 여행하는 것보다 세심한 준비가 필요하다. 경험상 아이와의 여행 준비는 챙겨야 할 물건보다 더 중요한 준비도 있다. 조금 귀찮더라도 꼼꼼하게 준비해가면 아이와 여행을 '잘' 할 수 있고, 다음 여행을 다시 감행(?)할 가능성이 훨씬 높아지기 때문이다.

유럽의 날씨는 변화무쌍하므로 아이의 옷은 가급적 여러 벌 챙겨가는 게 좋다. 특히, 일교차가 큰 여름엔 긴소매 셔츠와 가벼운 패딩 하나는 꼭 챙겨가야 한다. 밤 9시까지 이어지는 여름의 낮엔 태양의 열기에 숨이 막히지만, 해가 지면 금세 추워지기 때문이다. 우리는 8월 암스테르담에서 입김이 나올 정도의 아침 추위에 오들오들 떨며 잔세스칸스로 가서 풍차를 봤었고, 뉘른베르크에서는 여름에 패딩을 사 입히기도 했었다. 또한, 스페인이나 이탈리아의 경우 남부와 북부의 기온차가 크다. 세비야는 따뜻했지만 마드리드는 정말 추웠고, 로마는 따뜻했지만 밀라노는 얼어 죽을 만큼 추웠다. 여건이 된다면, 캐리어에 들어갈 얇은 전기장판 하나는 넣어가길 권한다.

아이가 아무거나 잘 먹는다면 다행이지만 그렇지 않다면, 아침으로 먹을 수 있는 한국 음식을 챙겨 가는 것이 좋다. 유럽은 대부분 일주일이 넘는 일정으로 다녀오는데, 그 긴 시간 동안 아이가 먹는 걸로 힘들어한다면 여행이 아니라 고행이 되고 말 것이기 때문이다. 아이는 캔에 든 여행용 반찬이나 누룽지와 밥, 간편한 국이나 김치 같은 것들을 잘 먹었다. 한국에 있을 때 김치를 안 먹는 아이도 유럽에 가면 김치를 잘 먹게 된다. 정말 희한한 일이다. 아침을 한식으로 먹고 나서면 아이도 하루의 여행이 든든해진다.

돗자리는 꼭 가져가야 한다. 유럽은 공원도 많고 길거리에 앉거나 누워서 쉴 수 있는 공간이 많다. 여행하다가 지치면 그때마다 매번 카페를 찾아갈 수는 없다. 그럴 때 돗자리만 있다면 뮌헨의 영국정원이나 프라하의 섬, 런던 하이드파크에 누워 아이와 이야기하며 아이스크림, 커피, 과자를 먹을 수 있고, 책도 볼 수 있다. 심지어 낮잠도 잘 수 있다. 스위스나 오스트리아의 그림 같은 초원에 차를 세우고 돗자리를 깐 뒤, COOP에서 사 온 빵과 간식을 먹은 적이 있는데, 그 장면은 아이가 유럽 여행에서 가장 기억에 남는 순간 중 하나로 꼽고 있다. 챙겨가야 할 물건 중에서 잘 모르는 부분이 신발이다. 매일매일 오래, 많이 걸어야 하기 때문에 아이 발에 정말 잘 맞는 편한 신발을 잘 골라서 가야 한다. 오래 걷다 보면 아이가 발가락이나 발바닥이 아파서 못 걷게 되는 경우가 생긴다. 그래서 여행을 떠나기 전 아이의 발을 잘 살펴봐야 한다. 엄지발가락이나 새끼발가락이 겹쳐져 오래 걸으면 아픈 아이일 경우 실리콘으로 된 발가락 교정기를 챙겨가야 한다.

지금까지는 여행에 필요한 물건들이었다면 이제 아이와 더 잘 여행하기 위한 또 다른 준비를 해야 한다. 아이와 함께 여행 갈 나라의 언어와 그 도시에 대한 공부를 하는 것이다. 기본적인 회화 대여섯 마디를 아이와 함께 공부해 가면 아이도 훨씬 그 도시 사람들과 친해질 수 있다. '안녕하세요.', '감사합니다.', '얼마예요?' 등 현지 시장이나 가게, 숙소에서 쉽게 할 수 있는 말을 찾아서 아이와 미리 공부해 보자. 비행기를 타고 가면서 승무원에게 혹은 입국심사를 하는 심사관에게 하면서 연습해 볼 수도 있다. 어쩌면 나보다 아이가 먼저 그 말을 현지인에게 할지도 모른다. 아이가 붙임성이 좋은 것 같아도 막상 나가보면 '얘가 왜 이렇게 쑥스러움을 타지?' 싶을 정도로 현지인과 대화하는 것을 두려워한다. 아이가 그 나라 말을 조금이라도 할 줄 안다면 여행의 즐거움은 두 배가 될 것이다. 여행을 다녀온 후 우리 아이가 제일 많이 따라 한 건 스페인과 이탈리아의 지하철과 트램, 버스에서 나오는 안내 방송이었다. 나는 한마디조차 기억나지 않았던 말이다. 그걸 흉내 내며 아이는 5월의 봄 같은 웃음으로 여행의 공간과 시간을 기억했다. 우리의 생각보다 아이들은 외국어로 말하는 것을 즐거워하고 언어 습득력은 더 뛰어날지도 모른다.

<쿠키런>이라는 만화가 있다. 도시의 잘 알려진 명소들을 돌며 이어가는 탐정 이야기 형식의 만화인데 아이가 참 좋아했다. 아이에게 여행 책이나 도시를 여행한 블로그는 어렵고 재미가 없다. 큰 도시라면 이런 만화를 통해서도 아이가 미리 그 도시를 여행해 보는 것도 좋다. 여행하기 전에 로마, 런던, 부다페스트, 파리, 마드리드, 피렌체 등의 도시를 이 책으로 보면서 그 도시의 명소가 어딘지 함께 알아보았다. 만화에서 본 곳이 나올 때면 아이는 목소리가 커지고 발을 옮기는 동작의 속도도 빨라졌다.

미술관도 마찬가지다. 아이와 처음 간 미술관이 암스테르담의 고흐 미술관과 루브르였다. 입장해서 1시간을 넘기기 어려웠다. 고흐 미술관에서는 고흐의 자화상과 해바라기(아이 피아노 학원에 걸려 있었나 보다) 루브르에서는 모나리자를 보고서는 "빨리 나가자."였다. 아이의 찡찡거림에 빨리 보고 나가야 한다는 압박감과 미술관 안에 몰린 수많은 사람들로 인해 나도 여유를 찾을 수가 없었다. 보고 싶던 명화 앞에서 그림만 바라본다는 건 불가능에 가까웠다. 그러던 아이한테서 가장 최근에 다녀왔던 뮌헨 알테피나코텍에서 "아빠, 그림을 좀 꼼꼼히 봐."라는 소리를 들었다. '그동안의 유럽 여행이 헛되지 않았구나.' 싶어서 듣기 좋은 잔소리였다.

미술관에는 아이도 보고 싶은 그림이 있어야 한다. 그래야 아이도 그림을 찾아다닌다. 유명한 미술관들은 워낙 넓어서 탐험을 좋아하는 아이라면 미로 찾듯 그림을 찾아가는 재미도 맛볼 수 있다. 그러려면 아이가 보고 싶어 하도록 평소에 그림을 보여주면 된다. 나는 아이에게 어린이 잡지를 정기구독하게 했다. 잡지에서 매달 명화를 소개하는 코너가 있었다. 아이는 잡지에서 봤던 그림을 찾아서 빨리 보고 싶어 했고, 그 그림에 대한 설명까지 해 주었다. 또 평소에 유명한 그림들에 대한 정보를 아이 눈높이에 맞춰서 아빠가 제공해 줄 수도 있다. '꾸안꾸'라는 말이 유행이다. 그림 이야기도 그렇게 하면 된다. 지식 공부하듯 하는 것이 아니라 청소하면서, 설거지하면서 자연스럽게 그림이나 화가 이야기를 갖다 붙이는 것이다. 카라바조의 골리앗의 머리를 든 다윗이나 램브란트의 야간순찰, 부셰의 마담 드 퐁파두르 같은 그림은 아이에게 이야기해 주기 좋은 소재다. 미술관마다 꼭 있는 수태고지(성모희보)도 아이와 이야기해 보기 좋은 그림이다. 어린이 미술 동화책 시리즈도 아이가 명화를 접해보기 좋은 기회가 된다. 도서관의 어린이 코너에 가면 시리즈가 있어서 매주 두 권씩 그림책 보듯 읽어보면 아이와 하는 유럽 미술관 여행은 아빠도 편안하고 아이도 지루하지 않은 여행이 될 수 있다.

그 외에도 유럽에는 아이가 좋아하는 다양한 액티비티 체험이 있다. 패러글라이딩이나 짚라인, 트로티바이크, 호수 보트 운전하기 등 국내 여행에서 즐길 수 있는 것들과는 차원이 다른 스케일의 체험이 있는데 아이가 이런 것들을 좋아하는지 성향을 잘 파악해서 여행 중간중간 아이가 좋아하는 활동을 넣을 수 있다. 이렇게 구성하면 아이도 즐거운 여행이 되고 부모와 아이가 함께하는 추억이 두 배로 남는 여행을 만들 수 있다. 내 아이가 자동차나 축구를 좋아하는지 레고나 예쁜 박물관을 좋아하는지에 따라서 여행 동선이 달라질 수도 있다.

마지막으로 아이와의 여행에서 꼭 챙겨가라고 말해주고 싶은 것이 있다. 바로 아이 전용 카메라와 일기장이나 책이다. 대개 부모는 아이와의 여행에서 아이 사진을 찍어주느라 아이한테 "여기 서봐.", "저기 서봐. 이쁘다. 사진 찍자."하게 된다. 처음 며칠간은 순순히 따라주던 아이도 시간이 지나면서 짜증을 부리기 시작한다. "사진 또 찍어? 많이 찍었잖아!" 한다. 부모가 예쁘다고 생각하는 장면과 사진으로 남기고 싶은 장면이지 아이한테는 그렇지 않기 때문이다. 21일 여행의 마지막 날, 부다페스트의 황금빛 물결이 흐르는 일몰 햇살을 배경으로 사진 찍자 했을 때 카메라를 부숴버릴 듯 울며 달려들었던 반면 로마 벼룩시장에서 스스로 그 무거운 DSLR 카메라를 들고 노점 빵집 사진을 찍던 아이 모습이 함께 떠오른다.

아이는 아이의 눈이 있고, 아이도 아이가 찍고 싶은 순간과 장면이 있다. 부모의 시선은 아이와 다르고 우리가 놓치는 장면을 아이가 보기도 한다. 또 아이는 자기가 찍은 사진을 훨씬 더 주의 깊게 보고 그 순간을 오래 기억한다. 아이에게도 아이만이 쓸 수 있는 카메라를 쥐어 주자. 경험상 휴대폰 카메라보다는 미러리스 카메라나 DSLR 카메라로 찍는 걸 더 좋아했다. 휴대폰을 소지하게 되면 아이가 핸드폰에 더 집중하게 된다. 휴대폰을 잃어버린 채로 여행 다녔던 취리히와 루체른, 바르셀로나 여행은 지금도 내 기억 속에 더 선명하다. 휴대폰 검색 없이, 오롯이 눈과 발로만 다녔던 그 여행의 기억이 강렬했고 그때 다녔던 여행지와 맛집들은 지금도 쉽게 찾아갈 수 있을 것 같다. 검색을 통한 기억력은 순간 집중력은 높이지만 장기 기억력을 약화시킨다는 연구 결과도 있다. 그래서 휴대폰 카메라 대신 저렴하고 가벼운 렌즈가 끼워진 카메라를 아이에게 하나 선물하자. 여행의 처음부터 아이가 사용하게 해 보면 어떨까? 비행기 타는 순간부터 한국으로 돌아와 인천 공항에 내리는 순간까지 아이는 자기만의 여행을 기록하게 될 것이고 눈과 발로 다닌 여행의 날들만큼 여행의 기억이 오래 남을 것이다.

긴 시간 여행을 하다 보면 쉬어 가야 할 때가 있다. 여행 후반부로 갈수록 부모도 아이도 체력이 달려 지쳐간다. 하루에 소화할 수 있는 일정이 줄어들기도 한다. 여행 동선이나 스케줄, 여비의 사정상 처음 여행을 계획한 일정을 소화하지 못할 수도 있다. 날씨도 변수다. 겨울 유럽은 비가 자주 오고, 유럽의 여름 더위는 생각보다 엄청나다.

부다페스트의 여름 더위에 지쳐 부다eye 아래 공원 광장에서 돗자리를 깔고 낮잠을 자며 쉬었던 기억이 있다. 런던의 짧은 겨울 해는 오후 4시 반인데도 어둑어둑해졌다. 가로등이 다 켜진 밤 같은 시간에 런던 애프터눈 티를 즐기게 했고, 아이와 약속한 하이드파크 산책을 할 수 없었다. 그럴 때 생기는 빈 시간에 할 수 있는 일이 휴식이다. 무엇을 하면서 휴식할 것인가. 부모는 새로운 여행 스케줄을 작성하거나 수정한다. 여행에 관련된 정보를 검색하거나 쉴 수 있는 카페나 공원을 찾아보기도 한다. 그 시간에 아이는 무엇을 하게 할 것인가. 일기장과 책이다. 블로그에 여행 기록을 연재하듯 순서대로 써나가면서 기록과 함께 되돌아봄이 얼마나 중요한지 알게 되었다. 기록을 하면 여행을 세 번 하는 느낌이다. 내 발로 직접 다녀온 여행 한 번. 사진을 정리하고 글을 쓰면서 또 한 번. 그리고 다시 그 기록을 들춰보면서 또 한 번.

아이도 아이의 여행을 남기도록 하면 어떨까? 아이들의 일기란 대체로 그렇다. 오늘은 뭐뭐 했고. 어딜 어딜 갔고. 예를 들면 이렇다.

> "오늘은 기차를 타고 성을 보러 갔다. 기차는 2층 기차였다. 성은 멋졌다. 성에서 내려와서 스테이크를 먹었다. 맛있었다. 참 즐거웠다. 내일은 어디로 여행하는 걸까."

여기에서 아빠가 조금 더 시간 기록을 늘려주면 된다. 아이가 중간중간 빼 먹었던 공간과 시간들을 떠올려주면 아이의 일기는 두 배 세 배 더 알찬 일기로 치밀해진다. 거기에 더해 아이가 찍은 사진들을 보면서 그 시간들을 짧게 짧게 적바림해 두면 훨씬 더 풍성한 아이 여행 일기가 만들어진다. 아이의 여행 기록은 아이를 나보다 훌륭한 여행가로 만들어 줄 것이다.

공항과 비행기 안,
그 기다림의 시간을 보내는 법

준비물까지 챙겼다면 그걸로 준비는 끝난 것이다. 이제 공항에 도착해서 탑승 수속을 마치고 수하물을 보내면 여행은 시작된다. 이제 남은 일은 무사히 목적지에 도착해서 입국심사를 마치고 내 수하물과 반갑게 만나기를 바라야 한다. 그리고 도착한 도시의 약속된 숙소까지 당황하지 않고 안전하게 들어가는 것만 남았다. 하지만 당연해 보이는 이 과정도 아이와 여행을 하게 되면 쉽지가 않다.

유럽까지는 직항으로 가도 11시간 내외, 2시간만 경유해도 13~15시간까지 걸린다. 게다가 공항에는 출발 두 시간 전에는 도착하는 것이 안전하고 집에서 공항버스를 타고 공항까지 가는 시간을 1시간으로 잡으면 최소 15시간에서 길게는 스무 시간 이상 소요된다. 아침 7시에 아이와 집을 나섰다면 현지 공항에 도착하면 한국 시간으로 저녁 10시가 넘는 긴 여정이다. 공항과 집이 멀고 비행기 환승 시간이 더 길다면 만 하루가 꼬박 소요되기도 한다. 이 긴 여정을 유럽 여행의 출발과 도착까지 두 번을 해야 한다. 그 과정도 역시 여행 과정이므로 여러 가지 일이 생길 수 있다. 그래서 아빠가 해야 할 일은 아이와 **비행기 안에서 할 일 준비하기, 슬기롭게 환승하기, 아이와 입국심사 잘 마치기다.**

우선은 비행기가 출발하기 전에 아이가 초등학교 저학년이라면 식성이 어떤지를 생각해서 어린이 기내식을 신청해 두는 것이 낫다. 일반 기내식이 아이 입맛에 맞지 않을 수도 있고, 어린이 기내식(차일드 밀, 항공사 홈페이지에서 신청할 수도 있고 발권한 여행사에 요청할 수도 있다.)을 아이가 먹기 싫어할 수도 있다. 그럴 때는 아이와 아빠가 바꿔 먹거나 승무원에게 입맛에 맞지 않으니 혹시 기내식의 여유분이 있다면 교환을 요청할 수도 있다. 중동 항공사를 이용하면 유럽까지 가는 동안 기내식만 4번 제공되는 경우도 있다. 이럴 경우에는 대개 두 번 제공되는 기내식사로 과일식을 신청하는 것도 좋은 방법이다. 아이가 좋아하는 과자나 간식을 미리 기내용 수하물에 챙긴다면 1만 미터 상공에서는 그 맛이 더 특별할 것이다.

또한 어린이 기내식을 신청하면 대부분의 항공사에서는 따로 요청하지 않아도 어린이를 위한 패키지를 제공해 주는 편이다. 비행기가 출발하기 전 또는 출발하고 안전벨트 사인이 꺼지면 승무원이 일일이 다니면서 어린이용 그림 패키지를 제공해 준다. 외국 항공사의 경우 영어로 되어 있는 그림 그리기 책이나 퍼즐이 많으니 휴대폰에 단어 검색을 할 수 있는 사전 어플을 설치해 두어야 한다.

긴 비행 시간 동안 아이는 어른과 마찬가지로 주로 기내에서 제공되는 영화를 보거나 게임을 하면서 보내면 된다. 하지만 기내에서 영화를 두 편 이상 보는 일은 어른들도 지겨운 일일 수 있다. 무겁겠지만 아이가 좋아하는 책을 몇 권 정도 챙겨서 가는 것도 필요하다. 저학년 아이라면 만화 그림책, 고학년이라면 문고판 책 사이즈를 여러 권 챙겨가는 것이 여행 내내 큰 도움이 되었다. 비행기에서뿐만 아니라 유럽 내 도시 이동 간 중에도 아이가 잘 볼 수 있었다. 책은 여행 짐을 꾸리면서 아이가 직접 골라 담게 했다.

여행지 도시의 주요 건축물이 있는 그림책을 준비하거나, 에펠탑이나 피사의 사탑, 콜로세움 같은 페이퍼 크레프트도 준비해 가면 아이가 기내에서 재미있게 만들어 볼 수 있고, 실제로 또 만나게 되니 괜찮은 활동이다. 잠을 잘 자는 아이라면 괜찮지만 아이가 기내에서 잠을 잘 자지 않는다면 일부러라도 기내식을 먹이고 중간중간 잠을 자도록 하는 것이 여행 컨디션을 맞추는 데 필요한 일이다. 그래서 아이가 쓸 수 있는 촉감이 부드러운 안대를 미리 챙겨가야 한다. (기내에서 제공되는 안대는 그다지 편안하지는 않다.) 만약 비행기 옆자리가 비었다면 아이를 누워서 재울 수 있는 행운이 온 것이다. 3-3-3이나 2-4-2 좌석 배열 항공기라면 창가 쪽보다는 손님이 없는 가운데 자리를 미리 요청하는 것이 아이를 편하게 재우기에 훨씬 수월하다.

유럽까지 오가는 비행편이 경유라면 환승 시간을 잘 이용해 보는 것도 아이와 여행하는 데 좋은 경험이다. 환승시간이 여유가 있다면 비행기가 탑승교와 연결되자마자 모두들 내릴 준비로 바쁜 비행기에서 제일 마지막으로 우리가 타고 온 비행기에 사람들이 남긴 흔적은 어떤지를 구경하듯 느긋하게 내려보는 경험도 해보자. 환승을 통해서 새로운 나라의 공항 구경도 해 볼 수 있는 장점도 있다. 동양식 정자가 있는 북경 공항이나 무료로 이용 가능한 발마사지기도 있고 환승이 정말 편했던 싱가포르 공항, 세상에서 제일 큰 노란 곰인형이 있고, 아이들을 위한 재미있고 신기한 놀이터가 많았던 카타르 공항은 참 이색적이었다. 그 나라의 유명한 음식이나 물건도 볼 수 있다. 이탈리아 여행을 가면서 아이는 모스크바 공항에서 러시아 인형 마트료시카를 꼭 사고 싶어 했었다. 공항은 아이와 보물찾기 놀이하기에 충분히 좋은 장소이다.

또한 긴 비행을 한번 쉬어간다는 의미에서도 환승의 장점을 찾을 수 있다. 공항 라운지 이용이 되는 PP카드가 있다면 편하게 쉬면서 맛있는 식사까지 할 수 있으니 더 재미있는 환승 경험이 될 수 있다. 아이 요금만 추가로 지불하면 된다.

유럽 여행 카페에서 비행기 관련해서 많이 올라오는 질문 중에 하나가 "이 정도 환승 시간이면 환승 가능할까요?"라는 질문이다. 이건 정말 답하기 어렵다. 일반적인 경우라면 승객이 비행기를 내려서 Transfer 표시만 잘 따라가면 탑승할 수 있고, 항공사들도 연결 가능한 시간 안에서 판매를 하지만 비행기가 지연 출발 되거나, 환승 수속 심사가 길어지는 것은 항공사로서도 막을 방법이 없기 때문이다. 큰 항공사들의 경우 직원들이 나와 도움을 주긴 하지만 그것만 믿고 가기에는 위험성이 크다. 더구나 아이는 뛰어가도 어른 속도보다 느리다는 것을 감안해야 한다. 환승 시간이 짧은데 길을 헤매거나 환승 수속이 늦어질 경우 자칫 연결편 비행기를 놓칠 수도 있다. 환승 시간이 짧다면 가능하면 아이와 뛰어가는 것이 좋다. 김포에서 출발한 북경행 비행기가 지연 출발되어 북경 공항에서 아이와 손잡고 뛰어갔던 경험이 있다. 비행기 놓칠까 봐 아이 숨이 헐떡거리는 것도 모르고 데리고 뛰어가니, 비행기는 벌써 탑승의 절반이나 진행된 상황이었다. 안 뛰었으면 비행기를 놓쳤을 것이다. 프랑크푸르트 공항에서는 환승구역 직원이 내 탑승권을 보더니 손가락으로 손목을 가리키면서 한국말로 "빨리빨리~"라는 말에 놀라 아이와 뛰면서 깔깔 웃었었다. 외국인 특유의 억양이 들어간 빨리빨리를 따라 하면서도 그가 하는 우리말이 신기했다.

환승해야 하는 공항이 대형 공항인데 1. 환승 시간이 짧은데 2. 비행기가 지연 출발했고 3. 연결편 비행기 탑승 터미널이 다르다면 비행기를 놓칠 가능성이 정말 크다. 이럴 경우 승무원에게 환승 사정을 이야기하고 착륙을 위한 준비가 진행되기 직전에 자리를 옮길 수 있는지 물어보는 것도 방법이다. 사전에 항공사 홈페이지를 통해 '아이 동반 승객'으로 환승 도움을 요청하는 것도 좋은 방법이 될 수 있다. 그렇지 않으면 수하물을 꺼내려고 일어선 승객들 사이를 아이와 헤집고 나가야 하는 고역이 기다린다.

환승에서 가장 피해야 하는 경우가 있다. 연결편 항공권을 각각 다른 항공사에서 발권하는 것이다. 예를 들어 인천에서 파리까지는 에어프랑스를 이용하고 파리에서 포르투까지 따로 발권했다면 (유럽 내 저가항공 가격은 너무 매력적이다. 2시간이 넘는 편도 비행기 가격이 3만 원대인 경우도 많다.) 환승은 되지만 연결편 비행기를 놓쳤을 경우는 답이 없다. 비행기는 비행기대로 놓치고 새로 비행기표를 사거나 파리에서 하루 숙박해야 한다. 아이와 여행한다면 이런 자가 환승은 피하는 게 좋다.

아이와의 공항 입국심사는 그 딱딱한 분위기에서부터 벌써 아이들이 긴장한다. 대개는 입국심사대에 아이와 함께 가서 여권을 같이 내밀면 된다. 영국 같은 악명 높은 입국심사를 하는 곳이 아니라면 별말 없이 도장 찍어주고 보내준다. 무언가를 물어본다고 해도 특별히 어렵지 않은 영어를 사용하니까 간단하게 대답하면 된다. 다만 비행기에서 내려서 입국심사장까지는 될 수 있으면 빠른 걸음으로 가는 것이 좋다. 유럽의 입국 심사는 대개 창구가 몇 개 없어서 느리기가 한국 사람은 속이 터질 지경이다. 긴 비행으로 지친 몸인데 줄까지 하염없이 서서 기다리면 피곤이 배가 되고 아이도 이때부터는 찡찡거리기 시작한다. 입국 심사를 마치면 수하물만 찾아서 버스든 공항철도든 표시판을 보고 따라가서 타면 되는데 문제는 수하물이 안 나오는 경우가 심심찮게

발생한다는 것이다. 환승 시간이 촉박하면 수하물이 같이 도착하지 않을 확률은 더 높아진다. 연결 비행기는 출발시켜야 하니 급한 대로 승객은 직원이 안내해서 탑승시키지만 수하물은 싣지 못했기 때문이다. 이럴 땐 당황하지 말고 항공사 카운터로 가서 수하물 택을 보여주면 내 수하물이 어느 공항에서 잠자고 있는지를 알 수 있다. 내가 묵는 숙소 주소를 정확히 기입하고 안내받을 현지 연락처까지 꼼꼼하게 알려주면 보통은 이틀 안으로 수하물을 숙소로 배달해 준다. 그리고 수하물 지연 보상을 신청하는 것도 귀차니즘을 핑계로 빼먹지 말자. 어떻게 간 여행인데 나의 시간을 잡아먹은 것에 대한 보상은 받아야 한다는 것을 아이에게 알려주는 아빠가 되어야 하지 않을까. 정말 간혹 운이 나쁘면 공항으로 수하물을 찾으러 가야 할 수 있다. 어찌 되었든 그것도 여행이다.

숙소는 여행의 기억을
더 풍성하게 만든다

우리 집에 온 외국인은 우리 집이 신기할 것이다. 나도 그랬다. 외국인으로서 그들의 집에 발을 들여놓는 순간부터 마치 또 다른 형태의 비행기에 탑승하는 기분이었다. 그 숙소의 승무원들은 모두 제각각 다른 응접을 해 주었다.

여행을 가는 이유가 많을 것이다. 일상을 벗어나 해방되고픈 마음, 유명한 건축물이나 미술품, 우리나라에서는 볼 수 없는 아름다운 풍경을 느끼는 경외감일 수도 있다. 그리고 그 이유 중의 또 하나가 우리와 다른 그들의 삶과 문화 속으로 들어가 보기 위함이다. 그런 점에서 에어비앤비의 광고 카피는 정말 탁월했다.

'살아보기. 현지인들과 함께 살아보기.'

패키지 여행을 선호하는 사람이 아니라면 대부분은 이런 경험이나 낭만 같은 것을 꿈꿔보기도 한다. 유럽 에어비앤비의 경우는 그런 점에서 낭만을 경험해 볼 만한 괜찮은 선택이다. 아시아 지역의 경우 에어비앤비는 대부분 생계 수단으로 운영하는 사람들이 많다. 에어비앤비 임대업자라는 이야기다. 유럽 사람들도 생계나 돈벌이 차원에서 에어비앤비를 하긴 하지만 전문적인 기업형 임대보다는 자기 집에 남은 방을 이용하거나, 심지어 자기 안방을 내놓기도 한다. 그래서 아이와 함께 가는 여행에서는 에어비앤비를 이용해보라고 하고 싶다. 아이와 함께 가는 유럽 여행에서 그들의 문화와 삶의 속살까지 큰 힘 들이지 않고 들여다볼 좋은 기회이자 경험이기 때문이다.

첫 유럽 여행에서 네 번째 유럽 여행까지 대부분의 숙소를 에어비앤비로 이용했다. 에어비앤비의 장점은 호텔보다는 저렴하다. 이용한 사람들의 후기를 알 수 있다. 현지인의 삶의 모습을 볼 수 있으며 그들과 이야기를 나눌 수도 있다. 단점은 숙소의 실제와 다른 사진에 속을 수 있다. 숙소를 찾아가는 데 자신 없는 길치라면 애초에 포기해야 한다. 또 다른 게스트들과 숙소를 공유할 수도 있다. (이런 집은 추천하지 않는다. 뮌헨에서 중국인, 암스테르담에서 미국인 부부와 한집을 썼는데 화장실까지 공유해야 하므로 예민한 사람은 적응하기 힘들다.) 호스트가 맘대로 예약을 취소해버리면 낙동강 오리알이 될 수도 있다. (호스트가 일방적으로 취소할 경우 자동으로 취소 후기가 등록되니 그런 후기가 있는 집은 피해야 한다.)

에어비앤비를 이용할 때 좋은 숙소를 고르려면,

❶ 반드시 숙소 주인이 게스트를 대하는 호스트에 대한 마인드를 알아보기 위해 여러 번 대화를 해 봐야 한다. 현지의 날씨를 물어보거나, 여행에 대한 그 도시에서의 나의 기대, 내가 계획한 여행 일정 등을 알려주고 의견을 물어보는 과정에서 이 사람이 어떤 사람인지 알 수 있다. 특히 아이가 있는 것을 선호하거나 싫어하는 게스트가 있으니 반드시 이 점을 꼭 명시해야 한다. 내 아이는 어떤 성향의 아이이고, 당신의 집에 머무는 동안 환영해 줄 수 있는지를 물어보는 것이 좋다.

❷ 가능하면 호스트의 응답이 빨리빨리 와야 한다. 어떤 호스트들은 질문이나 메시지를 보낸 지 2~3일이 지나도 답이 오지 않는 경우가 있다. 주인이 바쁘거나 게스트가 너무 적어서 관리에 무심할 수 있다. 이런 집은 현지에서 숙박을 하는 동안 문제가 생기면 주인하고 연락이 잘 되지 않아 불편함을 겪을 수 있다. 특히 집에서 물이 샌다거나 열쇠 문제로 문을 열지 못하는 경우, 이웃하고 갈등이 생기는 경우 등등 예상하지 못한 수많은 문제는 항상 일어날 위험이 있다. 호스트가 게스트를 대하는 마인드가 정말 중요하다. 기억에 오래 남는 최고의 호스트가 있는 반면 정말 네 가지라고는 없는 주인도 있으니 맘에 드는 집이라도 호스트가 응답이 늦거나 불친절하면 과감하게 포기하는 게 맞다.

❸ 시내 중심이나 관광지와 멀더라도 집 앞에서 편리하게 교통 수단을 이용할 수 있어야 한다. (대체로 이런 집은 넓고 숙박비가 시내 중심에 비해 저렴하다. 게스트가 많이 오지 않기 때문에 호스트들도 전업 주부가 많아서 세심하게 여행에 신경 써 주고 친절하다.) 스위스 슈피츠에서는 알프스의 만년설이 녹아 호수가 된 튠 호수가 내려다보이는, 우리가 상상하는 그림 속 그대로인 아름다운 마을에서 묵었다. 밤하늘에 쏟아져 내릴 것같이 많은 별은 호수를 비췄고, 호숫가에 정박된 요트들 사이를 한적하게 걷는 것만으로도 힐링이었다. 너무 아름다워 넋을 놓고 있다가 휴대폰을 기차에 놓고 내릴 정도였다. 주인 할머니는 아침 식사를 준비해 주었고 스위스식 퐁듀도 만들어 냈다. 그러나 그 동네는 버스가 1시간에 한 대, 막차는 저녁 6시면 끊어졌다. 스위스의 여름 저녁은 8시가 훨씬 넘어야 어두워지는데 오후 6시부터 숙소에 들어와 있을 수는 없지 않은가. 의도치 않게 히치하이크를 여러 번 했다. 운이 좋아서 그때마다 우리를 태워주는 착한 사람들을 만났지만 슈피츠역에서 버스가 없어 아이와 둘이 어떻게 그 먼 거리 집까지 걸어가나 싶을 땐 정말 막막했었다.

❹ 호스트가 친절한지, 위치, 방의 컨디션 등 다른 사람들의 후기를 꼼꼼히 읽어봐야 한다. 적어도 후기 20개 이상은 있어야 한다. 사람마다 선호도와 불편이라고 생각하는 포인트가

다르기 때문이다. 후기가 아예 없는 오픈한 지 얼마 안 된 비앤비에 묵어본 적도 있지만 가급적이면 후기가 많은 집이 경험상 좋았다. 단, 대부분은 좋은 후기를 많이 쓴다. '위치가 좋다.', '주인이 친절하다.' 등. 그런데 이런 짧은 후기들보다 긴 내용이 적힌 후기를 자세히 읽어보면 장점과 단점이 잘 드러나 있다. 냉난방이나 습기, 엘리베이터 유무, 욕실 사용, 문제가 생겼을 때 호스트의 대응 등을 자세히 읽어보는 게 좋다. 연락도 안 되고 무대책인 호스트도 적지 않다.

⑤ 집이 마음에 드는데 너무 비싸면 주인과 가격을 협상할 수도 있다. 내가 원하는 가격을 제시하면 호스트가 다시 새로운 가격(special price)을 제시한다. 나는 파리랑 밀라노, 오스트리아에서 각각 20유로씩 주인이랑 협상해서 깎았다. 전문 임대업자가 아닌 현지인들이 부업 겸해서 하는 숙소라면 시도해 볼 만하다. 영어에 자신이 없더라도, 중학생 수준의 영어라도 시도해야 한다. 이런 게 사실 여행의 귀찮음이기도 하지만 또 여행 준비의 설렘과 재미이기도 하다. 이렇게 유럽 여행 17박 18일 숙소 경비를 76만 5천 원에 예약한 적도 있다.

유럽까지 갔으니 몇 번은 마음에 아주 쏙 드는 멋진 호텔에 머물러 보는 것도 좋은 일이다. 그러나 유럽의 각 나라의 마트 구경도 하고 장 봐서 아침도 해 먹고 주인이 매일 차려내 주는 요거트, 커피, 빵, 치즈, 햄, 주스로 유럽식 아침을 먹고 하루 여행을 나서 보는 것도 좋은 경험이 아니겠는가.

여행에서 가장 중요한 것은 여행의 여건이나 환경을 대하는 자기 연출의 마음을 내어 갖는 거다. 두 번의 휴대폰 분실, 도난, 수없이 잃어버린 길, 입장표를 바꿔오지 않아 입장 시간이 지난 노이슈반슈타인성 산 중턱까지 숨이 차도록 뛰어 올라간 일, 새로 충전한 나비고를 잃어버린 일, 베르사유에서 아이를 잃어버린 일, 피렌체에서 너무 아파서 밤새 기침만 하다 날을 샌 일 등등 예상 1도 하지 못한 일들이 벌어지는 게 여행이다. 무엇보다 여행의 시간과 공간을 만나는 내가 어떤 눈으로 바라보느냐에 따라 기대했던 여행도 때로는 지옥이 될 수 있다.

숙소 주인과는
오랜만에 만나는 친구처럼 약속하기

그녀의 룸메이트는 니콜라스가 아니었다

그녀의 이름은 클라라였다. 영어를 꽤 능숙하게 했으며 가끔씩 섞여 오는 프랑스어는 구글이 대신 뜻을 알려주었다. 파리 북역 근처의 이비스 호텔을 떠나 그녀의 집으로 향한 8월의 아침, 그녀는 여름 휴가를 떠났고 그사이에 비게 된 자기 집을 에어비앤비에 내놓았던 것이다. 내가 한국 사람이라는 것을 알리자 그녀는 기뻐하면서 나를 반가워할 사람이 있다는 것이었다.

'그럴 리가. 누가 나를 반가워한다는 거지?'

그녀의 룸메이트인데 한국을 잘 알고 한국말도 조금 할 줄 아는 친구라고 했다. 그녀는 니콜라스에서 만나자고 했다. 처음 타 보는 파리의 지하철. 더럽고 불편하기로 악명 높은 파리의 지하철은 의외로 깔끔하고 나쁘지 않았다. 신형으로 전동차를 바꾼 지하철은 우리나라 지하철과 다름없었지만 오래된 지하철은 에어컨이 없고 심지어 창문 위쪽의 작은 창들은 열린 상태로 운행했다. '파리의 지하철은 먼지가 없나? 어떻게 저길 열고 다니지?' 싶었다.

역을 나와 둘러보니 'NICOLAS' 라는 와인 가게가 있었다. '클라라가 말한 니콜라스가 사람이 아니라 와인 가게 이름이었구나.' 하고 생각했다. 와인의 도시 파리 아닌가. 와인은 그저 화이트 와인과 레드 와인이 있고 달콤한 맛과 드라이한 쌉싸름한 맛이 있다는 것밖에 모르는 나도 파리의 와인 가게에는 관심이 갔다. 다행히도 파리 16구의 와인 가게 점원은 친절했고, 신기한 와인들을 이것저것 구경하면서 클라라를 기다렸다.

5분여가 지나고 10분여가 지나도 클라라는 나타나지 않았다. 불안감이 엄습했지만 당시에는 인터넷을 쓸 수 있는 유심을 사가지 않았으므로 와이파이가 되지 않는 한 주인과 연락할 방법은 없었다. (첫 유럽 여행인데 무슨 용기로 유심을 사지 않았는지 모르겠다.) 와인 가게 점원에게 숙소의 지도를 보여주며 위치를 물으니 골목 안쪽으로 6~700m를 더 걸어 들어가야 한다고 알려주면서 왜 여기에서 기다리고 있었냐는 듯 으쓱해 보였다.

캐리어를 끌고 파리의 돌길을 덜덜거리면서 빨리 걸었다. 그해 8월의 파리는 그렇게 덥지 않았음에도 땀이 샘물 솟듯 흘러 등줄기가 젖기 시작했다. 어긋난 약속 시간으로 인해 클라라를 못 만날까 봐 불안해하는 심장 소리 크기만큼 멀리 내다볼 집중력이 솟아났다. 저기 멀리 클라라의 집 주변으로 추정되는 지점에서 자전거를 앞에 둔 한 남자가 휘파람을 불며 서 있었다. 우리 둘이 눈이 마주쳤다. 그는 나에게 바로 눈짓을 보냈다. 키 작은 동양인이 캐리어를 덜덜 끌며 급하게 오는 모습이었으니 그도 내가 눈에 확 띄지 않을 수 없었겠지. 내가 물었다.

"니콜라스? 클라라 프렌드?"
"예~"

나는 지하철 출구에 있던 니콜라스 와인 가게에서 20분간을 기다렸노라고 말했고 그는 대수롭지 않다는 듯이 웃어 보였다. 클라라는 휴가를 떠났고 자기에게 대신 게스트를 맞아 달라는 클라라의 부탁을 받고 여기서 기다렸다고 했다. 20분이나 약속 시간에 늦었지만 그는 아무렇지 않아 했다. 마치 예전의 우리가 삐삐나 휴대폰이 없었던 시절 "토요일 시내 어느 서점 앞에서 몇 시에 만나." 하고 약속하면 그 친구가 올 때까지 30분은 기본으로 기다렸던 90년대처럼.

클라라네 집은 정말 깔끔하고 예뻤다. 작은 부엌은 낡았지만 필요한 것이 다 있었고, 거실은 깔끔했고 소파도 편안했다. 우리가 잠잘 방은 클라라가 프랑스 남부로 휴가를 떠나면서 비게 된 자신의 방이었다. 욕실의 물품들도 맘껏 쓸 수 있었다. 주인이 쓰던 걸 그대로 써도 된다. (대개 주인들은 이런 정보들을 만나서 알려주거나 에어비앤비 구비 물품에 표시해 놓았다.) 그날 밤 어두운 집 안 복도가 삐걱거리는 소리가 들렸고 클라라가 말한 룸메이트 들어오는 소리임을 짐작했다.

다음 날 아침 식사 시간에 거실에서 만난 룸메이트를 보고 놀라지 않을 수 없었다. 클라라가 말한 룸메이트는 남자였다. 클라라 바로 옆방에 살지만 그 둘은 친구도 아니고 사귀는 사이도 아닌 단순한 룸메이트였다. 여자 혼자 사는 아파트에 들이는 룸메이트가 남자라니. 충격이 좀 왔지만 이게 또 파리인가 싶었다. 그는 한국에서 6개월 정도 지냈으며 한국말도 조금 할 수 있었다. 한국이 참 좋았고 맛있는 음식도 많았지만 한국의 겨울이 너무 추워서 견디기 힘들었다는 말도 했다. 파리로 올라와 IT 업계에서 일하고 있다고 했고, 그 뒤로도 그와 마주칠 때마다 종종 이야기를 했지만 집에 들어오지 않는 날이 이틀 중에 하루였다. 그가 집에 들어오지 않는 날은 밤새 어디서 뭘 하는지 궁금했고 더욱 궁금했던 것은 그들의 낯선 동거(?) 생활이었다.

트램에서 내리면 빵집이 보일 거라고?

파리 드골 공항 2터미널에서 아이에게 마지막 프랑스 마카롱을 사 주었다. 파리에 머무는 5일 내내 거의 매일 한 번씩은 아이에게 마카롱을 고르게 했다. 루브르 박물관 앞에 펼쳐진 튈르리 정원에 자리를 깔고 누워 먹는 마카롱 맛은 파리 여행의 달달함을 꼭꼭 씹어 먹는 느낌이었다.

뮌헨 공항에 도착해 시내로 나가는 U반 기차표를 샀다. 비행기에서 내린 일행 모두가 어디서 표를 사야 하는지 몰라서 헤맸다. 나도 그랬고 함께 내린 프랑스 사람들도 헤매기는 마찬가지. 기차표를 파는 곳을 찾는 우리는 침묵했었지만 서로의 눈치로 결국 표 파는 곳과 요금을 알아냈고 나란히 서서 표를 샀다. 여행에서의 위기는 낯선 이들과 금방 동질감을 느끼게 하고 쉽고 느슨한 연대가 재빨리 이루어지게 한다.

비행기 창밖으로 보이던 흐린 구름이 U반을 타고 뮌헨 시내로 접어들면서는 비가 되어 내리고 있었다. 듣던 대로 집주인 올라프 씨는 친절 왕이었다. '호텔보다 낫다.'라는 한국인의 후기를 보고 시내랑 좀 멀었지만 두 번 생각하지 않고 예약한 집이었다. U반의 어느 정류장에 내려서 몇번 트램을 타고 내리면 빵집이 보일 것이고 그 빵집을 따라서 들어가다 두 번째 골목에서 왼쪽으로 꺾어 네 번째 집이라고 했다.

머릿속으로 이 설명을 되새기면서 트램을 기다렸다. 전광판에는 금방 오겠다고 한 뮌헨의 트램은 약속 시간을 지키지 않았고 5분, 10분이 지나도 오지 않았다. 날은 비가 와서 더 추워졌고 바람도 여름 바람 같지 않게 차갑게 불어왔다. '트램이 오긴 오는 걸까?' 하려던 찰나 멀리 빗속에서 탁한 하늘색의 뮌헨 트램이 도착하고 우리는 탑승했다. 처음 탑승해 보는 뮌헨의 트램.

늦은 시간도 아니었는데 트램 안에는 열 명 남짓 있었고 표를 살 수 있는 기계가 같이 실려가고 있었다. 우리가 내려야 할 정류장은 7 정거장 거리. 그런데 5 정거장을 지나니 모두 내린다. '어? 뭐지…' 하고 텅 빈 트램에서 당황하고 있는데 내리려던 독일 아저씨가 우리를 보더니 다가와서 내려야 한단다. 여기가 종점이란다. '잉? 그럴 리가. 올라프가 알려준 정류장은 아직 두 정거장 더 남았는데…'

내가 정류장 이름이 쓰인 안내도를 손가락으로 가리키자 그는 반대편에 서 있는 버스를 가리켰다. 트램이 공사 중이라 여기서부터는 대기하고 있던 버스를 타고 가야 하는 것이었다.

'아 너무 고마워라.' 하면서 동시에 왜 올라프가 이런 얘기를 해주지 않았는지. 친절하다는 올라프가 살짝 원망스러웠다.

그렇게 아주 짧은 (유럽의 트램 정류장은 정말 짧다. 파리의 지하철은 심지어 지하철역 맨 앞쪽에 가면 다음 역이 보이는 곳도 있다. 영국의 빨간 이층버스 정류장 거리도 우리나라보다 훨씬 짧다. 그래서 정류장의 수가 많아도 생각보다 시간이 오래 걸리지 않는다.) 두 정거장을 지나 내리니

'이건 뭐지?' 말 그대로 여긴 어디, 나는 누구!

아무것도 보이지 않았다. 가로등이 제대로 있었는지도 모르겠다. 시간이 저녁 8시 무렵이었는데 지나가는 사람 한 명이 없고 비는 점점 세차 오고 찬바람은 더욱 세게 불었으며 사위는 30m 앞도 보이지 않을 만큼 캄캄했다. 우리는 우산이 없었고 어디로 가야 할지 머릿속이 아무것도 보이지 않는 어둠보다 더 까맣게 된 듯 멈춰버렸다.

'빵집? 빵집이 어딨어!'

길 건너조차 어둠으로 보이지 않는다. 문을 연 가게 하나 없고, 불빛을 단 것은 가끔 지나가는 자동차뿐이었다. 휴대폰 화면에 캡처해 둔 그림을 꺼냈다. 이렇게 봐도 저렇게 봐도 어느 방향으로 가야 할지 감도 오지 않았다. 아이는 추위에 떨고 (이날이 8월 1일이었다. 독일의 8월 날씨는 추위를 대비해야 한다.) 빗물에 내 머리가 축축해지기 시작했다. 조금 먼발치 어둠 속에서 검은 우산을 쓴 한 사람이 걸어왔다. '그래 무조건 저 사람을 잡아야 한다.'

"익스큐즈미. 캔유 쇼미 디스 맵? 아월 파인드 디스 하우스 벋 아이 해브 노 모바일 폰. 디스 이즈 마이 호스트 넘버."

이렇게 다다다닥 말을 쏟아내고 나니 그제야 내 눈앞에서 황당한 표정으로 서 있는 사람이 60대로 보이는 독일 할머니라는 것이 눈에 들어왔다. 급박한 나보다 더 당황한 그 할머니에게 보여준 번호로 집주인에게 전화를 부탁했다. 내가 거기서 살아남을 운명이었던 건지 그 위기의 순간에 전혀 알아들을 수 없는 독일 말로 할머니와 집주인은 통화를 했고 잠시 뒤 우산을 쓴 덩치는 크고 하얀 면티를 입은 올라프 씨가 웃으면서 나타났다. 그때까지 그 할머니는 아이에게 우산을 씌워주며 우리와 함께 기다려주었다. 그 할머니에게 당장 엎드려서 절이라고 하고 싶었다. 연락처를 알려주면 다음 날 선물이라도 하고 싶다 하니 할머니는 괜찮다면서 웃었다.

옆에 있던 아이도 그 위기 상황이 심각하다고 느꼈는지 외국인에게 말 한마디 걸지 않던 아이가 고맙다면서 땡큐 베리 머치를 두 번이나 말하는 게 아닌가. 그때 놀랐다. 아이도 위기가 오면 영어로 말을 걸기도 했다. 그렇게 영어로 말해보라고 할 땐 한마디도 시도하지 않던 아이였는데 말이다. 자기 딴에도 길거리에서 미아로 노숙자가 될 뻔한 상황이 꽤 심각했었나 보다. 파리에서도, 뮌헨에서도 집주인과 못 만날 뻔하고 숙소 찾는 일을 헤맸다.

혼자 하는 여행이라면 혹은 어른들끼리의 여행이라면 서로 의논하고 길을 함께 찾고 대안을 논의할 수 있지만 아이와 가는 유럽 여행은 계획 속에 플랜 B의 대안이 없다면 집주인과 확실하게 시간 약속과 장소를 구체적으로 딱 정해야 한다.

구글맵을 이용해 집 건물 앞까지는 어렵지 않게 찾아갈 수 있지만 유럽 건물의 구조상 집 앞에서도 집을 찾기가 어렵다. 같은 주소의 아파트 안에 여러 이름이 적힌 벨이 있거나 아니면 아무것도 쓰여 있지 않은 벨도 있다. 또한 집 열쇠를 어느 특정한 장소나 우편함, 휴대용 금고에 넣어뒀으니 알아서 찾아 열고 들어가라는 사람도 있고, 친구가 대신 마중 나갈 거라는 사람도 있다. 이럴 경우에도 집주인과 대화를 통해서 어디에 어떤 위치인지 사진으로 보여 달라고 하거나 대신 마중 나오는 사람의 번호를 알고 있는 편이 유용하다. 부부나 동거인이 소유한 아파트의 경우 나와 약속한 사람이 아닌 다른 사람의 이름이 벨에 쓰여 있기도 하고, 에어비앤비상에서의 이름과 다른 이름을 아파트 벨에 적어 놓는 경우도 많다. 에어비앤비를 이용한다면 집주인과 만나는 시간과 장소를 구체적으로 잡아야 하고, 반드시 전화 통화를 할 수 있는 수단을 갖추어야 헤매지 않을 수 있다.

에어비앤비 집주인과
잘 지내볼까요?

이제 현지인의 집에 들어왔으니 남은 건 주인과의 관계다. '아이가 말이라도 한마디 해 보면 안 될까?' 여행하는 동안 아이가 붙임성 있게 다가가 보기를 나는 내심 기대한다. 식당에 가든, 기차에서 옆자리에 앉는 누구에게든. 부모된 입장에서 아이와 여행하는 일은 아이도 함께 여행에 참여해 주길 바란다. 영어에 자신 없어하는 모습보다는 잘 못 하더라도 자신 있게 그들과 대화하고 우리와 다른 그들의 삶을 체험해보는 것. 에어비앤비에서 숙박을 하면서 이런 일들이 자연스럽게 일어났으면 하는 것이다. 아이와의 여행에서 호텔이 아닌 현지인 숙소에 묵는 가장 큰 이유다.

피렌체를 여행할 때였다. 대개 여행자들은 피렌체 대성당 중심에서 대부분 머문다. 우리는 약간 외곽이지만 숙박료가 싸고, 버스 정류장에서 한 번이면 대성당까지 바로 이동할 수 있는, 더구나 피렌체에서 제일 큰 COOP 마트가 길 건너에 있는 곳에서 사흘을 묵었다. 젊은 부부가 사는 집이었는데 집에 들어가 보니 살림살이가 참 초라하다. 세간이랄 것도 몇 개 없고 자기들은 좁은 방에서 자고 가장 넓고 큰 방을 우리에게 내주는 집이었다. 난방 시설도 열악하고 아침 식사를 준비해준다는 것을 보고 예약을 했는데 플라스틱 통에 담아둔 마른 빵 몇 조각에 시리얼과 우유가 그들이 말한 아침식사였다. 그것도 사흘째 아침엔 다 떨어지고 없었다. 우리가 관념적으로 생각하는 부유하고 낭만적인 이탈리아 피렌체 도시 사람이 아니라 참 가난한 현실의 젊은 부부의 집이었다.

그 집에는 고양이 4마리와 대형견 한 마리가 실내에서 같이 지냈다. 당연히 온 방에 고양이와 개털이 날렸다. 아이 컨디션도 좋지 않고 날도 추워서 고양이와 놀기를 좋아하는 아이에게 혼자 집에 있으라고 하고 혼자 선물 거리를 사러 COOP에 다녀왔다. 조금 걱정이 되긴 했지만 열한 살의 여행인데 잠깐 혼자 있어 보는 것도 경험이겠지 싶었다. 불안하고 조급한 마음에 서둘러 뛰어서 다녀왔다.

그러나 웬걸. 아이는 부엌에서 여주인과 함께 앉아서 이야기를 하고 있는 게 아닌가. 고양이의 이름을 물어보았단다. 호스트나 게스트나 서로 영어를 잘 못 하기는 마찬가지. 아는 영어를 최대한 동원해서 손짓 발짓으로 의사소통을 했는가 보다. 내가 돌아오자 아이는 그 집의 고양이와 개에 대해서 들은 이야기를 정신없이 한 바가지 쏟아 놓는다. 아이의 놀람보다 더 놀란 건 나였다. '이 아이가 이렇게 붙임성 있게 대화를, 그것도 영어로 대화를 시도하는 아이였던가?' 싶었다. 지금까지 여행에서는 그런 적이 없었다.

스위스 장크트 갈렌에서는 알프스 산속 마을 숙소에 도착한 날 저녁에 육개장을 끓이고서 미국인 주인에게 먹어보라고 권했다. 한입 먹고 나더니 매운데 맛있다며 처음 먹어보는 한식에 재미있는 반응을 보였다. 취리히 숙소에서는 젊은 주인 부부가 우리를 위해 바비큐를 준비하고 함께 먹자고 제안했다. 그때 서로 의사소통이 되지 않아서 함께하지 못한 게 지금도 아쉽다. 슈피츠 숙소의 할머니는 기차에 놓고 내린 내 전화기를 찾아주기 위해서 철도청에 전화도 해 주었고, 런던 숙소의 흑인 여주인은 금발 가발을 벗은 채로 아이와 부엌에서 마주치자 기겁하고 소리 지르며 도망가기도 했다.

여행은 경험이고 세상과 나의 연결이다. 여행을 통해서 나를 만나기도 한다. 예상치 못했던 순간들이 오고, 일이 벌어지면 내가 어떻게 그 일을 대면하고 처리하는지를 돌아보면서 나를 만날 수 있다. 내가 어떤 것에 감동하고 어떤 것들을 불편해하는지도. 그래서 여행은 나를 만나러 가는 길이기도 하다. 그 여행길에 아이도 함께 가는 것이다. 아이는 접해보지 못했던 다른 삶의 방식을 사는 사람들을 눈으로 보고 몸으로 느껴보는 것이다. 아이와 산책할 때 종종 지난 여행 이야기를 물어본다. 어느 숙소의 아이와 주인들이 기억나느냐고. 그러면 아이의 입에서는 내가 기억하지 못하는 장면과 공간의 이야기가 나온다. 학교와 학원에서는 찾을 수 없는 그런 경험을 할 수 있는 기회를 주기 위해서 아이와 함께 여행을 가는 것이다.

III

아이와
여행하기 좋은
여섯 도시 이야기

아이와 여행하기 좋은 도시. 먼저 좋은 도시라고 하는 관점은 도시의 숫자만큼 많이 있을 수 있다. 영국의 EIU(Economic Intelligence Unit)에서 해마다 조사하는 '살기 좋은 도시'라는 조사라는 것도 깊이 들여다보면 조사 기관이나 조사하는 인종이 사는 대륙이 중시하는 관점이 들어가 있다고 봐야 한다. 좋은 도시는 멋있어야 하고, 안전해야 하고 역사적이기도 하며 깨끗하기도 해야겠지만 아이와 여행하기에 좋은 도시를 꼽기 위해 나는 한 가지 관점이 더 있어야 한다고 생각한다.

여행하기 좋은 도시란 재미있게 걸을 수 있어야 한다. 유현준의 『어디서 살 것인가』라는 책에는 걷기 좋은 도시 로마와 뉴욕이 나온다. 왜 그 도시들은 내가 사는 도시보다 걷기 좋은가. 그 이유는 자연 발생한 골목길이 이어져 있기 때문이다. 더욱이 골목길의 풍경은 계속해서 바뀐다. 풍경이 계속해서 바뀌니까 '저 길로 가면 어디가, 무엇이 나올까?' 하는 호기심이 생긴다.

또한 길을 걷고 있노라면 편안한 느낌이 드는데 이유는 골목길 공간의 크기가 사람보다 그리 크지 않기 때문이라고 한다. 대도시라고 하더라도 강남의 번화한 대로보다 은평구의 골목길이 편안한 까닭은 거기에 있다고 분석하고 있다.

파리와 바르셀로나는 대도시지만 고딕지구나 파리 10구의 미로처럼 이어진 골목길은 걸어보면 비슷한 풍경이 이어지는 듯하지만 뜻밖의 클래식 버스킹 공연을 만나 걸음을 멈추기도 하고, 골목마다 들어선 노천 카페의 사람들 풍경을 보는 것만으로도 재미가 있다. 그리고 나도 아이도 그 풍경의 일부가 되어 쉬어가는 여행자로 앉아 있을 수 있다. 유럽 여행에서 아이와 하루에 걷는 거리는 2만 보가 넘는 경우가 거의 매일이다. 그래서 아이와 걷는 길은 더더욱 재미가 있어야 하고 그래야 아이와 여행하기 좋은 도시라 할 수 있다.

우리가 여행하는 도시도 그랬으면 좋겠다. 쉽게 걸어서 접근할 수 있는 도시가 좋은 도시다. 그리고 거기에 조건이 아직 하나 더 남았다. 아이와 여행하기 좋아야 한다. 아이와 여행하기 좋다는 건 아이와 아빠가 **'함께'** 걷기 좋아야 한다. 둘이 함께 걷는 여행 그 안에는 아이와 아빠가 공통분모처럼 공감할 수 있는 것들이 있어야 한다. 아이가 해 보고 싶고, 가 보고 싶은 곳이 있어야 하고, 그걸 아빠도 좋아해야 한다. 아빠가 아이에게 흥미롭게 들려줄 이야기가 있는 도시여야 하고, 함께 맛있게 먹을 수 있는 도시여야 한다.

그런 의미에서 나는 아이와 여행하기 좋은 여섯 곳을 꼽아 낸다. 아이가 해 보고 싶은 것들로 넘쳐나는 런던, 솔 광장의 젊음과 열정, 문화, 예술 역사를 다 만날 수 있는 도시 마드리드, 자동차를 타고 알프스를 달리며 아름다운 자연에서 사는 사람과 이야기를 만날 수 있는 세 나라 국경과 닿은 알펜가도의 시작점 린다우 호수, 아이와 함께 매일매일 여러 도시로 기차 여행하기 좋은 뮌헨, 마음을 내려놓고 아이와 함께 걷기만 해도 힐링이 되는 이탈리아의 푸른 심장 아시시와 동화 속 마을 프랑스의 콜마르, 전통 문화와 미술, 간척지 낮은 땅에서 일어나 날려오는 풍차의 바람이 있는 암스테르담까지.

이 도시에서의 여행 이야기들로 들어가 보자.

TRAVEL

아이가 좋아할 만한 곳으로 가득한
도시 런던

런던의 겨울 해는 짧기도 짧아 겨우 오후 2시가 넘은 시각인데 왠지 날은 벌써 어두워진 저녁 느낌이다. 짧은 런던 여행에서 두 번이나 들른 코벤트 가든의 찻집에서 차를 한잔 마시고 다시 지하철로 Charing Cross Station역으로 가서 내셔널 갤러리가 있는 트라팔가 광장에 도착했다. 아이는 광장의 분수대를 바라보더니 잠깐 멈췄다가 분수대로 돌진해서 올라가려고 한다. 다시 반대쪽 다리를 올리고 낑~!낑~! 아이는 이런 데 올라가는 걸 참 좋아한다. 거의 본능적으로 올라간다. 차 한잔 마시고 쉬었다 오니 체력이 다시 살아났나 보다. 어서 그림 보러 가자. 내셔널 갤러리로 향한다.

내셔널 갤러리에 입장해서는 아이가 어린이 잡지에서 봤다며 가장 보고 싶어 했던 그림 얀 반 에이크의 '아르놀피니의 결혼' 앞에 선다. 그러면서 이 그림에 숨은 비밀도 설명해 주었다. 어디서 읽은 건 있어 가지고. 나는 잘 모르는 그림인데 또 어느 그림 앞에서 아이는 한참 설명해 주었다. 요모조모 생각보다 그림을 잘 보고는 나름의 감상평도 내어놓는다. 술과 도박에 찌들고 심지어 살인까지 저지른 삶만큼이나 강렬한 인상의 카라바조의 그림과 희미해진 기억 속 풍경 같은 모네의 그림들을 구경하고 있는데 아이가 또 달려온다. 고흐의 '빈 의자'와 한스 홀바인의 '대사들'. 이 그림도 자기가 아는 그림이라며 내 손을 잡아끌고는 설명한다. 어린이 잡지에서 봤다고 한다. 그림 속에 숨은 나이, 숫자 등을 알차게 설명해 주던 아이도 체력이 많이 달리는 모양이다. 진짜 다리 아프고 지친다. 유럽 미술관 여행은 지식과 체력이 있어야 한다. 프라도 미술관, 루브르 박물관 오르세 미술관 내셔널 갤러리도 정말 체력전이다. 아이의 지친 표정의 무게가 무거워져 미술관 바닥에 닿아 질질 끌려가는 지경이지만 그림을 보겠다는 의지를 불태운다.

"그만 나갈까?"라고 슬쩍 물어보니 단호하게 안 된단다.

"영국까지 왔는데 다 봐야 해."라고 엄마 아빠 모드로 돌입한다. 루벤스의 '파리스의 심판' 앞에서 아이는 이 그림을 보더니 다시 설명 모드로 진입. '넌 도대체 이런 걸 어디서 알게 된 거니? 난 가르쳐준 적이 없는데.' 신기한 녀석이다. 아이는 결국 힘든지 미술관 벤치에 지쳐 드러눕는다. 미술관에서 거의 2시간 반을 넘겼다. 이젠 나도 아이도 힘들기는 마찬가지다.

그럼에도 우리는 영국 박물관으로 간다. 아이와 오이스터 카드 한 장으로 런던 지하철을 탈 땐 넓은 개찰구를 이용하면 같이 나갈 수 있다. 아침부터 종일 돌아다니니 안 피곤할 수가 없다. 자연사 박물관에 들러 거대한 공룡의 화석과 이렇게 큰 다이아몬드가 있나 싶을 정도로 큰 다이아몬드 원석들을 보았다. 지진체험도 하고, 거대한 고래도 만났다. 그리고 이어진 버킹엄 궁전 – 웨스트민스터 사원 – 빅밴 – 런던아이 – 버로우마켓까지 초초 강행군이었으니 다리가 진짜 너무 아팠다. 그만 걷고 싶을 지경이었다. (결국 이 여행 중 바르셀로나에서 족저근막염이 와서 쩔뚝쩔뚝 걸어 다니다 마지막 날은 다니는 걸 아예 포기했다.) 어느새 완전히 깜깜해진 5시가 되어간다. 아이에게 슬쩍 운을 띄운다.

"영국 박물관은 너무 힘드니까 가지 말까?"

"무슨 말이야. 런던까지 와서 안 보고 간다는 게 말이 돼?"

"그래. 가자."

이미 날은 어두워지고 박물관은 문 닫기 한 시간 전이었다. 분명히 오후 5시인데 깜깜해서 한밤처럼 느껴진다. 박물관 폐장 시간 40분이 채 남지 않았다. 영국 박물관 뒤편으로 후다다닥 들어가서 바로 3층 이집트관으로 올라간다. 파라오의 미라들. 번쩍이는 황금 장식은 눈이 안 갈 수가 없다. 수천 년의 시간을 견딘 미라들. 신기하기도 하고 그럴 리 없겠지만 가짜 같기도 한 파라오의 관들도 유심히 살펴보고 이게 내장을 담는 항아리라며 아이는 그 지친 몸으로 또 설명 모드. 그리스 로마관으로 넘어와서도 열심히 본다. 아이가 박물관도 이렇게 열심히 볼 줄이야.

　입장한 지 30분 만에 뒤에서 호루라기 소리가 들리고 양치기가 양을 몰듯 우리는 우르르르 내몰려 쫓기듯 나가야 했다. 사람들이 삼삼오오 박물관을 나가고 우리도 그 무리에 휩쓸려 계단을 내려가야만 했다. 왜 런던에서 하루 이틀을 더 잡아 놓지 못했을까 너무 아쉬웠다.

　아이가 꼭 가 보고 싶어 했던 셜록 홈즈 박물관도, 노팅힐 포토벨로 마켓도, 그리니치 천문대도 못 갔다. 긴 하루의 여행으로 정말 지쳤을 텐데 아이는 그때도 웃고 있다. 내일은 세비야로 넘어가는 날이라 날도 밝지 않은 이른 아침부터 정말 번갯불에 콩 볶아 먹는 기분으로 런던을 다 돌았다. 너무 아쉬워서 비행기 타는 그 순간부터 런던은 꼭 다시 와야지 하는 생각을 간절히 남기고 보낸 하루였다. 여행 다니면서 이날처럼 바쁘게 돌아다닌 날이 없었다.

　해리포터 스튜디오를 다녀온 날은 아이와 함께 애프터눈 티를 마시러 갔다. 런던에 가기 전부터 아이는 런던에 가면 꼭 애프터눈 티를 경험해 보고 싶다 했다. 애프터눈 티의 나라 영국답게 애프터눈 티를 내놓는 곳만 모아 놓은 사이트가 있었다. 그사이트에 들러 우리 숙소와 멀지 않은 호텔에서 할인되는 세트로 골라 예약 메일을 보내 놓고 런던으로 떠났었다. 분명히 애프터눈이었는데 우리가 호텔로 들어설 때 이미 날은 컴컴해지기 시작했었다. 아이는 이날 마셨던 홍차와 맛있는 것들로 가득했던 3단 트레이 앞에서 머물렀던 그 여유가 그립다고 했다. 이리저리 차를 우려내 마시면서 갈색 각설탕으로 장난하며 놀던 아이였다. 런던에 가면 맨 먼저 그때로 다시 가보고 싶다 한다.

아이에게 지금까지 다녔던 도시들 중에 "한 군데만 다시 갈 수 있다면 어디를 고를래?"라고 물어본 적이 있다. 아이는 길게 생각하지 않고 대답했다. 런던. 그만큼 런던은 볼 것도 많고 아이들이 좋아할 만한 게 가장 많은 도시다. 스위스에는 아이들이 좋아할 자연과 액티비티가 있고 로마에는 역사가 남긴 유적이 있다면 런던에는 아이들이 보아 두면 기억할 만한 명화가 있고 역사가 있고 유물이 있다. 영국만의 분위기를 내는 공원이 있다. 무엇보다 여유가 있다. 세비야로 떠나는 런던 게트윅 공항의 주황색 이지젯 항공이 이륙했다. 세비야로 가는 설렘보다 런던에 남겨두고 온 아쉬움이 더 진하게 남은 잿빛 하늘이었다.

런던 다시 가자!

기차표 한 장으로 누빌 수 있는
독일 바이에른

2층 기차를 타고 유럽의 멋진 전원 풍경을 매일 즐길 수 있는 곳이 있다. 그림 같은 집들과 농촌의 풍경이 있고, 탄성을 자아내는 호수가 어우러진 성이 있으며, 국경도 쉽게 넘나들 수 있다. 그것도 달랑 기차표 한 장만 사면 아이와 함께 갈 수 있는 곳, 바로 독일의 바이에른주다. 바이에른주는 독일 남부의 평평한 땅이 있는 지역이다. 그래서 기차로 연결된 많은 도시와 나라가 있다.

아이와의 여행에서 매일 이동을 하는 일은 체력적으로도 힘들고 이동에 시간을 쓰다 보면 여행 다녀온 후에 가장 많이 기억은 이동의 기억이다. 렌터카로 여행하는 게 아니라면 매일 이동보다는 한 도시에서 숙박을 잡고 주변의 여러 도시를 가벼운 차림과 마음으로 소풍 가듯 다녀오는 것이 더 효율적이다. 그런 점에서 바이에른의 중심 도시인 뮌헨은 어느 다른 유럽의 도시들보다 아이와 머물 만하다. 바이에른은 스위스, 오스트리아, 체코와 닿아 있다. 아침 일찍 빵 냄새 가득히 퍼지는 뮌헨역에서 기차를 타면 스위스의 취리히, 오스트리아의 잘츠부르크, 프라하로 갈 수 있는 뉘른베르크에 닿을 수 있다. 그리고 독일에서 가장 아름다운 성으로 꼽히는 백설공주의 성이 있는 퓌센으로 갈 수 있다. 또한 독일 알프스의 최고봉으로 3천 미터에 이르는 가르미슈파르텐키르헨의 추크슈피체까지도 당일에 다녀올 수 있다.

뮌헨에서 잘츠부르크로 가는 기차는 파란색 2층 기차였다. 비가 오는 궂은 날씨였음에도 자전거를 기차에 싣고 여행하는 독일 사람들을 볼 수 있다. 평평한 땅 위를 흐르는 넓지 않은 강을 하나 살짝 건너면 국경을 넘어선다는 것도 신기한 일이다. 잘츠부르크에서는 아이와 미라벨 정원을 걸으며 함께 도레미송을 불러 볼 수도 있고, 모차르트의 집에서는 모차르트가 사용했던 피아노와 바이올린을 직접 볼 수 있다. 뮌헨으로 돌아오는 길에는 잘츠부르크역에서 달콤한 과일과 모차르트 초콜릿과 캔디를 사서 하나씩 우물거릴 수도 있다.

퓌센으로 가는 길은 아침 일찍 서둘러야 한다. 예약 없이 타는 완행 기차다 보니 주말이라면 아침에 기차에 자리가 없을 수도 있다. 퓌센에 거의 이르면 그림처럼 멋진 Forggensee 호수가 나오는데 기차에 탄 이들 모두 약속이라도 한 듯 그 풍경에 감탄을 내뱉는다. 백설공주의 성으로 알려진 노이슈반슈타인 성으로 올라가는 길은 꽤 가파르다. 마차로도 올라갈 수 있지만 아이와 걸어 올라가면서 이 성의 주인공인 루드비히 2세가 호수에서 시신으로 발견된 이야기를 전설로 각색해 준비해 가면 나는 재미있는 투어 가이드이면서 이야기꾼이 될 수 있다. 노이슈반슈타인 성에서 내려다보이는 슈방가우의 풍경은 그 누구라도 정신을 쏙 빼놓을 만큼 아름답다. 성에서 나와 산 중턱을 돌아 마리엔 다리에 이르면 컴퓨터 바탕화면으로 오래 두고 볼 만큼 멋진 성이 있는 그림을 얻을 수도 있다.

또한 르네상스의 미술을 독일로 가져다준 화가 뒤러의 고향인 뉘른베르크에는 4~50분이면 고속철도 ICE로 닿을 수 있다. 중세 이후 독일 르네상스의 중심 도시인 '붉은 바위'라는 뜻의 뉘른베르크는 2차 세계 대전 이후 모두 파괴된 도시였다. 이후 그때의 모습으로 다시 지었지만 기차역에서부터 이 도시의 강한 인상에 매료될 수 있다. 특히 독일에서도 뉘른베르크는 소시지가 맛있기로 유명한 도시다. 성 로렌초 교회 앞에 시장이 열리면 아이에게 체리 한 봉지와 뉘른베르크 소시지 3개가 빵 사이에 들어간 뉘른베르크 버거를 산다. 그리고 이 도시가 훤히 내려다보이는 뉘른베르크 성 담벼락 위에 올라가서 그 풍경과 함께 즐기는 맛을 보면 이 도시를 여행하길 잘했다는 생각을 들게 한다. 특히 아이가 이제 그림을 즐길 줄 아는 나이라면 뮌헨의 알테피나코텍 미술관에서 뒤러의 자화상을 먼저 만난 후 뉘른베르크에 있는 뒤러의 집을 찾아가 보는 것도 아이와의 좋은 여행이 될 듯하다.

뮌헨에서 알프스를 만나고 싶다면 빨간색 기차를 타고 가르미슈파르텐키르헨으로 가면 된다. 가르미슈파르텐키르헨은 추크슈피체라는 독일에서 가장 높은 알프스가 있다. 아이와 둘이 케이블카로 올라가는 데 8만 원 가까운 돈을 지불해야 하지만 내려올 때는 산악 기차를 이용해 알프스의 풍경과 함께 내려올 수 있다. 산 정상에 오르면 그림보다 멋진 독일의 융프라우라고 불리는 풍경이 보인다. 내가 올랐던 날은 여름비가 이 마을에 세차게 내린 다음 날이라 아무것도 보이지 않았다. 대신 8월 한여름에 눈인지 얼음인지를 구분하기 어려운 덩어리를 맨손으로 만지며 아무것도 보이지 않는 안갯속을 신비한 나라에 온 듯 신나하며 뛰어다니는 아이를 보았다.

뮌헨으로 돌아와서는 뮌헨에서 가장 유명한 스테이크 집에서 오늘의 특선으로 저렴한 스테이크를 먹고 슬슬 걸어가서 책을 보다가 그대로 잠이 들어도 좋은 영국 정원이 있다. 런던의 버킹엄 궁전 앞의 St James's Park에서 그랬던 것처럼 영국 정원의 호수에서는 여러 동물들과 아이는 대화를 시도하며 꽥꽥 소리를 낸다. 오페라의 유령 공연 같은 멋진 공연이 열릴 것 같은 뮌헨 레지덴츠 궁전 음악당과 아이의 눈을 사로잡을 만한 색색의 보석과 황금으로 만들어진 왕관과 보물이 가득한 박물관에서는 아이도 너무 아름다웠는지 사진으로 남기느라 카메라와 일체가 된 듯했다.

뮌헨에서만도 닷새라는 시간을 아이와 함께 알차게 여행할 수 있다. 뮌헨은 우리나라에서 직항으로 가는 루프트한자 항공도 있어서 유럽 내 장거리 이동을 원하지 않는다면 아이와 여행할 수 있는 최고의 여행지라고 할 수 있다.

이베리아의 중심
마드리드로

스페인 여행에서 많이들 하는 고민 중에 하나가 마드리드를 갈까 말까다.

"마드리드 볼 거 없어, 빼도 돼."
"프라도 미술관 말고 마드리드는 볼 거 없지."

내가 물어본 많은 사람들에게서 대부분 이런 말을 들었다. 스페인만을 여행한다면 대개 마드리드나 바르셀로나 공항을 통해 들어가거나 나오고 그라나다와 세비야를 중심으로 안달루시아 지방을 여행하는 게 보통이다. 여기에 포르투갈을 넣는다면 포르투와 리스본을 거치는 여정이 일반적이다.

맞는 말이다. 하지만 그렇다고 마드리드를 그냥 뺄 것인가. 내가 밟아본 마드리드는 좀 달랐다. 우선 마드리드 여행의 가장 강점은 마드리드 근교인 톨레도와 세고비아 두 도시를 볼 수 있다는 강점이 있다. 톨레도는 스페인에서 가장 중세의 모습을 잘 간직한 도시이고 아름답고 웅장한 톨레도 대성당이 있다. 아이가 좋아했던 짚라인을 만날 수 있다. 세고비아에는 누구나 그 모습에 감탄하는 로마시대 수도교와 백설공주가 살았을 법한 세고비아 성이 있어서 아이와 함께 간다면 빼놓지 말아야 할 도시이다. 그리고 마드리드에는 유럽 3대 미술관인 프라도 미술관과 소피아 미술관이 있다. 특히 소피아 미술관의 도서관은 내가 지금까지 본 세상에서 가장 아름다운 도서관이었다. 프라도 미술관으로 걸어가다 만난 거대한 하얀 우체국도 볼만한 풍경이다.

종교 재판으로 잔혹했던 마요르 광장에서 마드리드의 중심 태양이란 뜻의 솔 광장까지 이어지는 길을 걸으면 마드리드를 제대로 느껴 볼 수 있다. 관광객뿐만 아니라 현지인들에게도 인기 있는 초코를 듬뿍 찍어 먹는 츄러스를 사 먹을 수 있다. 도시 풍경을 만나며 걸어가는 길 위에서는 겨울에도 해 질 녘부터 마치 축제 같은 도시 분위기가 나타난다. 유럽의 큰 도시인 파리나 런던, 기후가 비슷한 로마에서조차도 만나기 쉽지 않은 풍경이다. 단지 사람이 많아서가 아니라 그 많은 이들의 표정과 몸짓은 '오늘 밤 한번 제대로 놀아보자.'라고 하는 듯한 인상마저 준다. 푸에르타 델 솔에 모인 사람들을 보면 나도 그 풍경 속으로 푹 빠져들고 싶어진다.

스페인 하면 또 하몽을 빼놓을 수 없는데 하몽 백화점이라고 불리는 무세오 델 하몽집에서 수많은 종류의 하몽을 맛볼 수 있다. 이 집에서 먹는 멜론 하몽 맛은 마드리드에서 먹은 음식 중에 단연 으뜸의 맛이었다. 이베리코 하몽은 특히 더 가격이 높았다. 마드리드 사람들이 하몽을 즐기고 먹고 마시는 법을 여기 가면 볼 수 있다.

또한 마드리드 사람들은 친절하다. 길에서, 가게에서, 식당에서 만난 사람들도 대부분 무언가를 물어보면 끝까지 알려준다. 휴대폰 분실 신고를 하기 위해서 마드리드 경찰서를 찾아가는 길에 만난 중년의 샐러리맨들은 자기들끼리 서로 어느 길이 맞는지 논쟁을 벌이다가 결국 길가에 있는 호텔로 들어가 컨시어지까지 동원해서 물어봐 주었다. 푸에르타 델 솔 광장의 경찰도 스페인의 거리 측정의 기준점이 되는 '0km' 발판을 찾는 질문에 친절하게 알려주었으며 심지어 비앤비 하우스 옆방에 머물던 변호사마저도 나에게 더없는 친절을 보여주었다. 하루 잠깐 보고 말 사이인데도 미안할 정도의 친절을 느껴 본 것은 뮌헨에서 만난 숙소 주인 올라프와 마드리드에서 우연히 옆방에 머물게 된 변호사였다. 식당에서, 숙소에서, 거리와 여행에서 만나는 마드리뇨들과의 만남은 더 깊은 나를 만나 볼 수 있게 하는 시간으로 바뀔지도 모른다.

마드리드에는 찬란했던 스페인 왕실의 보물과 유산을 보여주는, 유럽에서 가장 크고 많은 방이 있는 베르사유를 닮고자 했던 마드리드 왕궁이 있다. 그 왕궁 안의 방의 화려함은 다녀본 어느 다른 나라의 왕궁과 비교해도 뒤처짐이 없다. 베르사유의 화려함에도 뒤지지 않는다. 금과 은, 눈이 부시도록 반짝이는 샹들리에, 그 비싸다는 스트라디 바리우스 악기가 세트로 전시된 곳. 벨라스케스의 그림에 자주 등장하는 펠리페 4세의 동상이 우람하게 서 있는 왕궁은 마드리드를 스페인 여행에서 빼놓지 말아야 하는 이유가 된다. 마드리드는 바르셀로나와도 다르고 세비야 그라나다와는 더욱 다르다. 거대 도시이면서 사람을 만날 수 있고 시간과 풍경을 만날 수 있다.

"스페인 갈 건데 마드리드 가야 하냐고?"
"응."

알펜가도의 시작,
린다우 호수

드디어 린다우 호수구나!

콜마르에서 차를 몰아 프라이부르크를 거쳐 린다우 호수가 보이자 어느 큰 성당 아래로 포도밭이 지평선 끝까지 펼쳐진 전망대에 즉흥적으로 차를 세웠다.

2016년 여름 첫 유럽여행. 뮌헨에서 기차를 타고 취리히를 거쳐 베른, 슈피츠로 가는 길에 만난 린다우 호수. 기차 맞은편에 앉아 두꺼운 철학책을 보던 줄리아 로버츠를 닮은 대학생과 이야기를 나누었다. 뮌헨에서 취리히까지는 7시간이 걸리는 긴 기차 여행이었고 그 아가씨와는 몇 번 눈이 마주친 후 자연스럽게 대화를 하게 되었다. 책을 보다 깜빡깜빡 졸던 그녀의 눈에도 기차에 마주 앉은 동양인인 나와 아이가 들어왔을 법하다. 그녀가 보고 있던 영어로 된 책이 무슨 책인지, 뮌헨에서 하는 대학 생활 이야기 등등을 하는 동안 취리히행 기차는 오스트리아 브레겐츠로 향하고 있었다. 그녀가 얼마 뒤에 창밖을 가리키며 여기가 그녀의 고향이라며 내릴 채비를 시작했다. 자기 고향은 산 너머에 있고 엄마가 역으로 마중 나와 있을 거라고 했다. 그러고는 조금 흥분한 목소리로 이제 조금만 더 지나면 아주 멋진 호수가 나올 거라고 했다.

'어떤 호수길래 이러지?'

잠시 뒤, 그 호수를 보자 나는 입을 다물지 못했다. 지평선 끝까지 닿은 그렇게 너른 호수를 처음 보았고, 호수 뒤로 펼쳐진 알프스의 설산이며, 그 호수에서 여름 휴가를 보내는 수많은 유럽인들 특유의 흥에 겨운 분위기, 정박되어 있던 수많은 하얀 요트들까지. 기차 안에서 만난 창밖의 호수 광경은 그날 그 시간에 그대로 나를 얼어붙게 할 만큼 아름답고 여기가 현실이 맞나 싶게 아름다웠다. 그 호수가 바로 린다우 호수였다. 잠시 멈췄던 기차가 출발했다. 여름 휴가의 여흥이 검붉게 탄 얼굴에 아직 남은 채로 기차에 오른 사람들은 그때까지 고요하기만 하던 뮌헨발 취리히행 기차 안을 시끌벅적하게 바꿔 놓았고 나도 그 흥에 올라탄 채 취리히로 향했다.

온 유럽 사람들이 모여 여름 휴가를 즐기는 바다처럼 끝도 없이 넓은 호수를 보고 다음 유럽 여행에서 언젠가는 꼭 여기를 다시 와 봐야겠다고 마음 먹었었다. 그래서 다음 여행엔 루트를 비틀어가서면도 기어이 이 린다우 호수를 집어넣었다. 독일과 오스트리아, 스위스 세 나라의 국경 사이에 걸쳐 있는 이 멋지고 아름다운 호수는 크기가 대전광역시 크기와 맞먹는다.

이렇게 다시 만난 린다우 호수를 보니 나도 마음이 두둥실 설레고 흥분된다. 젊은 커플도 그냥 호숫가에 자리를 깔고 누워 여름을 즐기다가 수영도 하고 연인의 사랑도 나누고 아무렇지 않게 수건으로 겨우 가릴·곳만 가리고 수영복을 갈아입는다. 정작 당사자들은 아무렇지도 않은데 민망함은 나의 몫이다. 사람은 믿음과 관념에 따라 이렇게 같은 상황에서 서로 반대의 상황인식을 만들어 낸다. 아이도 머뭇머뭇하더니 호수에 들어간다. 린다우 호수의 물은 맑고 깨끗해서 바닥이 훤히 다 비친다. 이런 넓고 맑고 깨끗한 물에 누구 눈치 보지 않고 맘껏 수영할 수 있는 청정한 곳이 우리나라에 얼마나 있겠는가. 나도 들어가고 싶었는데 차에 옷을 두고 와서 아이만 들어가라고 했다.

처음엔 다리만 넣고 슬슬 린다우 호수로 들어가더니 깊이 쑥~ 들어가서 호수의 시원하고 맑은 물의 느낌을 몸으로 알아채는 아이다. 마음껏 신나게 수영해 주길 바랐는데 무서웠는지 그렇게는 못 하고 조심조심 아이가 물놀이를 시도했다. 물에서 나와 호수 전망대로 올라가는 포도밭을 지나 차를 세웠던 성당으로 올라가는 길에 아이와 자전거를 타고 함께 린다우 호수를 라이딩하는 독일 아저씨와 눈이 마주쳤다. 나도 호수 길을 자전거 타고 달려보고 싶어 자전거를 어디서 빌릴 수 있는지 물어보니 다시 길을 돌아가야 한단다. 그러면서 어느 나라에서 왔냐고 묻길래 한국에서 왔다고 하니 현대와 삼성을 이야기한다. 보통 삼성을 제일 먼저 이야기하는데 이 아저씨는 현대를 먼저 이야기한다. 요사이 K-POP이 많이 알려지긴 했지만 유럽 사람들에게 여전히 한국은 삼성과 현대 말고는 아는 게 없는 나라다.

차를 돌려 Überlingen으로 왔다. 이 Überlingen이라는 도시는 작지만 아름다운 호숫가의 도시이다. 도시라기보다는 마을에 가까울지도 모른다. 골목 골목마다 단정하고 깔끔한 독일 도시의 모습 그대로다. 이탈리아나 스페인은 이런 현대적 유럽 건물 모습보다 조금 더 예스럽지만 독일은 게르만 특유의 깔끔하고 정갈한 모습이 있다. 전쟁으로 인해 새로 지은 건물인 탓도 있지만, 깔끔함은 그들의 성품일 것이다. 이탈리아나 스페인과 달리 길에 떨어진 휴지도 별로 없다. 도시 중심가에 있는 자전거 렌털 가게를 검색해 찾았다. 멀리 떨어진 곳에 주차를 하고 (유럽 렌트카 여행은 대체로 주차가 힘들다.) 걸어가면서 중고 서적을 모두 5유로씩에 팔고 있는 길가의 노상 서점에서 책에 관심을 보이는 독일 사람들도 볼 수 있다. 아이는 머리띠를 팔고 있는 가게 앞에서 머리띠와 가발을 보며 써 보고 싶다고 웃으며 관심을 보였다.

보덴제(Bodensee). 보덴 호수라고 하는데 린다우 호수가 워낙 크다 보니 린다우 쪽에서야 린다우 호수라고 부르지만 사실 보덴제라고 불린다. 지금은 서울을 흐르는 강이 한강이라는 명칭 하나지만 마포 사람들은 마포강이라고 불렀던 것처럼. 이 보덴제 호수는 독일, 오스트리아, 스위스 세 나라 유럽 사람들의 최대 여름 휴양지다. 따라서 호수 주변으로 휴양 숙박 시설, 요트, 음식

점들이 많이 있고 Überlingen은 그런 사람들이 모이는 도시다. 그래서 여름철에는 숙박 요금이 정말 비싸다.

Überlingen이라는 이 작은 유럽의 휴양 도시에 동양인이 별로 없다. 그래서인지 자전거를 빌리러 갔더니 엄청 신기한 손님이 왔다는 표정이었다. 자전거는 빌릴 수 있는 최소 시간 단위가 하루씩이다. 우리의 휴가 개념과는 정말 다른 유럽 사람들의 휴가 문화를 느끼는 순간이었다.

"나는 지금 여행 중이고 오늘 스위스로 가야 한다. 이 호수를 좀 돌아보고 싶은데 몇 시간만 빌릴 수 있겠느냐?"

"우리는 원데이가 최소다."

"이 호수가 너무 아름다워서 지나가다가 차를 돌려서 자전거를 빌리러 왔어."라고 하고 나니 조금 난처해하는 표정을 짓는다. 자전거 가게에 놓인 도시 관광 안내 브로슈어에 크게 적힌 이 도시 이름 Überlingen을 발견하고서 그 순간 나는 최대한 이 사람들을 설득해야 하겠다는 심정으로 머리를 짜내 친한 척을 시도한다.

"위블링겐?"이라고 발음했더니

"아니, Überlingen."

"유블링겐?"

"아니, Überlingen."

그러면서 Ü 이 발음을 해 주는데 도무지 발음이 안 되는 내가 재미있는지 우리는 함께 와다그르르 웃었다. 저 발음은 독일어에

만 있는 '우믈라우트'라고 하는데 발음이 여간 어렵지 않다. 인상 좋은 저 아저씨가 원어민 발음을 들려주려고 할 때

"나 고등학교 때 독일어 배웠어. 이 발음기호 알아. 아우블라우 트잖아. 하하하하." 했더니 매우 반가운 얼굴로 웃으며 어느 나라 에서 왔냐고 물었다. 한국에서 왔다고 말해줬고 이 작전은 정확 히 목표 지점으로 골인했다. 청년과 아저씨는 둘이서 한참 뭐라 고 얘기하더니 정말 저렴한 가격으로 자전거 두 대를 빌려줬다.

아이에게 맞는 자전거를 찾아 테스트 겸 자전거 가게 앞 광장 을 한 바퀴 타 보고 바로 보덴제 호숫가로 나갔다. 빨리 그 멋지 고 아름다운 호숫가를 달려보고 싶었다. 호숫가 모래밭에서는 테 니스와 배드민턴이 결합된 생전 처음 보는 운동을 하고 있었고, 그걸 보는 관중도 적지 않았다. 여름 휴양 도시의 느낌이 물씬 풍 기는 광경이었다.

자전거를 타고 조금 나가자 바로 바다처럼 넓은 보덴제 호수가 눈에 들어왔다. 그야말로 가슴이 뻥 뚫렸다. 로켓을 타고 하늘을 날아갈 것 같은 시원한 기분이 든다. 지평선 끝까지 펼쳐진 호수 의 장관은 말로 다 표현할 수가 없다. 지나가는 사람한테 부탁해 보덴제 호수를 배경으로 사진을 찍어본다. 우리 사진을 찍어주는 사람도 우리의 신난 표정만큼이나 우리를 재미있게 쳐다본다. 유 럽인들의 휴양지에 낯설고 키 작고 까만 동양인 부녀 둘이라니.

드넓디 넓은 호숫가 굵은 아름드리 길 사이로 자전거를 타고 달리는 독일 8월 시원한 날씨는 이번 여름 유럽 여행에서 최고의

날이었다. 이날, 여기, 왜 내가 2016년부터 그토록 여기를 다시
와 보고 싶었는지 내 스스로도 다시 알게 되는 날이었다.

아이는 자전거를 이제 제법 잘 타서 맘껏 달려볼 수도 있는데
도 낯선 길이라 그런지 조심조심 달려 나갔다. 야트막한 언덕길도
지나고 독일 남부를 달리는 빨간색 2층 기차도 우리와 함께 보덴
제 호수를 달렸다.

아이와 함께하는 여행에서 유럽에서만 볼 수 있고, 방문하는
도시마다 무엇을 아이에게 보여줄까 하고 찾게 된다. 어느 도시
에서든 하나쯤은 찾아낼 수 있을 것이다. 나는 이 린다우 호수
주변에서는 그들의 휴가를 즐기는 법과 아름다운 자연 아래서
즐기는 낭만을 보여주고 싶었다. 큰돈을 들이지 않아도, 아주 멋
진 요트를 타거나 비싼 음식이 없더라도. 귀하게 얻은 휴가의 시
간을 어떻게 즐길 수 있는지.

혼자 그 예쁜 호수에 지는 석양의 시간을 지키며 바라보던 할
머니, 큰 아름드리 옆으로 지나는 빨간 이층 기차, 아무렇지 않
게 맑은 호숫가로 뛰어들어 물놀이를 즐길 수 있는 자연이 있다
는 것, 잔디밭에 담요 하나 깔고 누워 한 여름철의 시간을 누워
서 보낼 수 있는 시간이 있다는 것만으로 충분히 쉼의 시간이
될 수 있다는 것을. 여름날 긴 해의 오후, 호숫가에서 잔디밭에
는 자리를 깔고 누워 수영도 즐기고, 놀이도, 모임도 하고 있는
이 사람들을 보다 보니 마치 2019년 독일의 현실판 '그랑자트섬
의 일요일 오후'가 내 눈앞에 새롭게 펼쳐진 느낌이다. 1유로도

되지 않는 자그맣고 저렴한 아이스크림을 먹으며 보덴제 호수 앞에 서서 호수의 시원한 바람과 물 냄새를 맡아본다. 호수 너머 스위스 알프스에서 불어오는 8월 여름 바람은 시원하기만 하다.

세 나라 국경을 맞댄 이 호수를 한 바퀴 돌아보는 것만으로도 며칠 머물러 쉬고 싶은 여행이겠지만 여기가 독일과 오스트리아 알프스로 이어지는 길 알펜가도의 시작점이다. 그래서 멀리로 보이는 스위스의 알프스 대신 눈앞에서 알프스를 만나보러 떠날 수 있다. 독일에서 가장 아름다운 성 노이슈반슈타인의 퓌센과 독일 알프스의 최고봉 추크슈피체가 있는 가르미슈파르텐키르헨으로 이어진다. 알펜가도를 따라가는 내내 풍경에 감탄했고 '이 멋진 아름다움을 언제 또 만날 수 있을까?' 싶었다. 너무나 아름다워 오스트리아의 티롤로 향하던 우리는 차를 세우고 이 멋진 알프스 산을 배경으로 놓고 풀밭에 앉아 스위스의 마트에서 사 온 빵과 우유로 점심을 먹었다.

아이는 돌아오는 비행기에서 이번 여행에서 가장 즐거웠던 것 3가지를 꼽아보았고 첫 번째를 린다우 호수에서의 자전거 라이딩을 꼽았다. 너의 삶의 시간이 힘겨울 때 린다우 호수를 기억해 그곳으로 다시 떠나 볼 수 있기를 기대한다.

5

중부 이탈리아의 아시시, 동남부 프랑스 콜마르

지금 전 세계가 열망하고 있는 것이 있다. 모두가 간절히 바라고 있는 일. 확실한 코로나 치료제 개발이다. 치료제와 백신 개발이라는 게 언제 성공할지는 아무도 모른다. 그야말로 기약이 없다. 어느 과학자도 장담할 수 없는 어려운 일 중 하나다. 확실한 코로나 치료제와 백신으로 이 감염병을 지워버릴 수 있다면 다시 우리는 떠날 수 있게 되고 당연하게 누리던 일상의 감사함과 소중함을 더 깨닫게 되지 않을까?

정재승의 『열두 발자국』에는 이런 일화가 나온다. 소아마비 백신을 최초로 개발한 의사는 쉬지 않고 백신 개발에 몰두했으나 번번이 실패했단다. 머리를 식히기 위해 달랑 배낭 하나 메고 여행을 떠났다고 한다. 중세 마을의 수도원 성당에서 불현듯 아이디어가 떠올라 메모를 하고 그길로 미국으로 돌아가 백신 개발에 성공했다고 한다. 그 과학자가 다녀간 여행지가 바로 이탈리아 중부의 중세도시 '아시시'다.

이탈리아는 우리 모두가 알듯이 멋지고 아름다운 광경의 유명한 관광지가 너무 많은 나라다. 큰 도시로만 다녀도 여행 일정이 빡빡할 나라가 단연 이탈리아다. 그 많은 볼 곳 중에서 아이와 여행하기 좋은 도시로 꼽을 수 있는 아시시는 바로 이런 이유에서가 아닐까 싶다. 아시시는 몸과 마음을 비워낼 수 있다. 마음이 조용해지는 곳이다. "아시시에 살고 싶어요. 거긴 천국 같아요." 영국의 록 가수의 데이비드 보위의 말이다. 그는 "내가 지상에서 본 천국은 아시시."라고 말했다고 한다. 이탈리아의 푸른 심장이라고 불린다는 아시시. 아시시는 그 입구에 들어서면서부터 마치 시간 여행을 하게 되는 듯 과거로 스며들어 가는 느낌을 준다. 그 어느 도시에서도 느껴보지 못한 차분해지는 흥분이다. 아시시의 길들은 중세 어느 시간에 나를 데려다 놓고 걷게 한다. 이런 차분한 시간 여행은 유럽의 어느 도시에서도 만나고 느껴본 적이 없다.

이는 어쩌면 아시시는 성인 프란치스코의 흔적과 성녀 클라라의 마을이어서인지도 모른다. 부유한 상인의 아들이었던 프란치스코는 평생 가난과 청빈으로 살았고 그를 흠모하던 여인은 수녀가 된다. 그들의 시간은 그대로 이어져 오늘날의 수도회, 수녀회의 기원이 되었다. 13세기 성당의 종소리를 들으며, 르네상스의 시작이라 일컫는 조토의 그림으로 한평생 청빈했던 프란치스코의 일생을 만나고 나온다. 그래서일까? 법정 스님도 아시시에 다녀가면서 아시시의 프란치스코를 보며 이런 말씀을 하셨단다. "서양 중이네." 서양의 중이라니…. 중노릇 제대로 하는 일은 엄청난 고행과 수행을 이겨야 하는 일이 아닌가. 성철 스님은 3천 배 수행, 8년의 장좌불와 수행을 하셨다 하지 않았나. 수도자 중에 수도자의 도시가 아시시다.

아이와 함께 안개 낀 아침, 사람의 흔적도 여행자의 발걸음도 시작되지 않은 중세 아시시의 사잇길들을 고요히 걷고 있노라면 형언하기 힘든 마음의 평화가 느껴진다. 아이와 손잡고 눈이 반쯤 먼 채로 선종한 포르치운콜라(Porziuncola)의 작은 오두막 성당 나무 의자에 앉아서 조용히 기도해 보자. 꼭 성당에 다니지 않아도 된다. 거기서는 그냥 고민하고 번민하며 살아가는 현 존재로서 나를 향한 기도를 하게 된다. 아이와의 여행에서 아시시에서 한나절 혹은 하루 머물러 보길. 어쩌면 쌓아둔 생각과 관념의 찌꺼기들을 '내려놓음'이라는 텅 빈 충만의 순간을 경험하게 될지도 모른다.

유럽 여행하면 떠올리는 이미지가 '동화'다. 우리는 어릴 적 서양의 동화를 읽고 자란 탓에 동화하면 떠올리는 이미지가 있다. 유럽 여행 연관 검색어에도 '소도시 여행, 동화 마을' 이런 말들이 뜬다. 안데르센 동화나 예쁜 동화 같은 마을에 나오는 그림은 대개 비슷하다. 알록달록 지붕과 예쁜 골목길들, 공주가 살 것 같은 성 같은 집들. 크고 멋진 성당 등등. 앞에서 소개한 오스트리아의 티롤이 알프스의 자연을 배경으로 한 동화의 마을이었다면 남동부 프랑스의 작은 도시 '콜마르'는 정말 동화 속, 만화 속 마을이 콜마르다.

프랑스에서 여섯 번째로 큰 도시이자 유럽 의회가 있는 스트라스부르. 한때 유럽에서 가장 큰 성당인 노트르담 성당이 있는 스트라스부르에서 차로 1시간 남짓 따라 내려가면 만날 수 있고 독일과의 국경을 맞대고 있어 프라이부르크에서도 가까운 동화의 도시 콜마르.

콜마르 입구에 이르면 자유의 여신상이 가장 먼저 우리를 기다린다. 뉴욕에 있는 그 자유의 여신상과 크기가 작을 뿐 똑같은 자유의 여신상이다. 프랑스가 미국에 선물한 자유의 여신상을 만든 사람이 바로 콜마르 출신이다. 그래서 콜마르에도 자유의 여신상이 있다. 크기가 뉴욕의 그것보다 작다고는 하나 거대한 여신상이다. (사실 앞에서 자세히 보면 생김이 남자인가? 싶다.)

콜마르가 유명해진 이유 중에 하나는 <하울의 움직이는 성>의 배경이 된 도시이기 때문이다. 알자스 지역의 옛 모습이 고스란히 보존된 콜마르는 르네상스 이후 지어진 건축 구조가 그대로 드러나는 집들과 골목이 가장 인상적이다. 파스텔 톤의 목조 건물, 쁘띠 베니스 운하를 따라 늘어선 카페 등 독특한 분위기가 16세기 유럽을 그대로 걷는 듯하다. 만화에서 하울이 소피를 안고 하늘 높이 날아오르는 장면은 콜마르의 모습을 그대로 그려 놓았다.

알록달록 선명한 색들의 집들이 늘어선 좁다란 골목을 걷고 있으면 꼭 만화 속에 아이와 내가 들어서 있나 싶다. 아이가 이 애니메이션을 좋아해 우리는 한국에서 이 애니메이션을 일부러 찾아서 두 번이나 보고 갔다.

이른 아침에 도착한 우리는 차를 주차하고 콜마르의 작은 운하인 쁘띠 베니스를 다니는 첫 배를 탔다. 뱃삯도 참 저렴했다. 뱃사공은 연신 영어로 바쁘게 이 아름다운 도시를 설명한다. 그러나 그런 말 없이도 그저 바라만 보는 것만으로 감동과 감탄을 맛볼 수 있다. 운하를 따라 곱게 심어진 색색의 꽃들과 그 곁에 선 키 큰 미루나무들이 만들어 내는 콜마르의 풍경은 그 안에 내가 이 마을의 일부가 되어 걷고 있다는 자체만으로도 행복함을 듬뿍 맛보게 한다.

이탈리아의 아시시가 마음의 평화를 경험할 수 있는 성스러운 감정을 마주할 수 있는 도시라면 프랑스의 콜마르는 동심의 세계로 들어갈 수 있는 곳이다. 동심의 세계를 헤매듯 콜마르의 골목길 구석구석 아무 곳이나 걷다 보면 쁘띠 베니스의 운하가 끝나는 지점에 이르게 된다. 거기에 이르면 콜마르에 어울릴 것 같지 않은 현대식의 자그마한 갈색 건물과 만나는데 바로 콜마르의 시장이다.

우리가 도착한 목요일에는 콜마르 전통 시장도 열리고 있었다. 프랑스 할머니가 만들어 오는 갖가지 과일맛 요거트를 사고 치즈를 맛봤다. 신경질적으로 보이는 말라깽이 프랑스 소시지 가게의 할아버지는 사진 찍는 걸 싫어했다. 인심 좋아 보이는 아저씨가 파는 과일가게에서 2유로짜리 체리도 한 봉지 사서 길가에 있는 물에 씻어 먹을 수 있다. 크지 않은 시장이었지만 아이와 시장을 구경하며 몇 바퀴나 돌아보았다. 유럽 소도시의 전통 시장을 만나는 건 여행자의 입장에서는 큰 행운이다. 가정이나 농장에서 직접 만들어 시장에 내놓는 사람들이 많기 때문에 현지인들의 삶을 시장에서 날것으로 만날 수 있다.

시장을 한 바퀴 돌아 꽃이 만발해 핀 샛길로 이르자 녹색 꼬마 기차가 지나간다. 스트라스부르에도 노트르담 성당을 출발해 쁘띠 프랑스까지 돌아오는 기차가 있었는데 콜마르에는 더 귀엽고 깜찍한 녹색의 꼬마 기차가 경적을 울리며 콜마르를 횡~하니 한 바퀴 돌아 여행자들의 바쁜 눈과 걸음을 손쉽게 채워준다.

유럽의 동화 속 마을을 가 보고 싶다면 콜마르에서 아이와 같이 만화 속 주인공이 되어 걸어보자.

풍차와 치즈 마을,
고흐와 안네를 만나는 곳 암스테르담

인간은 대개 경험하는 자아와 이야기하는 자아가 다르다고 한다. 우리가 실제 경험하는 것과 기억하고 이야기하는 것 사이에는 뇌의 작용으로 편집과 왜곡이 생기는 것이다. 그래서 여행이든 일이든 사람 관계든 첫과 끝이 중요하다. 처음에 만난 좋은 인상은 오래 남고, 마지막에 느꼈던 기억과 감정은 대상의 전체 이미지로 각인된다. 여행도 마찬가지다. 첫 도시와 마지막 도시가 그 여행에 대한 감정을 결정한다. 처음과 끝의 기억이 좋으면 그 여행은 좋았던 여행으로 기억한다. 기억은 쉽게 탈감정화되지 않기 때문이다.

그래서 아이와 함께하는 첫 유럽 여행의 첫 도시만큼은 오래도록 기억할 수 있는 아이의 관심사가 있는 도시, 또 흥미로운 그들의 문화를 눈으로 볼 수 있는 곳, 그리고 짧은 시간에 근교 도시의 예쁜 자연을 만날 수 있는, 교통이 편리한 크지 않은 도시였으면 했다. 생각 끝에 결정한 첫 도시는 암스테르담이었고 이유는 뜻밖에도 풍차였다.

아이가 2학년이던 어느 날, 퇴근하고 돌아오니 아이는 그림을 그리고 있었다. 아이가 그리고 있던 것은 풍차와 비행기였다. 비행기를 타고 풍차를 보러 유럽을 가는 그림을 그리고 있었다. 스페인과 네덜란드의 풍차가 조금 다른 모습이지만 우리가 흔히 생각하는 풍차는 네덜란드식 풍차에 가깝다. 아이가 생각하는 유럽 여행의 풍경은 아마 풍차였나보다. '그래! 풍차를 보여 줄 수 있는 곳 암스테르담으로 가자.'

암스테르담에 도착한 다음 날 아침, 8월인데도 호호 나오는 입김을 불며 이른 아침 풍차마을인 잔세스칸스로 가는 사람 없는 기차에 몸을 실었고, 하얀 솜뭉치 같던 자욱한 네덜란드의 안개를 지나 풍차를 만났다. 풍차 안에서 사다리를 잡고 올라서면 바로 눈앞에서 거대한 풍차 날갯짓을 보았고 잔세스칸스에 늘어선 풍차 마을 전경을 만났다. 시차 적응도 안 돼 설 뜬 눈으로 보낸 유럽 여행 첫날의 낯선 긴장감은 거대한 풍차 날개바람 소리와 함께 다 잊었고 그 공간엔 평화롭고 설레는 풍경이 들어앉았다.

또 암스테르담 근교는 치즈의 도시다. 매주 금요일에 열리는 알크마르 치즈 축제가 가장 유명하지만 우리는 금요일 아침에 퀼른으로 떠나야 했기에 대신 갈 수 있는 곳을 찾아냈다. 에담 치즈 마을이었다. 에담 치즈 시장은 매년 7~8월 수요일에만 열린다. 알크마르에 그 위상을 내주긴 했지만 네덜란드 치즈 시장의 시초는 사실 에담이고 지금도 네덜란드 치즈는 에담 치즈로 불린다. 작은 에담 치즈 마을을 아는 동양 여행자들은 별로 없다. 우리가 갔던 날 에담 치즈 축제 마을에 동양인은 아이와 나 둘밖에 없었다. 치즈 시장이 열리는 풍경도 신기하고 때맞춰 열린 시장도 아이가 좋아할 만한 호기심이 가는 간식들로 가득했다. 그 예쁜 풍경에 반해 사진을 찍을 때마다 그들도 우리를 신기하게 쳐다보며 같이 웃어주었고, 치즈 축제를 방문한 유일한 동양인 일행이던 우리에게 축제의 사회자가 다가와 마이크를 건네며 알 수 없는 언어로 무언가를 이야기해 달라고 했다. 몇백 명의 시선이 우리 둘에게 쏠리던 첫 유럽 여행 도시의 기억은 아직도 짜릿하게 남아있다. 더욱이 북홀랜드 패스 교통권 한 장이면 에담 뿐만 아니라 근교 바닷가 마을 볼렌담까지 갈 수 있다.

거미줄처럼 얽히고설킨 운하의 도시 암스테르담에서 또 만날 수 있는 것은 안네의 집이었다. 암스테르담의 운하 곳곳을 달리는 운하 보트를 타는 것도 좋고 트램을 타고 크지 않은 암스테르담 구석구석을 구경해 보는 것도 재밌지만 또 아이와 들러야 할 곳 중에 하나가 책으로 만난 '안네의 집'이었다. 아이와 함께 『안네의 일기』를 읽으면서 안네가 살았던 집을 책 속의 사진으로 보았다. 나는 한밤중에 안네의 집 입장권이 오픈되는 시각에 예매했다. 어렵게 입장권 예매에 성공하고서 아이가 여행하며 흥분해 할 얼굴을 떠올리며 행복했다. 안네의 집은 입장권을 구하기가 어려워 여름이라면 현장에서 입장권을 구하려고 기다리는 줄이 50m는 넘는다. 아이는 책으로 만난 곳을 실제 눈으로 본다고 하니 허청허청하게 걷던 발걸음이 나보다 더 날랬다. 치즈 축제에 다녀오느라 입장 시간이 임박했는데 업혀 가기를 좋아하는 아이도 이때만큼은 빨리 뛰었다. 입장해서 책에서 보았던 집의 구조며, 벽장 뒤 공간, 내려진 커튼 등 아이가 읽었던 기억과 눈에 보이는 현장을 일치하느라 아이의 눈과 입은 어느 여행자보다 바빴었다.

또한 유럽의 큰 도시는 대개 멋진 미술관을 다 만날 수 있다. 유럽 여행을 다녀왔다고 하면 누구나 미술관에 들른 경험을 이야기한다. 런던의 내셔널 갤러리나 파리의 루브르와 오르세, 로마의 바티칸이나 보르게세, 마드리드의 프라도 미술관, 뮌헨의 노이어, 알테피나코텍 등 보아야 할 미술관이 꼭 있다. 물론 암스테르담도 빠질 수 없다. 고흐 미술관과 네덜란드 국립 박물관이다. 아이가 다니던 피아노 학원 입구에 고흐의 해바라기가 걸려 있었다. 학원을 마치는 아이와 함께 집으로 오면서 물었다.

"피아노 학원 문 앞에 걸린 그림 봤어?"
"해바라기 그림."
"그 그림 누가 그린 줄 알아?"
"아니."
"고흐라는 사람이 그렸대. 그 사람이 그림을 열심히 그렸는데 살아 있을 때는 고흐의 그림을 아무도 알아봐 주지 않아서 매우 힘들어했지. 그래서 가난할 수 밖에 없었고. 지금은 세계에서 제

일 유명한 화가의 그림이지. 우리 진짜 해바라기 그림 보러 가지
않을래?"

"그래, 좋아."

이렇게 해서 우리가 암스테르담으로 가야 하는 이유는 하나 더
생기게 되었다. 그 뒤로 고흐에 관한 어린이 책 몇 권을 함께 보
았고 '고흐의 방'이며 '자화상', '별이 빛나는 밤' 등 몇 점의 고흐
그림도 기억에 담아뒀다. 일정에 쫓겨 고흐 미술관에 가는 길 역
시 늦어서 헐레벌떡 뛰어갔지만 아이를 사로잡은 것은 고흐의 그
림 대신 미술관 앞 놀이터의 IAMSTERDAM 조형물이었다. 비를
맞으면서도 그네를 타고 조형물에 기어 올라가 아이는 자신의 방
식대로 암스테르담을 즐겼다.

고흐 미술관 바로 옆에 있는 국립 박물관의 베르메르나 램브란
트의 멋진 그림 한 점 보지 못하고 왔지만 암스테르담은 아이와
나의 첫 유럽 여행 도시로 지금도 종종 그때의 이야기를 나눈다.
에담 가던 길의 바다에까지 가 닿던 지평선, 초록 목장 위의 소
들, 너무 빨리 돌아가던 풍차 날개에 놀라던 일, 동화 같던 에담
마을, 안네의 집 다락방에 안네가 된 듯 숨죽이며 걷던 일까지
아이와 함께 여행하기에 달불은 여행지로 암스테르담은 꼭 한번
들러볼 만한 도시다.

IV

아이가
만나고 성장한
여행의 시간

여행을 하면서 아이가 마음에 남겼으면 하는 것은 망막 기억에 남는 에펠탑이나 콜로세움 같은 유명한 곳보다 우리와 다르기도 하면서 같기도 한 삶의 풍경들이다. 그들은 어떻게 살아가는지, 어떤 음식을 먹고, 어디에서 어떻게 대화하고, 사람들을 어떻게 대하는지 보았으면 했다. 그게 아이의 삶의 일부가 되길 바랐다. 그래서 걷고 보고 느끼는 여행에서 자기만의 여행을 새겨 나갔으면 하는 바람이 있다. 그러자면 아이가 관심이 있고 좋아하는 것도 꼭 있어야 하지만 처음 겪는 여러 생활 장면 안으로 들어가 보는 경험도 심어줄 수 있게 여행의 방향타를 잡아야 한다.

여행을 떠나기 전 아빠는 아이가 해 보고 싶고, 가보고 싶은 곳은 어딘지 아이와 이야기를 해서 알고 있어야 한다. 물론 매 도시마다 그렇게 여행할 수는 없지만 그래도 아이와 함께하는 여행은 같은 여행지를 다녀오더라도 아이만의 이야기가 남을 수 있어야 한다. 패키지 여행처럼 딱딱 짜여진 스케줄에 맞춰 편하게 보고 싶은 것만 빨리 보고 오는 여행을 원한다면 굳이 아이와 둘이 여행할 이유는 없다. 힘들게 걸어 올라 만난 멋진 풍경과 우연히 만난 사람들과의 이야기도 없을 것이고, 고생해서 길을 찾으며 숙소를 찾아냈을 때의 기쁨과 함께 전해지는 우리 두 사람의 연대감을 맛볼 수도 없을 것이다. 시간을 더 써 가며 대중교통을 타고 도시와 국경을 넘을 이유도 없다. 이런 여행 과정에서 이야기가 만들어지고 그 이야기 속에서 아이가 여행 이전보다 더 성장할 것이라 생각한다.

그래서 여행을 다닐 땐 주로 **지하철보다는 버스를 탄다. 빠르고** 편하게 갈 수 있는 장점이 있지만 그래도 굳이 버스나 트램으로 이동할 수 있는지를 먼저 검색해본다. 지하철보다 버스에 타려는 이유는 도시 풍경을 더 자주, 더 오래 만날 수 있다는 것도 있지만 경험상 버스나 트램처럼 땅 위를 달리는 교통수단을 탈 때 **훨씬** 더 깊게 그들의 삶에 끼어 들어갈 수 있기 때문이다. 만나기 힘들다는 버스 검표원을 만난 것도 피렌체와 부다페스트의 버스 안이었고, 세비야의 트램 안에서였다. 황당했던 아이의 첫 합승 경험을 하게 된 것도 파리의 버스 안이었고, 길을 잘못 들어 헤매게 된 날 다시 올바른 길을 찾아낸 것도 아이였다.

여행하는 도시의 현지인들이 살아가는 모습을 보기에 시장과 마트만 한 곳도 없다. 큰 도시에는 유명한 미술관도 있지만 시장은 크든 작든 어느 도시에도 있다. 그 나라와 그 도시에서만 볼 수 있고 할 수 있는 것도 있다. 우리는 인종 차별도 경험했고, 입국 심사에서 부녀만의 여행을 의심받았으며, 가지 말아야 할 곳 (?)도 갔었다. 또한 아이가 그렇게 원했던 패러글라이딩은 날씨 탓에, 프라하에서 호두까기 인형과 백조의 호수 공연을 보지 못하고 온 건 순전히 이 아빠의 준비 부족 탓이었음을 우리는 두고 두고 이야기하고 있다.

　이 모두가 아이와 내가 아침에 일어나면 다리가 퉁퉁 붓도록 쏘다닌 시간과 공간의 여행 풍경 안에서 만들어진 이야기다. 이제 그 이야기를 풀어볼까 한다.

①

아이 스스로 찾아 나선
여행길

앞장 서서 걷다

아마 런던 여행 때부터였지 싶다. 아이가 나보다 앞서서 걷기 시작한 여행이. 히드로 공항에 도착해 풀럼의 숙소로 가는 지하철 안에서 아이는 지하철 맵을 나보다도 더 열심히 들여다보았다. 불안했는지 자리가 있어도 앉지도 않고 내려야 할 역을 머릿속에 되새기며 지하철 차량 안 가운데에 있는 봉을 잡고 (유럽의 지하철은 객차 중간중간 승객이 잡고 서 있을 수 있는 봉이 있다.) 우리가 내려야 할 역까지 아이는 서서 갔다.

또한 그때부터였지 싶다. 내가 길을 그렇게 헤매기 시작한 것이. 나의 큰 장점 중에 하나가 길을 잘 찾는 것인데 런던 여행에서부터는 방향을 잃거나 지하철을 반대로 타는 일이 잦아졌다. 골목길이 좁기로 유명한 세비야에서도 메트로파라솔에서 세비야 대성당으로 오는 동안 다 똑같아 보이는 미로 같은 골목길을 빠져나오지 못해 그렇게나 헤매고 다녔다.

런던 여행에서 아이가 해리포터 스튜디오와 셜록홈즈 박물관을 가장 가고 싶어 했다면 내가 아이에게 가장 보여주고 싶어 했던 곳은 자연사 박물관이었다. 우리 숙소에서 자연사 박물관까지는 버스 한 번이면 바로 갈 수 있는 멀지 않은 거리였다. 그런데 숙소 앞에서 버스를 반대 방향으로 탔다. 런던에서만 그게 몇 번째였는지. 전날 저녁 애프터눈 티를 마시러 예약한 호텔로 가는 길에도 지하철을 반대로 타서 두 번이나 헤매다 결국 아이가 올바른 방향을 찾아냈었다. 반대 방향으로 우리가 가고 있다는 것을 깨닫고 내린 곳은 템즈강을 막 지난 다음이었고 '여긴 어디…? 나는 누구…?' 그 당황함에 멘붕을 겪었다. 덕분에 겨울 템즈강의 칼바람에 눈물 반 콧물 반을 닦으며 2층 빨간 버스를 타고 길을 돌아갔다. 런던의 학교, 도서관, 수영장, 페라리 자동차 가게까지 박물관으로 가는 2층 버스를 타고 가면서 풀럼 지역을 살살이 구경하는 행운(?)도 누렸다.

아이는 더 이상 아빠를 따라다녀서는 안 되겠다고 생각했나 보다. 그때부터는 내 구글맵을 거의 빼앗듯 바투 살펴보고, 버스 번호와 노선을 한 번 더 확인한 후 자기 스스로 맞다는 확신이 들 때라야 발을 움직였다. 버스를 타고 가자는 내 의견에 지하철로 가야 더 빨리, 길을 잃지 않는다고 했고 방향 구분이 어려운 밤엔 아이의 말대로 지하철로 움직였다. 지하철 타는 방향을 나보다 먼저 뛰어 내려가서 확인했으며, 가끔 우리는 서로의 말이 맞다고 개찰구 앞에서 옥신각신했다. 아이의 말이 맞는 경우가 더 많았고 나는 더 이상 이 아이와의 전투 의지를 꺾고 아이가 이끌어주는 대로 따라 움직였다.

그런데 그 순간에는 '좌절'보다는 '이 든든함과 편안함은 뭐지…?' 하는 느낌이었다. 아이가 이끄는 대로 따라가니 공사 중이라 가림막이 쳐진 빅벤을 보았고, 다리 건너 런던 eye 옆의 아찔한 (정말 아찔했다. 안전벨트 하나 메고 런던 eye 높이만큼 사람을 하늘에 띄워 돌려댔고 나는 온갖 비명을 다 질렀다.) 놀이 기구를 타고 하늘에서 실눈을 뜨고 런던을 살포시 보았다. 나는 너무 무서웠는데 놀이 기구를 만난 아이는 에버랜드에 온 듯 신나했다. 워털루역으로 가서 버로우마켓을 들러 수제 버거를 사 먹고 코벤트 가든으로 가서 차를 마셨다.

그 이후 이어진 스페인 여행과 그해 여름에 떠난 독일, 프라하, 부다페스트 여행에서 우리는 다시 길을 잃지도 않았고 지하철과 버스의 방향을 반대로 타지도 않았다. 우리의 목적지로 이르는 방향을 찾고, 탈 곳을 찾아 안전하게 탑승하는 일까지 모두 아이에게 맡겼다. 아니 맡긴 게 아니라 그냥 나는 따라다녔다. 아이는 그렇게 아이 자신의 역할을 점점 늘려가면서 이 여행의 일부가 되어 갔고 내 몫의 부담도 조금씩 덜어지는 날들이었다.

겨울 크리스마스 분위기가 남은 크리스마스 마켓에 들러 충분히 달뜨지 못했던 기분을 내어본다. 저녁 거리의 조명과 알록달록한 불빛이 가득한 런던의 롱 에이크 거리를 두어 발치 앞장

서 걷는 아이를 따라가며 떠올려 보았다. 언젠가 나보다 더 크고 더 힘이 세어져 자신의 삶을 살게 되겠지. 그때 너는 어느 도시의 길을 따라 걷고 있을까?

From 어서 나가자 to 꼼꼼히 좀 봐

'시나브로 스미다.' 이 두 단어로 말할 수 있을 것 같다. 아이의 미술관 여행에서 대해서 말하자면 말이다. 아이가 미술관에 첫발을 들여놓은 곳은 암스테르담의 고흐 미술관이었다. 안네의 집을 관람하면서 시간이 지체되어 입장을 기다리는 긴 줄을 피하기 위해 예약해 둔 시간에 늦지 않으려고 숨을 헐떡거리면서 뛰었다. 안네의 집도 그랬지만 8월의 성수기 시즌이라 고흐 미술관 입장권을 사는 일도 만만치 않았다. 유럽의 시차에 맞춰 표가 오픈되는 시간에 접속을 기다려 입장권을 살 수 있었다. 그렇게 어렵게 입장했다.

나는 처음 보는 고흐의 그림도 많았고, 고흐가 테오에게 보낸 편지의 원본처럼 흔히 볼 수 없는 것들도 전시되어 있어서 설레는 마음을 꺼내 들고 그림을 둘러볼까 싶은데 아이는 빨리 나가잔다. 지루함이 덕지덕지 붙은 아이의 목소리가 따갑게 퍼진다. 4층까지 있던 고흐 미술관을 어떻게 돌아봤는지 이제는 나도 사진으로만 기억하는 시간이 되었다.

미술관을 나와 우리가 간 곳은 고흐 미술관 앞 놀이터였다. 아이는 그네를 타고, 줄에 매달리고 놀았다. 비가 오는 8월의 여름날이었지만 무척 쌀쌀했던 날 우리는 우산을 쓰고 잔디밭을 뛰어다니며 시간을 보냈다. 얀 베르메르의 그림이 있는 네덜란드 국립 박물관을 바로 앞에 두고서 말이다.

이후 여행에서도 마찬가지였다. 루브르 박물관에서는 모나리자를 봤으니 이제 나가자 했다. 파리 오르세 미술관은 그야말로 명화 대축제였다. 밀레와 마네, 고흐 그림 앞에서 좀 더 오래 서 있고 싶었다. 하지만 아이가 가진 지루함의 크기를 알기에 아이의 나가자는 성화를 이길 수도 없었고 그걸 무시한 채 버텨가며 그림을 볼 만큼 단호하지도 못했다. 우리는 미술관을 나가 센강 근처에서 잠봉뵈르를 사 먹는 것으로 시간을 보냈다.

두 번째 여행이었던 이탈리아에서는 대개 한나절을 그 안에서 보낸다는 바티칸 미술관에서조차 우리는 '아테네 학당'과 '천지창조' 등 몇몇 그림만을 보고 나왔고, 피렌체의 우피치 미술관은 아이가 더 이상 미술관은 가고 싶지 않다며 입장 자체를 반대했다. 그럴 때의 아이를 보고 있노라면 여기까지 온 것이 아깝다는 생각이 스멀스멀 들었고 아이를 이해해야 한다고 머릿속으로는 생각했지만 감정이 따라가지 못했다.

조금씩 변화가 일어나기 시작한 건 아이가 어린이 잡지를 구독하면서부터였다. 잡지 안에 명화를 소개하는 섹션이 있었나 보다. 비교적 활자를 꼼꼼히 읽는 아이가 그림에 관심을 가지고 알은체를 하던 때도 아마 그때였을 것이다. '아르놀피니 부부의 초상', 한스 홀바인의 '대사들', 루벤스의 '미의 세 여신', '수태고지' 등등이 아이 입에서 나오기 시작했다. 그리고 집 앞 도서관에서 명화를 그린 화가와 서양 미술사에 대한 쉬운 그림책을 발견하면서 이해의 폭이 커져 갔다. 더불어 그림을 전혀 모르던 나도 서양 미술사, 르네상스 미술, 아트 인문학 여행, 명화를 소개한 책 등을 읽으면서 아이에게 해 줄 수 있는 그림 이야기가 많아졌다.

세 번째로 떠난 런던·스페인 여행에서 내셔널 갤러리와 프라도 미술관에서 아이의 달라짐을 귀로 들을 수 있었다. 한산한 덕에 사람들의 낮은 발걸음 소리가 더 또렷하게 들리던 프라도 미술관의 복도를 걸으며 아이가 했던 말 덕분이었다.

"미술관도 생각보다 재밌네."

세 번째 유럽 여행 만에 아이는 그렇게 변화한 것이었다. 자기가 보고 싶은 그림이 어디 몇 층에 있는지를 물어 찾아갔고 우연히 발견한 아는 그림 앞에서는 나보다 더 오래 머물렀으며, 벨라스케스의 '시녀들' 앞에서는 그림에 대한 지식과 느낌을 말하기도 했다. 나는 주로 고야와 루벤스, 카라바조 그림을 보았다. 물론 미술관이 너무 넓어서 체력적으로 지친다. 어른들도 그 많은 그림을 보다 보면 뭐가 뭔지 헛갈리기 마련이다. (대개는 미술관 입구에서 백팩 가방은 맡겨야 하니 어깨에 거는 작은 가방에 아이가 먹을 수 있는 간식이나 물을 챙겨서 가면 좋다.)

　시간이 또 흘러 네 번째 여행에서 우리가 방문한 첫 미술관은 프랑크푸르트의 슈테델 미술관이었다. 렘브란트의 '삼손의 실명' 1636년 그림을 보며 찌르는 자, 붙잡는 자, 머리털을 채어 낚아 쥔 천사같이 생긴 여인의 얼굴에 대해 보이는 느낌을 이야기했다. 지금 아이가 화가의 이름을 다 기억하지는 못하겠지만 라파엘로, 보티첼리, 렘브란트, 르누와르, 쿠르베, 마네의 그림도 함께 보았다. 이제는 그림을 보러 가는 일이 익숙해져 있다. 공사 중으로 문을 열 기약이 없는 노이어피나코텍을 가지 못하는 아쉬움을 삼키며 바람 선선하던 아침, 알테피나코텍 미술관 문 열기를 기다려 맨 처음으로 미술관에 입장했다. 그리곤 각자 제 길을 걸으며 그림을 보았다. 나는 뒤러의 그림과 거기 전시된 그림인지 몰랐던 부셰의 '마담 퐁파두르' 그림을 만나 무척 기뻐하며 깊게 보고 있었다. 그때 뒤에서 작지만 강하게 소리치듯 들리는 말.

　"아빠, 그렇게 대충 보지 말고 꼼꼼히 좀 봐."

　자기가 보라고 한 그림을 대충 봤다며 내게 뛰어와서 나지막했지만 긴 웃음으로 아이 뒷모습을 바라보게 만든 말이다. 미술관만 가면 그렇게 빨리 나가자던 녀석이었는데. 루브르 박물관의 '어서 나가자.'에서 알테피나코텍 미술관에서의 '꼼꼼히 좀 봐.'까지 '알게 모르게 조금씩 조금씩' 그렇게 아이는 그림에 물들어 가고 있었다.

동전 던지기와 피사의 사탑

아이와 로마에서의 첫 젤라또를 맛보았다. 아이도 나도 인생 첫 젤라또였다. 한국 사람이 얼마나 많이 오는 아이스크림 가게 인지는 종업원이 한국말을 할 줄 안다는 것으로 증명이 되었다. 나는 쌀맛을 아이는 딸기맛을 골랐다. 이후 우리는 아이스크림 도 들었으니 바로 스페인 광장으로 간다. 스페인 광장으로 가려 면 지하철 A선 스파냐역에 내리면 된다. 지하철 환승 통로에서 만난 이탈리아 거지는 잘생긴 개를 데리고 책을 보면서 품위 있 게 앉아 있었다. 참 품격 있는 걸인일세. 이탈리아는 거지도 멋있 다고 하더니 그 말이 맞네.

로마 지하철은 부다페스트처럼 무지무지 깊다. 찬란했던 로마 문화 유산이 어디에 묻혀서 나올지 몰라 땅을 엄청 깊이 판다고 했다. 버스를 타고 다니다 보면 한눈에 봐도 수백 년은 훌쩍 지났 을 유적들이 제대로 발굴되지도 보존되지도 않은 채로 있는 모 습을 볼 수 있다. 파리의 지하철은 악명이 높지만 내 경험으로는 로마의 지하철이 훨씬 심했다. 부서진 플라스틱 의자, 덜컹거리는 지하철과 어지러운 그래피티들이 객차 안까지 그려져 있다. 정말 안 타고 싶었던 로마 지하철이다.

스페인 광장에 이르니 로마 관광객은 여기에 다 모였나 싶을 정 도로 사람이 바글바글하다. 스페인 광장 계단에 앉은 이들은 명 품 가게가 즐비한 콘도띠 거리를 내려다보며 영화처럼 달콤한 로

맨스를 상상해 보는 사람들로 가득하다. 이제 계단에서 아이스크림을 먹을 수는 없지만 아이스크림보다 더 진한 맛의 낭만이 나타나기를 바라고 있을 것이다. 왠지 거기 앉아 있으면 한눈에 반할 어떤 운명을 만날 것도 같다. 영화처럼. 그러나 아이가 이걸 알 리는 만무하다. 스페인 광장 앞에는 작은 분수가 (정말 작다) 있는데 분수를 보자마자 아이는 갑자기 뒤로 돌아선다. 그러더니 어디서 났는지 동전을 던진다.

"아니야. 아니야. 여긴 트레비 분수가 아니야."
"그래?"
"응, 여기는 스페인 광장이야. 트레비 분수는 내일 갈 거야."
"그럼 여기서 미리 던지는 연습을 하는 거지."

아이는 한 개로 부족했던지 동전을 두 번 던져본다. 로마에 오면서 아이는 주머니에 동전을 넣고 다녔고 보이는 분수대가 있으면 그때마다 동전을 던졌다. 언젠가 어느 호텔 로비 분수대를 보자 거기서도 뒤로 동전 던지는 것이었다. 로마에 가면 동전을 던지는 분수가 있다면서. 아이는 로마에 직접 왔으니 얼마나 동전이 던져보고 싶었겠는가.

드디어 트레비 분수를 만나던 날. 듣던 대로 사람이 너무 많아서 사진을 찍기도 어렵다. 그래도 아이는 어느 때보다 적극적이다. 사람들 틈을 비집고 들어서 기어코 동전을 던질 공간을 확보

한다. 아이가 여행에서 이렇게 스스로 적극적이었던 적이 있었나 싶다. 소원을 빌며 동전을 던진다. 슈~욱~! 소원을 빌었냐고 물으니 그건 말할 수 없단다. 아이 표정을 보고 있자니 "신났다. 신났어~"라는 말과 함께 웃음이 저절로 나온다.

이 아이는 한국에서 동전을 미리 준비까지 해 왔었다. 나는 아이가 동전을 미리 준비했을 줄을 전혀 예상하지 못했다. 몇 번을 던졌는데도 마음에 들지 않았는지 주머니에 동전이 없자 가지고 있던 유로화까지 던질 태세다.

"1유로는 던지기에 너무 크지 않니? 백 원짜리가 아니거든 ^^.,,,"

트레비 분수에서 동전을 어떻게 던져야 하는지를 몇 번이나 설명하는지 외울 지경이었다. 동전 한 번씩 던질 때마다의 의미까지.

'근데 너는 도대체 몇 번이나 던지는 거니?'

이탈리아에 가서 신기했던 것 중 하나가 군밤 장수가 정말 많다는 것이다. 우리나라에서도 이제는 군밤 장수 보기가 정말 어려운데. 예전에 내가 살던 지방의 작은 소도시 버스터미널이나 기차역 앞에 할머니들이 추워지는 늦가을이 시작되면 쪼그리고 앉아 연

탄 화덕불에 군밤을 구워 팔고는 했었다. 그 군밤 냄새는 지금도 선명한 어린 날의 추억이다. 지금 그 할머니들은 다 어디로 가셨을까.

밀라노에서도 로마에서도 피렌체에서도 군밤 장수를 참 많이 봤다. 군밤을 파는 사람들은 대개 이탈리아 사람은 아니다. 아마 중동이나 동남아시아 쪽 사람들로 보였다. 군밤 가격은 3유로. 군밤을 살 때는 반드시 몇 개 더 달라고 해야 한다. 잘 안 팔려서 너무 여러 번 구워 놓다 보니 딱딱해서 못 먹는 게 한 봉지 사면 3~4개 이상 나온다. 아이는 비둘기 먹이로 엄청 뿌렸다. 나를 닮았는지 군밤 좋아하는 이 아이가 그냥 지나칠 리 없다. 내가 묻는다.

"젤라또야, 군밤이야?"
"당연히 군밤이지. 이 날씨에 무슨 젤라또는….”
"그래…. 3유로씩…인데…. 그럼 오늘은 젤라또 없는 거다.”

다음 날은 피사로 가는 완행 2층 기차표를 샀다. 피사에 가는 이유는 당연히 피사의 사탑이다. 아이가 피사만은 꼭 가고 싶어 했다. 오전에 아이와 함께 아이 엄마에게 선물할 가방을 사러 다녀왔으므로 오늘 이동 거리가 꽤 되었음에도 아이가 꼭 가보고 싶어했기에 가지 않을 도리가 없었다.

피사역을 나와서 방향 그대로 쭉 계속 걸었다. 피사라는 도시가 지금은 이탈리아의 아주 작은 소도시지만 중세 이후 르네상스 시대에는 피렌체, 시에나와 더불어 지중해 교역의 관문이 되었던 큰 도시 국가였다는 사실도 그때는 모른 채 그냥 걸었다. 피렌체에서부터 흘러온 아르노강을 건너 아이가 다리 아파서 못 걷겠다 할 즈음. 피사의 사탑이 두둥~!

"와~! 피사의 사탑이다."

아이가 이때부터 신나한다. 로마의 여러 유명한 명소에도 관심을 안 보이던 아이가 여기서 제일 신나했다. 자기도 책에서만 보던 게 눈앞에 있으니 신기한가 보다. 피사의 사탑을 올라가잖다. 나는 그때까지 피사의 사탑을 올라갈 수 있는지조차 몰랐다. 겨울 오후 시간에 피사의 사탑에 등정(?)을 기다리는 줄은 물론 올라가려는 사람도 없었다. (겨울 여행의 장점이다. 기다리는 줄이 별로 없다. 바티칸 미술관도, 피렌체 대성당의 두오모도, 세비야 대성당도 우리는 기다리는 줄 없이 바로 들어갔다.) 피사의 사탑 아래서 우리가 아는 그 자세로 사진 찍는 사람 몇몇이 있을 뿐. 그런데 요금이 비싸다. 1인당 18유로였던가. 피렌체-피사 왕복 기차 요금보다 비싸다. 잠깐 올라갔다 내려오는데…

'그래…. 네가 좋아하니까.'

사람이 없더라도 입장 시간이 정해져 있어 입장하려면 시간을 맞춰야 하고 또 대개 유명한 관광지가 그렇듯 락커에 가방을 맡겨야 한다. 피사의 사탑 안으로 들어가자 신나서 계단을 뛰어 올라간다. 얼마나 신났으면 계단을 뛰어 올라가니. 계단이 무려 294개다. 탑의 구조상 빙글빙글 돌아 올라가니 어지럽기까지 한데 정말 신났다. 이 아이.

피사의 사탑은 말 그대로 사탑이니 기울어져 있다. 그래서 계단을 보면 계단 가운데가 아닌 왼쪽 부분이 닳아 있다. 탑이 기울어져 있어서 수많은 사람이 계단을 올라가면서 몸도 같이 기울어져 오르니 계단의 왼쪽이 더 닳아 있다. 오르면서 몸도 같이 기울어서 오르고 있음을 확실히 느낄 수 있다. 신기한 경험이었다.

이렇게 아이가 어딜 먼저 올라가자고 한 곳이 여기가 처음이었다. 우리는 누구나 그렇듯이 내가 아는 것, 내 관심이 있는 곳에 더 눈이 가고 마음이 가는 법이다. 아이의 여행도 그랬다. 아이가가 보고 싶어 하고, 먹고 싶어 하는 것들이 있다면 주저하지 말고 거기서 실행해야 한다. 아이는 아주 어렸을 적인데도 파리에서 맛보았던 에스까르고 요리를 먹었던 일을 가끔 이야기한다. 정말 너무너무 맛이 없었다고. 그리고 프라하에서 발레 공연을 보지 못한 걸 아쉬워한다. 내가 일정을 조절하지 못했기 때문이다. 부다페스트로 떠나는 기차는 밤 9시였고 공연의 시작은 저녁 7시였다. 아이가 여행에서 그렇게 아쉬워하는 표정을 지은 적이 없었다. 그날 미안한 마음은 부다페스트행 기차를 타러 프라하역으로 향하던 지하철 그 붉은 색 객차 안에 여전히 남아 있다. 이런 아쉬움을 유럽에 남겨 두고 오지 않으려면 하고 싶은 걸 하고 오는 게 수다. 아쉬움을 다시 찾으러 유럽까지 다시 가긴 너무 머니까.

해리포터 덕후의 TMI

런던 2일째. 오전에 해리포터 스튜디오를 가야 한다. 런던에 온 가장 큰 이유이기도 하다. 아이는 소위 말하는 해리포터 덕후다. 모든 해리포터 책을 다 읽고 또 읽어 책이 너덜더덜해졌다. 여기를 갈 생각에 아이는 런던으로 오면서 참 설레했다. 세 번째 유럽 여행 덕인지 해리포터 스튜디오를 간다는 것 때문인지 아이 컨디션이 아주 좋다. 시차 적응이 되기 전이라 새벽 5시에 눈을 떴는데도 아이는 쌩쌩하고 눈빛마저 또렷했다. 아침을 챙겨 먹이고도 아직 해가 없어 어두운 아침 8시경에 런던의 윈첸든 로드를 나섰다. Parsons Green역을 출발해 지하철을 타고 West Brompton역으로 간 다음 Overground를 타고 왓포드정션역에 도착하는 일정이다.

해리포터 스튜디오 입장권 가격이 상당한데 그것마저도 빨리 매진이 된다. 같은 시간에 입장하는 두 장의 표를 구하지 못해서 입장 시각이 다른 두 장의 표를 어렵게 구매했다. 아이와 같이 입장 안 시켜주면 어쩌나 하고 조마조마했는데 별말 없이 입장시켜 줬다. 난 입장 안 시켜 줄 때를 대비해서 무슨 말을 해야 할지를 머릿속으로 계속 영어를 그렸다. 마치 면접에서 해야 할 말을 미리 준비해 간 입사 지원자처럼 영어가 바로 나올 수 있도록 말이다. 영어 울렁증은 이렇게 여행을 통해서 극복해 나간다.

왓포드를 향해 가는 기차 창밖에는 웸블리 스타디움도 보인다. 축구 보러 가고 싶다. 여긴 EPL이 펼쳐지는 런던이라고! 더구나 우리 숙소는 첼시 홈구장 스템포드 브릿지까지는 걸어갈 수 있는 지역이었다. 하지만 아이의 반대는 확고했다. 자기는 축구가 재미없으니 보러 가지 않겠단다. 점점 더 단호해지는 이 아이의 여행 스타일과 나의 조율이 필요해 보인다.

똑같이 생긴 런던 외곽 지역의 주택들이 보인다. 이 주택들은 19세기 산업혁명으로 도시의 노동력이 부족해지자 노동자들을 위해 대량으로 지어진 집이다. 노동자들에게 귀족 대저택의 기능을 갖춘 주택을 공급하고 노동력을 확보하기 위해 자본가들에 의해 지어진 주택들이다. (『폰 쇤부르크 씨의 우아하게 가난해지는 법』을 읽어보면 런던에 왜 이렇게 똑같은 집이 많은지 알 수 있다.)

기차를 타고 25분쯤 지나면 왓포드정션역에 내려 해리포터 버스를 타고 가면 금세 도착한다. 입구에서 할아버지가 한 번 더 입장표를 확인하며 "어느 나라에서 왔어?" 묻는다. "코리아."라고 하니 "아. 안녕." 우리말로 인사하며 친절하게 맞아준다. 입장하면 스튜디오에 관한 설명이 이어진다. 거의 알아듣지 못했다. 사람들이 소리 지르고 웃는데 나만 멍~하니. 이놈의 영어. 프랑스나 이탈리아, 스페인은 어차피 다 외계어니까 못 알아들으면 당연하다 여겼지만 영국이니까 영어는 어느 정도는 들릴 줄 알았다. 웬걸? 하나도 안 들려. 똑같이 외계어로 들렸다.

입장문이 드디어 열린다 두둥~! 아이의 감탄하는 표정이란. 입을 다물지 못한다. 아이는 구경에 신났고, 설명하는 데 신났다. 영화 속의 어느 장면이고 누가 나오는지를 설명하느라 입이 쉴 틈이 없다. 덕분에 나는 아이한테 계속 불려 다니고 강제 가이드 투어를 당했다.

"굳이 안 해줘도 되는데…."

영화 속에서 쓰이는 소품용 눈, 갖가지 마법 지팡이, 교장실, 빗자루의 모양별 주인까지 설명의 바다에 나를 빠뜨렸고 내 귀에서는 피가 나올 것 같았다. 우리가 흔히 말하는 TMI 상황이었다. 때마침 빗자루 타기 체험을 발견한 아이는 망토를 고른 후 빗자루를 타고 시키는 대로 곧잘 따라 한다. 그러면 영화 화면과 합성이 되어 나오는 자기 모습을 볼 수 있다. 이걸 순간 포토나 동영상을 만들어 파는데 엄청 비싸다. 우리는 그냥 체험만 하는 걸로~!

"너 혹시 여기 와 봤니? 두 번째 오는 거 아니지?"

마법 지팡이 파는 곳에 이르자 한 개에 30파운드(한화 약 4만 5천 원) 가까이하는 Made in china 마법 사용 나무 지팡이 하나를 산다. 중국에서 만들어서 런던으로 보낸 걸 우리가 런던까지 가서 다시 한국으로 사 오게 되는 기이한 쇼핑이었다. 그냥 이웃 나라 중국에서 싸게 팔면 안 되나? 지팡이를 사자마자 아이는 나에게 마법 주문을 건다. 이 아이는 꼭 기절 마법을 건다. 주문도 어려운 스튜퍼파이트인가…. 하여튼 난 그 기절 마법을 지금까지 100번은 당한 듯하다. 100번 이상을 기절하고도 잘 깨어나 살고 있다. 난 불사조인가보다.

킹스크로스역에서 출발하는 호그와트행 특급 열차 앞 9와 3/4번 플랫폼에서는 자기 사진을 꼭 찍어달란다. 아이는 여행에서 사진 찍는 걸 후반부 여행으로 갈수록 귀찮아하고 싫어하는데 이렇게 자기가 먼저 나서서 사진을 찍어 달라고 한다. 여기를 얼마나 오고 싶어 했는지 증명되는 순간이었다. 해리포터 여권 스탬프도 잊지 않고 꼭꼭 다섯 개 모두 찍는다.

아이가 또 기대했던 것 중에 하나가 버터맥주였다. 나도 엄청 궁금했다. 과연 버터맥주가 무엇인지. 맥주 맛은 부드럽고 톡 쏘는데 꽤나 맛있고 세상 처음 먹어보는 식감의 맛이랄까. 맥주를 한껏 영화처럼 멋있게, 헤르미온느를 흉내 내며 맛을 본다. 우리는 영화 속 배우들처럼 오토바이에도 올라타 씽씽~ 아이는 마치 진짜 배우가 된 듯 제대로 몰입했다. 물론 차는 소품이라 1도 움직이지 않아 내가 발로 움직여 뭔가 생동감을 만들어야 했지만.

스튜디오에 오는 기차에서 아이가 물었다.

"거기 가면 망토 사 줄 거야?"
"응 당연하지. 망토 하나는 기념으로 사야지. 꼭 사 줄게."

망토 가격표를 보고서야 내가 얼마나 무모한 장담을 했는지를 알았다. 74.95파운드?! 해리포터 망토 11만 원? 고민이 되고 손이 떨려 왔다. 런던 오면 다들 본다는 <라이온 킹>, <오페라의 유령> 뮤지컬 한 편 값인데. 그래도 안 사 줄 수가 있나. 떨림을 자그럽게 삼켜내고 망토를 샀다. 아이는 졸업앨범에 넣을 사진 찍을 때 입는다며 얼마 전 학교로 그 망토를 가져갔다. 이제 아이는 더 이상 해리포터에 나오는 기절 마법 주문도 걸지 않고, 해리포터 책을 보는 일도 거의 없다. 그런 아이가 말했다.

"오페라 공연 같은 걸 보고 싶어. <마술피리>나 <오페라의 유령> 같은 거." 그 말을 듣고 난 피식 웃음이 새어 나왔다. "런던의 극장 앞을 지나며 <라이온 킹>이나 <오페라의 유령>을 보는 게 어떻겠느냐고 아빠가 물었던 거 기억나니? 공연 대신 해리포터 망토를 샀었잖니." 그날 런던의 레스터 스퀘어 극장가 앞을 떠올리며 혼자 되뇌었다.

'그래, 너도 이제 때가 되었구나.'

나보나 광장의 슬라임과 세고비아의 새총

어느 날 책을 보다가 깜짝 놀란 적이 있다. 1699년에 네덜란드 화가 카스파르 반 비텔이 그린 '나보나 광장'이란 그림을 보았다. 놀랄 수밖에 없었던 이유는 300년 전에 그린 그 그림이 내가 본 2018년의 나보나 광장과 똑같았기 때문이다. 그림을 보는 순간 그날 그 광장에 내가 다시 서 있게 된 기분이었다. 그날 저녁 아이에게 이 그림을 보여주고 물었다.

"여기 어딘지 맞춰봐. 기억나니?"
"어… 여기… 거기…. 나보나 광장."

아이의 기억은 정확했다. 평소 <세계테마기행>이나 여행 프로그램에서 우리가 여행했던 곳이 나와도 기억하지 못할 때가 훨씬 많았던 아이였다. 300년 전의 그림으로 봐도 아이가 여기를 기억하고 있는 데는 이런 사연이 있었다.

로마 워킹 투어를 하던 날, 테베레 강가에서 우리는 걸어서 나보나 광장으로 걸어 들어왔다. 판테온으로 가기 전에 들린 나보나 광장. 아마 그때가 여름이었더라면 훨씬 더 생기 있게 맘껏 뛰어 놀았을 걸 하는 아쉬움이 드는 큰 분수가 있는 멋진 광장이었다. 그 유명한 베르니니의 걸작으로 트레비 분수보다 훨씬 더 멋진 피우미 분수다. 일명 4대강 분수. 다뉴브강, 갠지스강, 나일강, 라플라타강을 각각 상징하고 있다. 하지만 아이에게 그런 건 애초에 귀에 들어오지도 않는다. 분수 앞을 뛰어다니는 아이 눈에 들어온 건 붉은 색 액체괴물이었다. 상인은 자신이 상대해야 할 고객이 누구인지 정확한 타깃을 알아보았고 아이는 그대로 걸려들었다. 그때부터 저 액체괴물 비슷한 걸 사 달라는 아이의 무언의 압박이 느껴진다.

슬라임처럼 생긴 액체 괴물을 던졌다 폈다 하며 아이 앞에서 유혹하고 있는 상인에게 다가가 얼마인지 물으니 2유로를 달란다. 아이가 나를 빤히 쳐다보고 있다는 것을 알면서도 일부러 나는 "원 유로"라고 했다. 상인이 안 된단다. 네고는 관광객의 기본 중에 기본이 아닌가. 나는 그대로 돌아섰다. 상인이 쫓아온다. 2개 3유로에 주겠단다. 그렇게 내가 호락호락하지 않지. 대꾸도 하지 않고 돌아서니 그제서야 "오케이, 오케이." 하며 1유로에 순순히 내어준다. 정말 신기했던 건 이 슬라임과 똑같은 것을 타이베이의 야시장에서도, 방콕의 수쿰빗 대로 나나역 앞에서도 팔았고, 그때마다 아이는 이걸 샀다. 그러고는 이건 자신이 로마에서 샀던 슬라임이라는 것을 정확히 기억해 냈다.

아이는 얼마나 신이 났는지 앞도 제대로 보지 않은 채로 걸었다. 조물락거리고 던지고…. 너무너무 신나했다. 신나게 가지고 노는 게 너무 좋았나 보다. 더 이상 이어폰으로 듣는 워킹 투어 가이드의 설명 따윈 아이에게 들어올 리가 없었다. 슬라임은 아이의 손에서 솟아 올랐다 떨어지고 줍기를 반복했다. 불안하고 위태로워 보였다. 감탄사밖에 나오지 않을 만큼 웅장한 위압감으로 눌리는 판테온 안에서 팍~! 슬라임의 물이 사방으로 튀고 난리도 아니었다. 그때부터 아이는 울음모드다. 세상 다 잃은 표정이다. 순간 나도 화가 나서 뭐라고 한마디 하고 싶어졌지만 조악한 그 슬라임이 더 문제였겠지 싶었다. 그 이후 스페인 광장으로 이어진 길까지 아이의 투어는 로마의 골목길 곳곳에 눈물로 뿌려졌다. 결국은 다음 날 그걸 사주겠노라 약속하고 아이를 달랬다.

다음 날, 추적추적 내리는 겨울 로마의 비를 맞으며 다시 나보나 광장으로 갔으나 있을 리 만무하다. 늦은 저녁. 비까지 내리는데 그걸 팔고 있을 리가 있겠는가. 비 오는 나보나 광장은 텅텅 비어 있었고 아이의 속상함은 비 오는 날 저녁에도 여전히 아름다웠던 나보나 광장에서 찍은 사진에 고스란히 드러났다.

아이의 여행은 그런 것이다. 왜 그런 행동과 생각을 하고 고집을 부려대는지는 부모가 다 이해할 수 없다. 부모가 정한 일정대로 진행하는 건 아이에게 여행의 기억 상당 부분을 지워버리는 일이다. 공감하고 수용할 수 있는 일이라면 해 주는 것이 아이와의 여행이다. 그 액체 괴물은 다시 살 수 없었지만 비를 맞으며 숙소로 돌아오는 버스 안에서 아이의 표정은 한결 밝아져 있었다. 아마 그 광장에 다시 사러 가지 않았다면 나는 지금도 그날의 나를 후회하고 있을 것 같다. 아이는 아직도 그날의 그 일을 또렷하게 기억한다. 타이베이 야시장에서 다시 만난 그 액체 괴물을 보는 순간 아이가 말했다.

"이거 판테온에서 내가 터뜨렸던 그거네. 하하하."

"세고비아의 새총 비둘기 사냥꾼이 나타났다~ 비둘기들아, 대피하라~"
"그런데 저 언니 사냥꾼의 새총 명중율이 0%라며?"
"쫄지 마~ 그냥 하던 거 해, 얘들아. 저 언니 못 맞춰ㅋㅋㅋㅋ."

발가락이 얼어붙을 만큼 춥던 날 아이가 세고비아의 상점에서 졸라 산 새총을 두고 우리는 이러고 놀았다. 그러나 이 사냥꾼은 결국 바르셀로나 바르셀로나타 해변에서 한 마리를 맞추고야 말았다. 물론 아이가 쏜 새총의 위력은 너무도 약했기에 비둘기는 돌을 맞고도 아무렇지도 않다는 듯 한 번 움찔하며 날개를 퍼드득 하더니 다시 모이를 주우러 다녔다. 아이는 겁이 많아 실제로 새를 맞추지 못한다. 그러면서도 그렇게 로빈훗보다 뛰어난 궁사가 된 냥 새총과 함께 온 스페인을 누볐다. 그 새총을 세고비아를 거쳐 톨레도, 마드리드, 바르셀로나까지 아이 가방에 넣어 다녔다. 톨레도가 훤히 내려다보이는 타구스강 건너 언덕 위에서 아이는 풍경 감상 대신 새총 총알로 쓸 돌을 줍기 바빴다.

아이와의 여행에서 부모는 아이가 하나라도 더 많이 보고 듣고 해야 한다는 생각을 버려야 한다. 그것이야말로 부모 욕심이고 아이의 여행 기억을 잘라 먹는 일이라는 것이라고 말하고 싶다. 런던에서 세비야로 오던 날, 게트윅 공항에 만나 세비야까지 같이 버스 타고 온 한국인 가족이 있었다. 그 댁 아이는 키가 큰 6학년 여자 아이였다. 세비야 공항버스에서 헤어졌던 그 가족을 며칠 뒤 톨레도 대성당 앞에서 우연히 만났다. 신기하고 반가운 우연이었다. 그간 서로의 여행이 어떠했는지 이야기를 나누던 중 아이가 들고 있던 새총을 본 그 아이 아빠가 웃으며 건넨 말이 그렇게 위안이 될 수 없었다.

"아! 저거 우리 애도 그렇게 사 달라고 했어요."
아이와의 여행은 그런 것이다.

맨날 성당이랑 미술관만 가?!

아이와 약속한 패러글라이딩을 하기 위해 서둘러 추크슈피체에서 차를 몰아 오스트리아 국경을 넘어 아헨제 호수로 왔다. 하지만 아침부터 걱정했던 대로 꾸물거리던 날씨가 결국 빗방울을 뿌려댔다. 구름이 개여 맑고 파란 하늘을 보이더니 금세 다시 먹구름이 몰려왔다. 변화무쌍한 날씨를 보이는 걸 보니 높은 산 알프스는 알프스답구나 싶었다.

결국 패러글라이딩은 불발되었다. 만나기로 한 미팅 장소에 패러글라이딩 가이드는 나오지도 않았다. 급하게 연락처를 뒤져 전화를 했더니 오늘 날씨 때문에 못 한단다. 미리 전화를 해 주던가. 약속 시간 1시에 맞추기 위해 추크슈피체 정상의 풍경도 포기하고 미친듯이 달려왔다고! 그러면서 내일 다시 오란다. 하지만 우리는 내일의 일정이 있었고 어떻게 할 수가 없는 상황이었다. 차에서 이 상황을 모른 채 아직 잠자고 있는 아이를 안쓰럽게 바라보다가 패러글라이딩 요금 98유로 환불 요청하는 메일을 급하게 써서 보냈다. 그러고는 아이를 깨워 오늘 날씨가 이래서 패러글라이딩을 못 하게 되었다고 전해주었다. 아이는 울상이 된다. "내가 얼마나 패러글라이딩이 하고 싶었는데…." 하면서.

이대로 포기하고 떠나기엔 아헨제는 너무나 아름다운 곳이었다. 한국인만이 아니라 아시아인을 볼 수 없는 곳이다 보니 아헨제에 대한 정보가 국내 포털에는 없어 구글 검색을 통해 정보를 얻을 수 있었다. 호수 건넛마을에 다른 업체로 가서 패러글라이딩을 할 수 있는지 다시 알아보자고 했다. 호수 건너 Maurach 마을에 와서 업체의 패러글라이딩 가이드와 이야기를 나누며 날씨가 좋아지기를 기다렸다. 그러나 역시 대답이 같았다. 기상이 너무 좋지 않고, 아이의 몸무게가 가벼워서 이런 바람에 패러글라이딩은 불가능하다는 것이었다.

자전거를 빌리려고 했으나 첫 번째 가게는 손님이 너무 많았고, 두 번째 가게는 시간 단위로는 안 빌려준단다. 유럽인의 휴양지는 나처럼 금방 왔다 떠나는 여행자는 취급을 안 해 준다. 하는 수 없이 아이랑 호수 한 바퀴를 돌아보기로 했다. 아헨제 호수 주변의 호텔 전용 수영장은 누가 봐도 고급스럽고 프라이빗하게 꾸며져 있다. 왜 이 아헨제를 오스트리아에서 가장 아름답다고 하는지 알 것 같았다.

날씨는 어느새 다시 맑게 개이고 옥빛으로 빛나는 아헨제 호수와 알프스를 배경을 그림으로 삼아 걷다가 배 타는 곳을 발견했다. 유럽의 호수가 많이 그렇지만 아헨제 호수도 물이 얼마나 맑은지 바닥까지 투명했다. 오리배처럼 발로 움직이는 배가 있지만 이 넓은 호수에서 그걸 탔다가는 다리가 마비될 것 같아 우리는 모터보트를 빌렸다. 이 배를 타면서 패러글라이딩을 하지 못한 아쉬움을 달래보자고 했다.

요금 계산은 배를 타고 내릴 때 하는데 유럽에서 이런 배를 타는데 후불제라니? 흔치 않은 경험에 좀 놀랐는데 그 이유가 있었다. 드디어 배를 타고 출발~. 생각보다 운전이 엄청 쉽다. 속도 버튼을 누르고 운전대를 돌리기만 하면 앞으로 서서히 나간다. 패러글라이딩은 못 했지만 이렇게 아름다운 알프스의 호수에서 배를 타고 슝슝~ 나아가는 기분은 내가 알프스의 선장이 된 듯했다. 운전이 너무 쉬워서 아이가 해 보고 싶어 하는 눈치다.

"할 수 있겠어?" 하니 자신이 있단다. 해서 운전대를 맡겼더니 배를 몰아보는 재미에 금세 빠진다. 그 넓은 아름다운 아헨제 호수의 건넛마을까지 직진할 태세다. 여행 도중 아이는 "맨날 미술관이나 성당만 가!"라고 큰 소리로 불만을 토로했다. 이런 액티비티를 하니 아이가 너무 신났다. 호수 위로 모였다 흩어지는 덩치 큰 맑은 구름도 예쁘고 산을 너머 잠깐씩 보였다 사라지는 마을은 아름다운 오스트리아의 알프스 티롤 지방인 슈와츠다.

배를 탄 지 20분이나 되었을까? 한없이 맑던 하늘에 갑자기 구름이 빠르게 덮이더니 비바람이 점점 세차게 분다. '비가 와도 우리는 계속 이 뱃놀이를 즐길 것이다!'라는 강한 의지를 가지고 앞으로 나가고자 했으나 비바람이 장난이 아니다. 우리는 구명조끼도 없었다. 앞도 안 보일 만큼 비가 쏟아지고 바람은 얼마나 거칠게 불어오는지 호수 바다처럼 거센 파도가 일렁거렸다. 마치 바다에서 풍랑을 만난 듯 배가 파도를 타고 오르락내리락한다.

시커먼 공포감으로 덮친 구름이 주는 위압감은 위기로 엄습해 온다. 서둘러 뱃머리를 돌렸다. 빠른 속력으로 돌아가면서도 여기까지가 우리의 즐거운 뱃놀이의 끝이라는 생각이 파도를 따라 일렁이거리며 따라왔다. 너무 아쉬웠다. 이때도 배를 운전한 건 아이였다. 우리는 그제야 요금을 후불제로 택한 이유를 알았다. 배에서 내리니 주인 할머니가 시계를 보았다. 그러더니 13유로만 받았다. 약속한 1시간을 다 못 탔으니 7유로는 안 받았는데 아마도 날씨가 변화무쌍한 이런 일이 자주 있는 듯하다. 그래서 요금을 애초에 후불제로 하는 것이었다. 배에서 내리자마자 거짓말처럼 날이 맑고 개였다. 시커멓던 먹구름은 사라지고 길은 맑은 햇살에 반사되어 반짝이는 빗물로 빛이 났다. 무섭도록 검푸르던 호수는 잔잔해졌고 물빛은 다시 쪽빛으로 돌아왔다.

가끔 아이가 이 이야기를 한다. 그날 배를 타고 호수를 돌던 날 너무 즐거웠다고. 아이가 배를 그렇게 운전해 보는 일을 또 언제 해 볼 수 있을까. 아마 십 년 후는 되지 않을까. 아이의 이런 좋았던 여행 기억의 유효기간은 나보다 더 길지 않겠는가. 변수에 변수가 있는 여행이 아이와의 여행이다. 가끔은 단념과 체념 사이에서도 희망과 뜻하지 않은 행운을 만날 수도 있다. 이날의 기억도 아이가 만난 유럽의 한 페이지로 쓰여져 있을 것이다.

아이, 시장과 마트에서 유럽을 만나다

"가장 좋아하는 과일이 뭐야?"

"응… 체리."

가장 좋아하는 체리를 손에 들어야 비로소 아이의 시장 여행이 시작된다. 2유로를 내면 아이가 반나절은 아껴가며 먹을 수 있을 양의 체리를 살 수 있다. 체리를 손에 꼭 쥐어 들고 하나씩 우물거린다. "체리 하나만 줘." 하면 아이는 이번이 마지막이라는 표정으로 비틀어 묶었던 봉지를 걸터듬어 하나를 꺼내 준다. 1일 체리 1봉지. 아니 2봉지도 할 수 있다. 문을 닫을 즈음의 바르셀로나의 보케리아 시장에서는 아침에 1kg에 8유로 하던 체리를 4유로에 살 수도 있었다. 또 어떤 시장에서 할아버지가 만들어 온 세발 자전거 바퀴보다 큰 푸르댕댕한 치즈 조각에 혀끝을 대었다가 그 시큼함에 미간이 찡그려졌다. 어느 시장이든 초입에는 물감보다 더 진한 색색의 채소가 가게마다 진열되어 있다. 그런 알록달록한 색들이 식욕과 소비욕을 자극하기 때문이라고 한다. 채소들 앞에 서면 물감 색상표에 아이를 세워 놓은 듯하다. 아이에게 여행에서의 시장은 그런 곳이었으리라 생각한다.

또한 여러 가지 처음 보는 음식이나 소시지, 수십 가지는 되어 보이는 올리브 조림 등을 맛볼 수 있다. 파리의 이에나 시장에서 아주머니가 시식으로 건네준 푸아그라. "이게 거위의 간이야." 했더니 아이는 질겁을 한다. 에스까르고까지는 먹겠는데 이건 아니란다. 생선도 통째로 파는 한 마리가 아닌 살만 발라내 덩어리로 팔고 있는 모습이 우리의 시장과 다르다. 여행에 필요한 옷가지와 신발들도 구경할 수 있다. 여러 가지 반짝이는 보석류와 액세서리에는 꼭 발이 머문다. 그러면 나는 아이가 그곳을 떠날 때까지 옆에서 지켜보곤 한다. 파티용 드레스를 파는 곳 앞에서는 자기가 디자인을 했더라면 이렇게 저렇게 다른 모양을 내었을 거라는 평가도 나름대로 하곤 했다. 그래서 여행을 떠나기 전에 계획하는 것 중에 하나가 그 도시에 시장이 언제 열리는지를 알아보는 일이다. 상설시장보다는 특정한 요일이나 계절에만 열리는 시장이 있는데 그런 시장은 현지인이 주 고객이 되어 활발하고 먹거리와 볼거리가 더 많던 시장으로 기억한다.

　여러 시장 중에서 특히나 벼룩시장은 아이와 함께 구경할 거리를 더 풍성하게 만들어 준다. 오래된 물건들이 신기해서 관찰하고 만져보려는 아이의 눈은 두 배로 커진다. 일요일에 열리는 로마 벼룩시장은 입구에서부터 아이의 눈길을 사로잡았다. 커다란 멧돼지 고기를 빵 사이에 넣은 포르케타를 팔고 있었기 때문이었다. 아이는 돼지가 서 있는 그 노점 포르케타 집을 시작으로 시장 곳곳을 다니며 자기 머리만 한 카메라가 무거운 줄도 모르고 사진을 찍었다. 사진을 찍으며 다니는 동양의 작은 꼬마 아이가 신기하고 예뻤는지 에디슨이 썼을 법한 나팔 모양 전축을 팔던 할아버지는 아이에게 음악을 틀어주었고, 손을 잡고 춤을 추었다. 다시 이탈리아를 간다면 유럽에서 가장 크고 오래된, 영화 <인생은 아름다워>의 배경이었던 아레초의 골동품 시장에 아이와 함께 가보고 싶다. 영화 속의 귀도처럼 '삶의 마지막 장면까지 멋진 아빠'가 될 수 있을까?

시장과 더불어서 하루 여행의 마지막은 언제나 마트였다. 마트에 들러 다음 날 아침으로 먹을 밥과 밤에 아이가 먹을 간식을 사 가지고 들어갔다. 주로 과일과 요거트, 우유와 시리얼이었다. 아이와 여행할 숙소 근처에 마트가 있으면 이런 점이 좋다. 아이는 다음 날 여행하면서 먹을 젤리나 초콜릿 진열대 앞에서 오래 서성거렸다.

「나는 그처럼 마음을 사로잡는 맛있는 물건들이 한꺼번에 펼쳐진 것을 본 적이 없었다. 그중에서 한 가지를 고른다는 것은 꽤나 어려운 일이었다. 먼저 어느 한 가지를 머릿속으로 충분히 맛보지 않고는 다음 것을 고를 수가 없었다. 그러고 나서 마침내 내가 고른 사탕이 하얀 종이 봉지에 담길 때에는 언제나 잠시 괴로운 아쉬움이 뒤따랐다. 다른 것이 더 맛있지 않을까? 더 오래 먹을 수 있지 않을까?

위그든 씨는 골라 놓은 사탕을 봉지에 넣은 다음, 잠시 기다리는 버릇이 있었다. 한 마디도 말은 없었다. 그러나 하얀 눈썹을 추켜 올리고 서 있는 그 자세에서 다른 사탕과 바꿔 살 수 있는 마지막 기회가 있다는 것을 누구나 알 수 있었다. 계산대 위에 사탕값을 올려놓은 다음에야 비로소 사탕 봉지는 비틀려 돌이킬 수 없이 봉해지고, 잠깐 동안 주저하던 시간은 끝이 나는 것이었다.」

폴 빌라드의 소설 『이해의 선물』에서 어린 소년이 위그든 씨의 사탕 가게에서 사탕을 고르는 장면이다. 마트에 진열된 수십 가지 맛의 젤리와 초콜릿 앞에서 '왔다 갔다'를 몇 번이나 하는 아이를 보면서 소설 속의 이 소년이 떠올랐다. 이 아이의 모습을 기가 막히도록 정확하게 그려낸 장면이다. 나는 주로 와인, 치즈 등 코너를 기웃거렸고 아이는 우리나라 마트에는 없는 다양한 맛의 젤리와 초콜릿 앞에서 무슨 맛을 골라야 할지 더 오래도록 갈등했다.

여행의 마지막 도시는 대부분 대도시다. 공항으로 가야 하기 때문이다. 한국으로 출발하기 전날 저녁엔 공항으로 갈 차비와 최소한의 경비를 제외하고는 동전까지 탈탈 털어 모두 마트에서 써버린다. 흔히 말하듯 '탕진잼'을 즐기는 것이다. 아이가 먹고 싶은 것도 고르게 하지만 친구나 친척들에게 줄 선물을 고르도록 한다. 우리는 서로가 고르고 싶은 것에 대해 터치하지 않는다. 우리만의 탕진잼을 한껏 즐기고 마트에서 양손 무겁게 한 가득 들고 집으로 돌아가는 길.

"누구누구한테 선물할지 생각해 봤어? 젤리는 무슨 맛으로 골랐어?"

"아빠는 안 줄 거야. 비밀이야."

"이 녀석아, 나도 비밀이다."

둘기킥을 날려라!

"유럽 어디서나 볼 수 있는 것은?"

겨울 바르셀로나 람블라스 거리로 기억한다. 아이가 그 질문을
내게 한 것은. 우리는 바르셀로나타 해변으로 걸어가고 있었다.
가을볕처럼 따사롭게 내리는 겨울 햇살을 기쁘게 맞으며 답을
생각했다. "뭐지…." 답이 떠오르지 않았다. "모르겠어. 뭔데?" 하
고 답을 구하니 아이 대답이 이랬다. "비둘기하고 중국인." 틀린
말이 아니었지만 무슨 이런 대답이 있나 싶어 좀 어이가 없기도
했다.

이 아이의 시선에서 기억의 빈도가 잦았던 것은 한 블럭마다
보이던 로마와 프라하의 성당보다 비둘기였나보다. 그도 그럴 것
이 아이는 비둘기만 보면 쫓아다녔다. 유럽 광장 어느 곳에서나
볼 수 있는 비둘기는 아이와 쫓고 쫓기는 놀이의 대상이었고, 특
히 밀라노 대성당 앞은 비둘기 지옥 같았다. 족히 수천은 되어 보
이는 비둘기들이 광장 바닥과 동상을 새까맣게 뒤덮고 있었다.

그렇게 많은 비둘기들을 본 일이 없다. 조류 공포가 조금 있는
나는 기겁을 하고 물러서 있었지만 아이는 그렇지 않았다. 비둘
기를 맨손으로 잡으려는 시도를 몇 차례 했다. 손에 들고 있던 군
밤을 부스러기로 만들어 비둘기들을 유혹했다. 먹이로 유혹하는
사람의 손길을 그 비둘기들은 얼마나 오래도록 아귀아귀 포식한
조류들인가. 도망가려고 날개조차 퍼득거리지 않았다. 그저 조금

빠른 종종걸음으로 아이의 손길을 피할 뿐이었다. 게다가 비만 비둘기들은 그 걸음조차 뒤뚱거리는 모양새였다. 결국 아이는 비둘기 한 마리를 손에 잡아 들었다. "으악~! 안 돼. 걔네들 너무 더러워."라는 소리가 저절로 나왔다. 하지만 아이는 아랑곳하지 않고 비둘기들을 쫓아 뛰어다니기 바빴다.

로마에서 비둘기를 만난 건 바티칸 앞 광장이었다. 이때의 아이는 거의 무림 고수가 되었다. 비둘기를 향해 살금살금 걸어가다 슝 발차기를 팍! 물론 아이의 발에 맞는 비둘기는 한 마리도 없었다. 아니 발이 근처도 가기 전에 비둘기들의 날갯짓이 먼저 퍼드득거렸다. 비둘기들 여러 마리가 동시에 날아오르는 날갯짓 소리는 꽤나 귀에 강하게 울렸다. 아이는 자기의 헛발질에도 비둘기 수십 마리가 날아오르는 게 재밌고 신기했나 보다. 계속되는 아이의 비둘기 쫓아가기 놀이가 다른 여행자들 눈에도 재밌었나 보다. 옆에서 아이를 보던 구경꾼들이 같이 손뼉까지 치며 웃어주었다. 비가 추적추적 내려 사람보다 비둘기가 많았던 바티칸 광장의 재미난 아이였을 테니까.

비둘기를 향해 달려 날아올라 내뻗는 발차기 비둘기 킥. 아이와 나는 이걸 둘기킥이라 불렀다. 이탈리아에서 단련하고 수련한 실력을 런던에서도 발휘한다.

"이얍~! 그러다 진짜 비둘기 한 마리 잡겠다! 런던의 비둘기들아 조심하렴! 성격 나쁜 누나야~"

버킹엄 궁전으로 향하던 공원을 걷다가 아이는 역시 비둘기를 향해 날아올랐다. 내셔널 갤러리 앞의 분수대에서도 아이는 비둘기 쫓기 놀이를 먼저 하고 입장했다. 스페인에서는 세비야의 마리아 루이사 공원, 그리고 바르셀로나의 람블라스 광장과 콜럼버스 동상 앞에서 아이는 또 둘기킥을 수련했다. 아예 손에는 먹을 걸 들고 비둘기와 친구가 되려는 듯 비둘기를 쫓아 다녔다. 그 덕에 난 가방에 항상 물티슈를 꼭 챙겨 다녀야만 했다. 곰비임비 갈 때마다 똑같이 보이는 비둘기에 똑같은 놀이인데도 재미있는지 그렇게 노는 게 좋았나 보다. 물론 아이가 비둘기를 향해서만 그런 건 아니었다. 루체른에서는 백조를 만지려다 강에 발이 빠질 뻔도 했고, 버킹엄 궁전 앞 공원에서는 동물들을 따라다니며 대화를 시도했다. 똑같은 동물 소리를 내면서 "꽥~꽥~꽥" 비둘기나 동물들과 교신하듯 대화를 던진다. 동물들이 그 신호를 알아들었는지 기가 막힌 타이밍에 꽥꽥 소리를 되돌려줄 땐 아이가 얼마나 즐거워했는지 모른다.

여행 중에 아이가 그로록 신나하던 모습을 발견하는 일은 기대보다 많지 않았었기에 더욱 선명한 장면으로 기억한다. 그래서 비둘기를 보며 아이는 내게 그런 질문을 던졌는지 모른다. 아이의 머릿속에 신나고 재미있는 유럽은 비둘기였나보다. 역시 아이는 아이의 눈으로 여행하고 있는 것이다.

가장 최근에 떠난 여행을 기억해보면 아이는 이제 더 이상 둘기킥 따위는 하지 않는다. 무심한 듯 바라보고 지나간다. 대신 지난날 비둘기와 함께 자기의 즐거웠던 시간을 재미있게 떠올리며 지난 여행을 이야기하는 여행자가 되었다. 이 아이를 자라게 하는 것은 단지 시간의 흐름만은 아닐 거라 생각한다.

워터파크에서 심장 쫄깃했던 힐링

1박에 5만 원이 조금 넘는 숙소에서 차려 준 훌륭한 조식을 풍성하게 먹고 올라오니 하늘이 환하게 개여 있다. 왜 이제 맑아졌는지 날씨를 향한 원망이 있었지만, 지난 이틀간의 회색 비가 물러간 하늘색은 그 원망보다 더 기쁘게 반가운 진파랑색이었다. 오늘 여행 일정은 베르히테스가덴의 람사우 마을 교회와 쾨그니제 호수를 보고 뮌헨으로 돌아가 렌터카를 반납하는 것이다. 키츠뷜에서 베르히테스가덴까지는 차로 겨우 1시간 남짓의 거리인데 5일간 매일 300km 거리의 운전은 알프스의 멋지고 웅장한 풍경을 내내 선물해주었지만 피곤함도 그만큼 더해 왔다.

운전하는 것을 싫어하진 않는데도 누적된 피곤 때문인지 운전대 잡기가 싫어졌다. 보고 싶던 곳을 못 가는 아쉬움이 없진 않았지만 운전 지겨움이 더 컸기에 잠시 갈등하다가 오전을 그냥 여기 키츠뷜에서 푹 쉬기로 한다. 맑아진 하늘과 알프스 산을 멍하니 보면서 말이다. 일요일 아침의 한껏 맑은 하늘과 알프스로 둘러싸인 키츠뷜(정확히는 키츠뷜 옆의 더 작은 동네 St. Johann in Tirol)

의 평화로운 풍경은 말 그대로 '힐링'이라는 시간을 가져다주었고, 기찻길 너머에 있는 시내에서 일요일 성당의 종소리가 들려왔다. 스키장으로 쓰이는 이 숙소가 겨울엔 어떤 풍경일지 초록으로 변한 슬로프를 발코니에서 바라보며 생각했다. 스키와 보드 장비를 챙겨 들고 머리에 고글을 쓴 사람들이 리프트 탑승을 기다리는 장면도 그려졌다. 여름 알프스의 이 작은 도시는 조용하기만 하다.

숙소 침대에서 뒹굴거리며 구글 지도를 보다가 워터파크를 발견! 워터파크라고? 이건 아이한테 물어보나 마나 한 것이다. 가자! 워터파크로! 유럽에서, 온천도 아니고 오스트리아의 워터파크라니. 두 번 생각하지 않고 우리는 바로 짐을 싸서 출발했다. 차로 5분 만에 도착한 워터파크에는 사람이 없었다. 시간제로 운영하는 워터파크 표를 사서 입장했다. 처음 가본 오스트리아 워터파크에서 몇 번의 놀람이 있었다. 첫 번째는 탈의실이었다. 탈의실 남녀 구분이 없다는 것. 그저 작은 칸에 들어가서 각자 옷을 갈아입고 나오는 것이다. 남녀가 섞여서 갈아입을 옷을 들고 한 공간에 서 있는 게 우리나라로서는 상상하기 어려운 광경이지 않나.

두 번째 놀란 건 키츠뷜이 작은 도시라고 해도 8월의 첫째 일요일 아침 워터파크에 사람이 이렇게 없다는 것. 마치 비수기 어느 늦가을이나 초봄 평일에 워터파크에 왔나 싶을 정도로 사람이 없었다. 이 두 가지 놀라움을 안고 두근거리는 마음으로 옷을 갈아

입고 워터파크를 입장한다.

유럽여행에서 강이나 호수에서 놀아본 적은 있지만 워터파크는 처음이라 나도 긴장이 되었다. 락커는 우리나라와 달리 문 안쪽에 키를 꽂아야 잠기는 낯선 시스템이었다. 워터파크는 실내 수영장과 실외 풀장으로 구분되어 있는데 매표소에서 선택할 수 있다. 실내만 이용할 건지, 실외까지 이용할 건지. 워터파크 요금은 아이랑 둘이 해서 3만 5천 원 정도 했다.

입장을 할 때 파란색 동전 모양의 플라스틱을 주는데 그걸 태그해야 바깥 야외 풀로 나갈 수 있기 때문에 손목에 차고 있어야 한다. 오스트리아 사람들도 그걸 잘 몰라서 헤매는 사람들이 적지 않았다. '다들 여기 처음 오나?' 나도 여기 처음 오는 이방인이었는데 내가 문 여는 법을 알려주기를 몇 번이나 했다. 소소한 친절함에 대한 과한 고마움의 표현에 내가 더 의아했다.

먼저 우리와 만나는 실내 수영장. 물이 어찌나 맑던지. 수영장 물도 이렇게 맑을 수 있구나 싶었다. 수영장에서 나는 락스 냄새도 전혀 나지 않았다. 수영장의 깊이가 무려 1.8m다. 이 깊이엔 어지간한 키의 사람들은 다 허우적거리겠다. 그러나 이 아이는 2m 깊이는 되어야 맘껏 놀 수 있다고 좋아하는 아이라…. 이 좋은 물에 수영을 안 할 수가 있나. 나도 오랜만에 두 바퀴 내달려본다. 숨이 헥헥한다. 수영을 너무 오래 쉬었음을 몸이 말해준다.

유아들을 위한 작은 놀이풀도 있다. 이 아이는 이제 이런 곳에서 놀 만한 나이가 아니라서 한두 번 타 보더니 시시하단다. 보라색 수영복 입고 있는 너무도 귀여운 아이와 놀고 있던 아주머니와 눈이 마주쳤고 이방인의 호기심으로 입이 근질거리던 나는 먼저 말을 걸어 이런저런 얘기를 나눠봤다. 이 동네 출신이라면서 아이가 좋아해서 왔다고 했다.

오스트리아 워터파크에도 튜브 슬라이드가 있는데 재밌는 건 슬라이드 속도가 측정된다는 거다. 그래서 누가 가장 빠른지 속도 순위가 나온다. 그게 우리나라 워터파크에 없는 게 천만다행이다. 그게 있으면 애들끼리 서로 더 빨리 속도 경쟁하느라 누가 다쳐도 다쳐나갔지 싶다. 어린 아가들이 이용하는 수심 얕은 온수풀이 있는 것도 우리나라와 같다. 참 소박한 워터파크다.

야외 풀장은 말 그대로 수영장이다. 야외 수영장. 레인도 8개나 되고 여름 아침 햇살에 비쳐 수영장 물은 더 맑게 반짝이고 있다. 우리 앞과 뒤로는 알프스가 배경처럼 받쳐주고 맑은 8월의 오스트리아 햇살은 따사롭기만 했다. 바람도 선선하게 불었다. 그래서 그랬나. 물이 어찌나 차가운지 한기가 덜덜 따라온다. 8월 여름에 이렇게 찬물 수영장이라니. 초등학교 대운동장 3개 넓이 정도의 넓고 큰 수영장에 사람은 열 명도 채 되지 않는다. 일요일 아침인데. 한가롭고 여유로운 키츠뷜의 수영장 워터파크다.

오스트리아 사람들도 여기에 올 때는 큰 가방에 대형 수건, 먹을 것들 실내용 슬리퍼 등을 바리바리 싸 와서 여기서 쉬고 먹고 잔다. 몇 사람들이 넓은 잔디 광장 나무 그늘에 자리를 잡고 누워 있다. 조용히 힐링하며 쉬기를 원하는 이들에게 맞는 장소다.

그래서 그런가 워터파크에서 눈에 띄는 액티비티나 놀이기구가 없다. 오스트리아 사람들에게 우리나라 캐리비안베이나 비발디파크 좀 소개시켜줘야겠다. 사람들 줄 선 모습 보고 놀랄 거고 과한(?) 스릴에 두 번 놀랄 거다. 내가 오스트리아 워터파크에서 두 번 놀란 것과 반대의 이유로 말이다.

물이 굉장히 차가운데도 아이들은 잘 들어가서 논다. 역시 아이들은 유럽 아이 우리나라 아이 할 것 없이 물에서 잘 논다. 아이는 슬라이드 쪽을 향해 좁고 가파른 계단을 올라간다. 안전 요원은 없다. 실내 슬라이드에도 안전 요원은 없다. 이런 걸 보면 놀이 활동이나 행동에 대한 개인 책임이 강하게 지워지는 사회라는 것을 알 수 있다. 사고에 대한 구조적인 문제나 시스템의 문제면 워터파크가 책임을 지지만 그렇지 않은 개인의 부주의에 대해서는 철저히 개인 책임이기 때문에 위험한 행동을 하지 않아야 한다는 걸 알고 있다. 우리나라도 좀 이랬으면 좋겠다. 개인의 책임인데 사회의 책임이라고 우기는 억지 논리를 들이대는 개인과 사회의 구조적인 책임임에도 개인의 책임이라고 모른 척 눈감는 돈 있고 힘 있는 무리들. 두 부류 모두 건강한 공동체가 사는 사회를 위해서라도 그러면 안 된다.

아이는 쌀쌀한 물의 온도에도 아랑곳하지 않고 여러 번 슬라이드를 탄다. 기다리는 사람이 좀 있으면 더 경쟁적으로 탈려고 할 텐데 아무도 없이 혼자 계속 타니 그것도 재미가 덜한 모양이다. 사람은 역시 혼자보단 여럿이 더 본능에 맞는 것 같다. 남북으로 알프스가 둘러싸고 있고 맑고, 넓고, 평화롭기까지 한 이 멋진 곳에도 사람이라곤 없으니 짜릿함을 기대했던 마음은 차츰 심심한 맛으로 변해 갔다. 몇몇 사람들이 있었지만 물가에서 신문을 보거나 책을 보는 정도였고 물에 들어가서 노는 사람은 아이들 몇이 전부였다. 분명히 여기는 워터파크인데 말이다. 워터파크에 대한 고정관념을 확인하는 시간이었다. 우연일까. 오늘의 여행 방향은 '쉼'과 '힐링'이었는데 그렇다면 우리는 기대(?)와 달리 제대로 찾아온 곳이었다.

저 아이는 슬라이드를 몇 번이나 타기 위해 오르락내리락 혼자서도 바쁘게 움직인다. 사람이 있건 없건, 물이 차든지 안 차든지 이런 것을 평가하고 재고 있는 나 같은 어른의 시선에 아직은 물들진 않았다. 물리적 환경과 상관없이 오직 자신에게만 집중하며 워터파크를 즐기고 있었다. 저게 아이가 가진 힘인 듯하다.

잉? 심심한 워터파크 바닥의 온기를 발바닥으로 느끼며 아이와 이 고즈넉함이 어울리지 않는 풍경에 빠져 있는데 눈에 들어오는 게 하나 있었다. 다이빙대였다. 물 깊이가 후덜덜하다. 3.4m, 3m 깊이면 사람이 익사하고도 남을 깊이인데 이 평화로운 풍경처럼 너무도 평온하게 사람들이 올라서길 기다리고 있다. 깊고 위험해 보이는 다이빙대를 누구나 자유롭게 올라가서 다이빙을 할 수 있단다. 워터파크에 다이빙 점프대라니. 점프대는 올림픽 경기에서 본 것처럼 흔들흔들거렸다. 충분히 반동을 주니 흔들거림과 울렁거림이 동시에 등줄기를 타고 흐르는 후덜거림과 심장의 두근거림도 같이 출렁거렸다.

그런데 아이는 망설임이 없다. 자기가 다이빙을 해 볼 거라 한다. 다이빙대 끝에 올라 보더니 무서웠는지 망설이다가 내려온다. 그러더니 다이빙 연습한다며 땅 위에서 혼자서 점프! 점프!. 잠시 뒤 다시 다이빙대로 올라가 물에 그대로 '풍덩'. 다이빙대 높이가 1m가 조금 넘고, 물의 깊이가 3m가 넘는데 물이 맑아 바닥까지 훤히 보이니 다이빙대 위에서의 체감은 4m가 넘게 느껴지는 높이임에도 아이는 과감히 뛰어들었다. 한 번. 두 번. 세 번. 코를 막고. 힘껏 박차고 높이 올라. 물속에 풍덩덩덩.

워터파크에 몇 없는 사람들이 우리의 모습이 재밌는지 우리 주변에 서서 우리를 재밌게 바라본다. 아이가 다이빙을 하는데 아빠가 무섭다고 안 뛸 수 있나. 다이빙대에 오르니 역시 무섭다. 두 번을 망설이다 망설이다 뛰긴 뛰었다. 심장이 쫄깃해졌다. 물에 빠지니 생각보다 깊게 쑥~ 하고 들어가는데 이대로 물에 빠져서 못 나올 것 같은 느낌이다. 하지만 뭐든 여러 번 하면 익숙해지는 법. 처음 뛸 때는 무서웠는데 두 번째부터는 재미가 살짝 붙기는 했다.

다이빙 놀이를 하다가 아이가 물안경을 빠뜨렸는데 물안경이 그대로 가라앉았다. 그런데 이 녀석 달려와 내 물안경을 바투 빌려 쓰고는 3.4m 깊이의 바닥으로 잠수해 들어간다. 그러고는 물안경을 스윽! 집어온다. 아이가 내려가는 게 투명하게 보이는데 다시 아이가 올라올 때까지의 시간이 너무 길게 느껴지고 불안하고 초조했다. 무섭지 않았냐 물어보니 "내려갈 때는 괜찮았는데 올라올 때 시간이 아주 길게 느껴졌어."라고 한다. 겁도 없는 녀석. 3미터 깊이를 잠수하는 게 어른들도 쉽지 않은 일인데….

'아빠 심장이 더 쫄깃했어. 너 물속에서 못 올라오는 줄 알고.'

어른들은 나와 마주한 세상의 타자와 나 아닌 것들에 관심을 쏟느라 정작 현실 앞에 있는 시간, 공간을 맘껏 누리지 못할 때가 많은데 아이는 오롯이 자기만의 여행과 놀이의 시간을 만들어 가고 있는 것일지 모른다. 얼마 뒤, 차가운 물에서 나와 온수풀에 뭉근하게 몸을 담근다. 따뜻함이 햇빛이 그리운가 보다.
"이제 나갈까?" 하니 그러잖다. 단, 수영 한번만 더 하고서. 워터파크를 나와 차를 몰아 뮌헨으로 가는 길. 맑고 푸르게 개인 알프스의 높은 산과 희고 흰 구름이 환히 드러났다. 유럽의 수영장 같은 워터파크에서 재밌게 놀았다.
알프스. 티롤. 오스트리아 안녕.

대성당? 우리는 짚라인으로

시각이 꽤 지났는데도 어둠이 그대로 남은 마드리드의 아침 하늘을 보고서야 겨울 유럽의 긴 밤을 실감했다. 따뜻했던 세비야와 달리 겨울 마드리드의 차가운 바람에 깜짝 놀라며 시작한 루어는 발가락을 얼려버릴 것 같았다. 세고비아의 칼바람을 맞은 뒤 톨레도로 가는 버스 안에서 아이는 땀까지 뻘뻘 흘리며 곤히 잠들어 있었다.

세고비아를 떠나 들어온 톨레도는 타호강이 둘러싸고 있어 두 개의 다리를 이용해 들어갈 수 있는 스페인 카스티야 왕국의 중심 도시이자 지금도 스페인 가톨릭이 중심이 되는 도시다. 강 건너 언덕에서 바라보는 중세의 모습이 그대로 간직된 스페인에서 가장 중세스러운 도시 톨레도. 그 톨레도를 만나러 가는 길에 내리는 햇살은 오전의 세고비아와 달리 따뜻했다.

톨레도를 검색하면 가장 많이 등장하는 도시 전체가 내려다보이는 풍경은 톨레도의 입구인 비사그라 문을 돌아 산에 오르면 만날 수 있다. 톨레도 성당이 중심이 되어 타원으로 자리 잡은 톨레도가 한눈에 내려다보이는데 몇 번을 보아도 멋진 풍경이다. 사람들 모두 여기서 사진 찍기에 집중한다. 겨울바람에 머리칼이 날리지만 이 아름다운 톨레도를 배경으로 아이를 담아두려고 카메라를 들이댄다. 고맙게도 온 하루를 빌려 얻은 카메라라 사진 한 장 한 장이 더없이 소중하다. 근데 이 녀석 사진 찍는 건 관심이 없다. 갑자기 낭떠러지 쪽 담을 넘더니 벼랑으로 내려간다.

"야!! 위험해! 뭐 하는 거야."

이 아이는 뭐든 보면 오르고 매달린다. 런던에서도, 세비야에서도, 그라나다에서도 그랬다. 새총 쏘기 연습용 돌을 줍겠단다. '하…. 여기 톨레도야. 이제 우리 여행에 함께 하자. 이 아름다운 중세의 시간이 담긴 풍경이 아직까지 신비롭거나 그렇진 않지?' 결국 여기서 주운 돌로 튀어나온 바위 맞히기 새총 연습을 다섯 번인가 하고 갔다. 새는 한 마리도 없는데. 이 시간이 멈춘 중세 도시의 풍경에서 새총이라니.

산 마르틴 다리를 지나 이제 톨레도 구시가지로 들어간다. 타호 강 건너의 풍경이 그림처럼 어울리는 다리를 지나 건너가는 길. 이 녀석 돌계단을 열심히 오르더니 갑자기 멈춘다.

"왜…?"

그러더니 또 한 방 새총 쏘기. 으이그! 자세는 A+를 줄만 했어도 너의 새총 실력은 참. 끝까지 팔을 굽히지 않고 유지하는 자세를 보이더니 그러고선 다시 즐겁다는 듯 투어 일행 맨 앞 선두에 서서 따라간다. '너 수신기에서 나오는 가이드의 이야기는 듣고 있는 거 맞지?'라고 묻고 싶어진다. 가이드 언니 옆에 착 붙어 따라다니며 둘이 뭔 수다를 그리 떠는지 가이드님이 아이 말 상대 해주느라 고생하셨다. 상점에 서 있는 돈키호테의 철갑을 만나자 또다시 새총을 겨누는 아이. 마치 풍차를 향해 달려드는 돈키호테가 된 것마냥 철값 옷의 기사를 향해서 달려든다. 혼자 신났다.

"길에서 실성한 듯 웃고 있는 사람은 미친 자이거나 돈키호테를 읽고 있는 사람이다."라는 말을 책에서 봤다며 알려주고선 신나한다.

투어하기 전날 아이와 마드리드 프라도 미술관을 갔다. 마드리드에 도착해서 휴대폰 잃어버리고 좌절하고 엄청난 일을 계속 겪고 완전 녹초가 되어 지친 상태에서 프라도 미술관을 둘러보고 있었고, 미술관 안에는 한국인 단체 투어도 많았다. 카라바조의 그림을 보고 있는데 정말 밝고 경쾌한 목소리가 들려서 보니 한국인 미술관 투어 가이드였다. 목소리가 밝고 인상적이어서 기억에 남았는데 다음 날 아침에 투어를 갔더니 우리 투어 가이드로 딱!

"어제 프라도 미술관에서 투어하시던 가이드님 아니세요?"
"어? 어떻게 아셨어요?"
"저도 어제 프라도 미술관 갔었는데 설명을 참 밝은 목소리로 잘하셔서 기억이 나요."

이런 일이 로마에서 또 있었다. 이른 아침 로마 바티칸 미술관에서 본 투어 가이드는 젊은 남자분이었는데 정말 멋쟁이로 패션 감각이 뛰어나서 인상에 팍 남았다. 그런데 그 가이드를 저녁에 로마 지하철에서 또 만난 것이다.

"이 먼 곳에서의 가이드 생활은 어때요?"

"아!? 어떻게 아셨어요?"

"아침에 바티칸 미술관에서 해설하시는 거 봤어요."

여행이란 이렇게 뜻밖의 인연과 사람을 만나는 일이기도 하다.

톨레도 대성당은 스페인 가톨릭의 총본산답게 정말 화려하고 거대했으며 웅장하고 멋있었다. 내부는 안 들어갔다. 톨레도 대성당의 정면 파사드의 화려하고 아름다움에 내부도 물론 가 보고 싶었지만 들어가지 못한 이유는 짚라인 때문이었다. 산 마르틴 다리를 지나오면서 아이의 눈길을 끈 게 짚라인이었다.

아이는 톨레도 산 마르틴 다리를 지나면서 짚라인을 보자마자 타고 싶다 했다. 사실 아이는 두 번이나 짚라인 앞에서 좌절한 경험이 있다. 첫 번째는 스위스 그린델발트에서였다. 아이 탑승권 표를 샀지만 탑승할 수 없었다. 키와 몸무게 미달이 이유였다. 우는 아이를 안아 달래 업고서 케이블카로 내려왔었다. 두 번째는 강원도 정선의 짚라인. 그땐 키는 되었는데 몸무게가 미달이었다. 그러니 이 아이의 세 번째 짚라인 도전을 못본 척할 수가 없었다. 하필 거기가 세비야가 될 줄은 꿈에도 몰랐다. 런던에서 세비야로 오는 비행기에서 만났던 가족을 대성당 앞에서 우연히 다시 만나 내부가 정말 아름답다는 말을 듣고 잠시 갈등했으나 오래 갈등할 시간이 우리에겐 없었다. 아이의 여행 기억에 톨레도 대성당이 오래 남을까? 짚라인이 오래 남을까? 아이가 얼마나 타고 싶어 하는지 잘 알기에 두 번 생각하지 않았다. 이미 해는 기울어 톨레도는 연주황빛 겨울 석양으로 물들고 있었다.

뛰자!

아이와 손을 잡고 가파른 언덕길을 넘어 우리가 왔던 길을 되짚어갔다. 힘껏 뛰어갔다. 다시 산 마르틴 다리다. 다들 입장하는 톨레도 대성당을 뒤로하고 톨레도의 처음 들어왔던 다리로 숨을 헐떡이며 다시 왔다. 타호강을 가로지르며 시원하게 아래로 길게 뻗은 짚라인을 보니 나는 떨어질까 무서웠다. 산 마르틴 다리가 생각보다 높고 길고 그 아래로 흐르는 타호강의 물살도 세고 강도 그 깊이를 가늠하기 힘들만큼 깊었다. 짚라인 가격을 물어보니 10유로란다. 두 번 확인했다. 진짜 10유로가 맞는지. 너무 저렴한 가격이 아닌가. 정말 가격은 10유로였고, 짚라인을 타기 위해 여권을 내고 간단한 탑승 서류를 작성했다.

아이는 신이 났다. '넌 무서움이 없는 거니? 그런 거니?' 직원이 아이에게 탑승 장비를 채우면서 영어로 탑승 요령을 설명해 주는데 불안했던 나는 철조망에 매달려 까치발을 들고 서서 아이에게 통역을 해 주었다. 그러나 아이는 간단한 영어니 알아듣는 체했으나 듣는 듯 마는 듯 이미 마음은 짚라인을 타고 있었다.

장비를 채우고 줄을 걸고 이제 출발이다. '아…. 무서운데….' 내 심장이 덜덜 떨려 오는데 아이는 아무것도 아니라는 듯한 표정이다. 짚라인이 출발하자 아이는 이제 공중에 붕 뜬 채로 내달린다.

불안했던 나는 산 마르틴 그 긴 다리를 죽어라고 뛰어 도착장으로 향했다. 정말 빠른 속도로 내려간 아이와 다시 만난 건 다리 가운데서였다. 쇳소리가 나는 치렁치렁한 장비를 메고, 헬멧을 손에 든 아이가 터덜터덜 걸어오는데 아이가 무서워서 울지나 않았는지 걱정스러운 마음에 뛰어가서 아이 얼굴을 쳐다봤다.

"너무 재밌어. 완전. 근데 짧아." 한다.

이게 짧아? 이렇게 긴데 이게 짧다고? 난 무서워서 못 타겠는데. 어린 동양인 꼬마 아이가 무서움도 없이 혼자서 타는 게 직원도 재밌었는지 장비 반납하려는 아이에게 아저씨가 한 번 더 타란다. 그것도 "프리~!"라면서. 처음에는 사기 치는 줄 알았다. 여행에서 사기를 당하는 건 정말 아차 하는 순간 아니던가. 누가 이런 호의를 쉽게 베풀어 주겠는가. 한 번 더 타라고 하고 나중에 돈 달라는 거 아니야? 라고 재차 물었는데 진짜 프리란다. 마드리드에서 휴대폰 소매치기를 당한 상태로 의심과 경계치가 최고조에 달한 상태에 있던 나였으니까 두 번 세 번 물어볼 수밖에 없었다. 아이한테 "너 한 번 더 탈 수 있겠어?"라고 물으니 두 번 생각 안 한다. 바로 콜~! 짚라인에 매달려서 슝~ 하고 가고 있는 아이를 보니 어이가 없기도 하고 대견하기도 하다. 결국 두 번이나 짚라인을 탔다.

해는 거의 기울어 어두워지기 시작한다. 짚라인 경험이 정말 신났다며 이제 아침이 된 시간에 있는 엄마에게 전화로 이야기한다. 그러나 정작 마드리드로 돌아가는 버스 안에서 짚라인을 탄 도시와 이 다리 이름을 물으니 모른단다. 너무하다. 이 어린이. 산. 마.르.틴. 다리입니다.

안전 헬멧에 머리가 제대로 눌러붙은 아이는 짚라인 타고 매우 만족해하며 밝아진 표정이었다. 아이를 데리고 서둘러 다시 집결 장소인 톨레도 대성당 앞으로 돌아간다. 그렇게 바쁜데 우리는 그사이에 맛있어 뵈는 타파스 가게에 들러 타파스 다섯 접시를 시켜 놓고 우리만의 톨레도에서의 저녁 식사까지 즐겼다. 대성당 앞에 모인 일행이 우리에게 묻는다.

"어딜 갔다 오셨어요? 계속 안 보이던데."
"우리요? 비밀이요. 하하하하하."
겨울 톨레도 산 마르틴 다리의 석양 대신 이른 어둠이 깔리기 시작했다.

아이와 유럽 여행 에피소드

첫판부터 인종 차별

첫 유럽 여행. 한국을 출발한 지 18시간 만에 카타르를 거쳐 암스테르담에 거의 도착했다.

암스테르담이 유럽 북서쪽의 끝이기 때문에 상당히 멀게 느껴진다. (그러나 지구는 둥글기 때문에 시간 차이는 별로 없다는 사실. 지도를 평면으로만 배웠으니….)

비행기 화면이 현재 위치를 알려주는 걸 보고서야 이제야 유럽에 첫발을 디디겠구나 싶다. 암스트롱이 달에 첫발을 디딜 때의 심정이랄까! 사진과 영상으로만 보던, 가보지 못했던 유럽의 거리를 만난다고 생각하니 오랜 비행의 피곤함도 설렘으로 대치되어 심장이 두근거렸다.

암스테르담 스키폴 공항 입국 심사대의 줄이 길다. 입국 심사를 하는 사람은 달랑 두 명. 첫 유럽 여행 도착지 공항에서부터 유럽의 답답하고 느린 일처리를 만났다. 에버랜드 바이킹 탑승

대기줄처럼 꼬불꼬불 입국심사 줄이 늘어섰는데도 이 사람들은 급한게 없나보다. 중동행 비행기다보니 입국 심사도 까다롭고 한 번 밀리니 하염없다.

부풀었던 설렘이 풍선 바람 빠지듯 쭈글한 지루함으로 바뀌고 아이도 기다림을 힘들어할 즈음 우리는 검은색 네모 도장 하나를 받았다. 스키폴 공항은 세계적인 공항답지 않게 참 작았다. 발리 공항처럼 입국 심사대만 통과하면 바로 공항 밖이다. 작은 나라인 건 알지만 그래도 정말 작은 공항에 놀랐다. 키 크기로 세계 최고인 네덜란드 사람들이 걸어 다니는 모습은 공항의 낮은 천정 높이 때문에 마치 소인국에 사는 거인 같았다. 공항 밖으로 나와 맞은 첫 느낌은

"아…. 좀 춥다."

바람이 시원하게 분다. 분명히 8월 1일인데. 반팔 옷이 아쉬울 정도로 서늘한 공기가 밀려온다. '음…. 이게 암스테르담의 여름이구나!' 8월의 맑은 날임에도 암스테르담은 덥지 않았다. 시원했다. 비가 오고 바람까지 불면 우리나라 10월 중순 기온 같았다.

이제 버스를 타고 암스테르담 시내로 가야 한다. 기차를 타려고 했으나 예약해 둔 에어비앤비 숙소가 193번 버스 종점이었기에 기차를 타고 다시 트램을 타야 하는 번거로움을 피하기 위해 버스로 가기로 했다.

버스표는 버스 안에서도 살 수 있는데 두리번거리니 공항버스 표를 파는 트럭이 있었다. 정말 트럭이었다. 푸드트럭 같은. 정류장에 붙은 버스 시간표와 목적지를 확인하고 아이와 내 표를 샀다. 버스도 자주 오는 편이었다. 진한 자줏빛으로 채색된 긴 공항버스가 왔다.

'와~ 버스가 참 길다.' 하며 긴장감을 가지고 서둘러 버스 줄을 섰고 버스 문이 열렸다. 내 앞에 백인 3~4명이 오르고 이제 내가 버스에 캐리어를 들고 타려는데 문을 닫고 가버린다.

"뭐야!?"

내 앞사람까지 탔고 분명히 버스에는 자리가 있는데도 버스 기사는 시계를 보더니 고개를 좌우로 흔들고는 쌩하니 가버린다. 유럽 첫 여행부터 상당히 당황스럽다. '이게 뭐지…?' 너무 정신이 없어서 혼란스러웠다. 내가 뭘 잘못한 건가? 표를 보여주지 않아서 그런가? 허탈하기도 하고 어이없기도 하고. 할 수 없이 다음 버스를 기다렸다. 10여 분이 흐르고 다음 버스가 온다. 이번에는 맨 먼저 타야겠다 싶어서 재빨리 줄을 섰는데 마침 타는 사람이 우리밖에 없었다. 그런데 이번에는 기사가 아예 문을 열어주지 않는다. 우리 앞에 서는 것 같더니 그냥 가 버린다. 아이는 거의 울상이다. 나도 울고 싶은 심정인데 뭘 할 수가 없다. 너무 어이없이 버스 두 대에게 거절을 당하고 나니 '오늘 버스를 탈 수는 있을까?' 싶다.

집주인은 버스 종점인 정류장에 나와서 기다리겠노라고 했고 나는 오후 2시까지 도착하겠다고 말했다. 기차를 타야 하나? 그럼 버스표는 어쩌지? 온갖 생각이 다 들었다. 무거운 캐리어를 끌고 다시 공항으로 들어가서 기차를 타는 일도 만만찮을 것 같아서 마지막으로 버스 한 대를 더 기다려보기로 했다.

이번엔 각오가 비장했다. 버스 문을 열어주지 않으면 강제로 문을 때려서라도 타야겠다 마음을 단단히 먹었다. 첫 유럽 여행 첫 시작을 이렇게 예쁘게 환영해주다니. 버스 한번 타는 일도 유럽에서는 쉽지 않구나 싶었다. 버스 타는 일 이게 뭐라고.

다시 15분여를 기다려 버스가 왔다. 버스 문 코앞에서 얼굴을 들이밀었고 아무일 없이 버스를 탔다. 이건 또 뭐야. 이렇게 쉽게 탈 수 있는걸. 아이를 자리에 앉히고 캐리어 두 개가 미끄러지지 않게 단단히 잡고 서서 주인에게 연락을 했다. 다행히 암스테르담의 공항 버스 안에는 와이파이가 있었다.

이건 버스 타다가 녹초가 될 지경이니. 내가 버스를 제대로 탄 게 맞기나 한 건지부터 의심스러웠다. 카타르에서 암스테르담으로 오는 비행기에서부터 동양인은 우리밖에 없었고, 버스 안에서도 마찬가지였다. 동양의 어린아이가 그들의 눈에 얼마나 띄었겠는가. 초조해진 내가 앉지도 못하고 버스 안을 왔다갔다하며 노선을 확인했고 그래도 안심이 되지 않아 버스 정류장 이름을 보여주며 옆 사람에게 물으니 "So far~"하면서 나보고 자리에 앉으란다.

'so far⋯. 그래. 종점이니까 멀겠구나. 한 시간도 더 걸리려나⋯.' 싶었는데 어느새 버스는 바다보다 낮은 평원을 지나쳤고 반고흐 미술관과 국립 박물관이 있는 암스테르담 뮤지엄 지구를 지나 버스에는 우리 둘만 남았다. 종점에 도착한 것이다. 'so far 라며⋯.' 공항에서 종점까지 40분이 채 걸리지 않았다.

전직 격투기 선수였던 숙소 주인은 무던하게 서서 종점에서 우리를 기다렸고 약속 시간에 30분이나 늦었다. 집주인은 우리가 안 오는 줄 알았단다. 하하하하, 그럴 리가 있겠는가. 격투기 선수라 온몸에 탄탄하게 잡힌 근육선이 약간은 무서웠던 집주인은 너무도 친절했고 수다쟁이였다. 자기가 왜 격투기를 그만두었는지, 지금은 어떻게 살고 있는지, 주변에 맛있는 집은 어딘지를 30분 동안 쉴 새 없이 떠들었고 너무 빠른 그의 영어를 나는 절반도 알아듣지 못했다.

"있잖아, 그런데 나 질문 있어. 공항버스는 왜 우리를 안 태워 줬을까? 그것도 두 번이나."
"그럴 리가 있어? 그거 인종 차별 같은데?"
"ㅠ.ㅠ"

그랬다. 우리는 첫 유럽 여행의 첫 도시, 첫 시작에서부터 인종 차별을 당한 것이다. 이제 겨우 9살짜리 아이와 함께. 북유럽 특히 암스테르담의 인종 차별은 미국 교포들도 혀를 내두른다고 한다. 사실 이런 일은 부다페스트에서도 한 번 더 있었다. 지하철역으로 가기 위해 버스를 타는데 버스가 우리 앞에서는 척하더니 그냥 가 버렸다. 지나가던 부다페스트의 아주머니가 어이없어하는 나를 보더니 함께 버스를 향해 소리를 질러 주었다. (아마 욕이었겠지?) 이후 암스테르담에서 3박 동안 더 이상 그런 일은 없었다. 트램과 버스는 시간을 잘 지켰다. 7~8월 여름 매주 수요일에만 열리는 에담 치즈 시장으로 가는 버스는 인가 하나 보이지 않는 시골 정류장에서조차 타는 손님이 없어도 출발 시간까지 기다렸다가 출발했다.

악명(?) 높은 입국심사, 엄마는 어디 갔어?

김포공항에서 북경 가는 비행기가 연착되는 바람에 북경 공항에 도착한 비행기의 문을 벗어나자마자 아이 손을 잡고 전속력으로 달렸다. 숨이 너무 헐떡거려서 가슴에 통증이 올 정도로 뛰었다. 아이와 가는 여행에서 비행기를 놓친다는 건 북경 공항에서 하룻밤을 새워야 한다는 뜻이다. 그런 일을 경험하게 해 주고 싶진 않았다. 런던행 비행기는 이미 탑승이 시작되었고 우리는 뛴 보람이 있었다. 긴 시간 거쳐 긴 비행기는 우리를 런던 히드로 공항에 내려 주었다. 도착 시간이 늦은 저녁이 아닌데도 겨울 런던의 짧은 해는 벌써 이 거대 제국의 수도였던 도시를 어두컴컴하게 만들었다.

이제부터는 새로운 도시를 만나게 되는 긴장감과 낯선 설레임이 공존하는 시간이다. 친절한 안내와 표지판을 따라가면 되는 공항 이미그레이션, 길과 대중교통은 구글맵이 알아서 척척 알려주는 시대라 하더라도 이 낯선 긴장감은 여전히 불편함을 주는 시간이다. 싫지 않은 불편함을 만나러 가는 것이 여행이다.

런던 공항에 내리면 이미그레이션까지는 좀 뛰어서 가는 것이 좋다. 입국 심사 줄도 길고 그 많은 중국인들에게 일일이 묻고 답하는 입국 심사 줄에 서서 기다리려면 1시간을 넘겨야 할지도 모른다. 비행기에서 내려서 도착 사진을 찍을 새도 없이 마구 뛰었다. 한밤이 되기 전에는 숙소에 들어가고 싶었다.

악명 높다는 런던의 입국 심사장. 긴장이 된다. 어떤 질문을 할까? 긴 입국 심사 줄에 서서 앞에서 심사받는 사람들을 유심히 관찰했다. 내가 간 곳의 입국 심사관은 나이 지긋한 인상 좋은 할아버지. 그 좋은 인상에 안도의 마음을 먹고 여권을 내밀었다. 에어비앤비 예약 서류와 런던 게트윅 공항에서 세비야로 가는 이 티켓도 주섬주섬 꺼냈다.

—영국 왜 왔어? (여행왔지요~)
—며칠이나 있니? (4일. 짧다고? 나도 알아. 너무 아쉬워~)
—숙소는 어디야? 어떻게 아는 사람이야? (응 BnB야. 내가 런던

에 아는 사람이 어딨겠어.)

―어디로 가니? (세비야~ 따뜻한 이베리아의 햇살을 받으러 갈 거야.)

―게트윅 공항으로 가는구나. (응~ 잘 아시네요^^.)

그런데.

도장을 이제 찍어주고 보내주려나보다 하는 찰나. 갑자기 도장을 멈추는 할아버지 심사관.

순간, 사알짝~ 긴장감이 돈다. 할아버지가 나를 쳐다본다. '어 왜 그러지? 나 뭐 잘못했나…? 그냥 곱게 보내주지….'

―아내는 어딨어? (그게 왜 궁금한데요~할아버지? 집에 있지요.)

―왜 안 왔어? (일하는 중이라서요. 휴가 아니고. 그리고 비행기 멀미 Airsickness가 심해서 못 타요.)

―그럼 너네 둘이 온거야?

―As you seen~

―그렇군. 아쉽네. 즐거운 여행해!

도장 쾅!쾅! 그렇게 입국심사장을 통과해 나오니 짐이 나와서 저 혼자 돌아가고 있다. 와~ 나 무지 빨리 나왔다. 한 시간도 안 걸렸어! 빨리 가면 런던 브릿지 해 지기 전에 보겠는데?

히드로 익스프레스를 타면 빠르지만 비싸다. 거의 3만 원. 난 돈을 아끼기 위해 지하철로 간다. 먼저 오이스터 카드를 구입. 티켓 기계로 가서 Get a new card를 누르고 As you go를 누르고 금액 선택 후 카드 삽입만 하면 끝. 쉽다. 런던 어린이 지하철 요금은 만 10세까지는 무료다. 아이는 해가 바뀌어 12살이지만 생일이 지나지 않아 아직 만 10세. '와! 개꿀. 다행이다.' 다음달이면 만 11세로 어린이 요금을 내야 하는데…. 어쨌든 오이스터 카드 한 장으로 다녔다.

런던 지하철과의 첫 만남. 런던 지하철을 타 보니 왜 얘를 튜브라고 부르는지 알겠다. 천장이 낮고 원 모양의 긴 관처럼 생겨 튜브 느낌이 제대로 난다. 키 큰 사람이 타면 머리를 숙여야 될 정도로 낮다. 런던에서 느낀 것 하나. 지하철이 정말 빨리, 자주 온다. 지하철을 1분 이상 기다려 본 기억이 별로 없다. 지하철 맵을 나보다도 더 열심히 들여다보는 아이는. 내려야 할 곳에서 못 내리고 또 길을 잃을까 봐 자리에 앉지도 않고 나보다 더 긴장한 채로 집중한다. 평소에 집에 있을 때는 아이에게 볼 수 없는 새로운 모습을 여행을 통해 발견한다.

오후 4시가 채 안 돼서 지하철을 탔는데 밖이 벌써 어두워지고 있었다. 이럴 수가. 오늘 런던 브릿지 보러 가야 하는데. 역시 위도가 높긴 높구나. 오후 4시인데 벌써 어둡다니. 이래서 유럽은 여름에 와야 한다. 겨울 유럽 여행은 왠지 시간을 많이 손해 보는 느낌이다. 1월 영국 런던은 아침 8시에도 그다지 밝지 않다. 어두컴컴하다. 해는 오후 4시면 벌써 어둑어둑해진다. 반면 7월 여름엔 저녁 9시에도 한낮처럼 환하다. 스페인도 그랬다. 아침 8

시 전후로도 아직 사위가 캄캄하다. 8시 30분경 바르셀로나 공항 2터미널에서 1터미널로 가는 셔틀 버스 안에서 지중해의 일출을 만났다. 위도가 그렇게 높아도 우리보다 춥지 않은 따뜻한 그들의 겨울이 부러웠다.

Earl's Court역에 내려서 우리가 가야 하는 그린 라인으로 갈아타기 위해 기다린다. 런던이나 파리, 뮌헨, 마드리드, 바르셀로나 지하철에는 에스컬레이터가 없는 곳이 많다. 캐리어 들고 오르락내리락하려면 팔에 힘을 단단히 길러서 가야 한다. 단. 단. 히!

구글맵 스트리트뷰로 몇 번이나 숙소 찾아가는 길을 연습했더니 헷갈리지 않고 한 번에 찾아갔다. '파슨스 그린역을 나와서 피시앤칩스 가게를 보고 직진해서 풀럼 도서관에서 우회전하고… 어쩌고저쩌고… 윈첸든 로드 36을 찾아서… 어쩌고저쩌고….' 갔더니 정확히 숙소가 내 앞에 딱 나왔다.

이십 년도 전에 군대에 있을 때 중국집 배달을 했다는 고참이 있었다. 짜장면을 시키면 어떻게 정확하게 우리 집을 찾아오는지 그 많은 주소를 다 외울 수도 없고 지금처럼 아파트만 가득한 신도시도 아닌데 어떻게 그리 정확히, 신.속.정.확을 중국집 생명 제일의 가치로 할 수 있는지. 그 고참에게 비결을 물었더니 "지도를 보면서 어디쯤 가서 어떤 건물이 있는지를 봐. 어느 길에서 꺾고 들어가야 하는지를 기억하는 거야. 그러면 주문한 그 집이 딱 나와." 이십 년이 지나 런던에서 그가 했던 그 방식대로 숙소를 찾고 있는 내 모습을 발견하고서는 그의 얼굴이 스쳤고 희미하고 엷은 웃음이 지어졌다.

숙소에 도착해 벨을 눌렀다. '빨리 짐 풀고 런던 브릿지 보러 가야지~' 잉? 아무도 안 나온다. 다시 한번 누른다. 여전히 기척이 없다. 이런. 주인 전화번호로 전화를 거니 '뚜… 뚜… 우우우우.' 특이하면서도 낯선 영국 전화 연결음이 들린다. 숙소 주인이 전화를 받는다.

"헬로~ 아임 킴. 아임 프론트 오브 유어 하우스. 않츄 히어 나우? 와이 와이?"

영어 울렁증이 동시에 마구 솟구쳐 오르면서 내 심장도 빨리 일하기 시작한다. 하 나. 영국 도착하자마자 입국 심사에 이어 또 나를 영어 테스트 시켜주는구나.

주인은 1시간 뒤에나 온단다. 날이 꽤 추워지고 바람도 쌀쌀해지는데 이 인간이 콱! 이라고 말하고 싶지만 그 놈의 영어 울렁증이 먼저 내 말문을 셀프로 닫아버린다.

"카페가 많아. 카페에서 좀 기다릴래?"

"응 오케이~ 그래. 너 거기서 기다릴게."라고 친.절.히(?) 대답하고 무거운 케리어를 질질 끌고 근처 카페로 간다.

다행히 숙소 골목길 끝에 카페나 가게들이 제법 많다. 꽤 괜찮아 보이는 카페에 캐리어 두 개를 밀쳐 던지듯 넣고 12시간의 비행에 지친 몸을 잠시 쉬어본다. 아이는 물을 사 주고 나는 지금 이 순간 나를 가장 진하게 달래 줄 것 같은 에스프레소 한잔을 시켜 놓고 앉았다. 집에서 출발해서 런던에 도착하기까지 20시간이 걸렸다.

그러고서 아이를 바라보니 아이 머리는 헝클어지고 땀에 절고. 너 그 정신 없는 머리 안 되겠다. 머리 좀 묶자. 아이 머리를 묶어주고 멍하니 쓰고 부드러운 에스프레소를 입안에 넣고 굴리며 런던 풀럼 거리를 처음 마주한다. 포스터나 엽서에서 보았던 런던의 빨간 이층 버스도 길을 지나간다.

반갑고 낯설지 않은 친근한 런던의 저녁 풍경이다. 그때 아이가 가방에서 꺼낸 건 작년 이탈리아 여행을 가면서 모스크바 공항에서 산 마트료시카. 비행기에서 먹을 밀감을 담아온 것까지는 알겠는데…. 그건 왜 챙겨 온 거니? 그런 아이와 풍경에 잠겨 있는데 예상보다 빨리 숙소 주인에게서 전화가 왔다.

"킴~!! 아임 컴잉~ 홈."

"알았다~ 갑니다~ 기다려라~" 여기는 런던^^

열쇠 앞에서 불안에 떨다

'빠언해'

'이 사람은 뭐지?' 했다. 이 사람은 누구길래 이렇게 많은 사람들이 "빠언해님, 빠언해님 봐주세요." 하는 걸까. 닉네임이 빠언해라니. 참 궁금증을 자아내는 사람이었다. 우리나라 최대 유럽 여행 카페에서 활약한 그분의 글을 찬찬히 읽어보았다. 빠언해는 파리의 언어 해결사라는 뜻이었다. 파리 여행 중에 생긴 어려운 일을 겪는 사람들이나 파리의 교통이나 숙소 등의 궁금증을 회원들에게 친절하게 알려주는 분으로 유명한 분이었다.

그분이 해결을 부탁받는 일 중에 하나가 숙소에서의 문제였다. 그중에서도 많은 것이 바로 '열쇠'다. '열쇠'가 뭐가 문제가 될 게 있다고 이 분을 저녁이고 밤이고 찾는 거지 했다. 심지어 문이 열리지 않아 집 앞에서 울고 있다는 글에 이분이 새벽에 달려가서 문을 열어줬다는 글도 본 적이 있다.

유럽의 숙소에는 대부분 우리나라에서 쓰이는 전자식 번호 열쇠가 아니다. 숙소에 도착하면 보통 숙소 주인이 열쇠 3개를 준다. 건물 전체의 현관문 열쇠, 건물의 입구 엘리베이터 안으로 들어가는 열쇠 그리고 집 열쇠를 준다. 거기다가 방문 열쇠까지 4개를 주는 경우도 있다. 근데 이 열쇠가 쉽게 열리지 않는다. 열쇠가 계속 돌아간다. 왼쪽, 오른쪽. 두 바퀴, 세 바퀴 계속 돌아가지만 열리지 않는다. 집주인이 열면 바로 쉽게 열리는데 내가 열면 완전 먹통이다.

여행을 마치고 오는 저녁이면 우리는 숙소의 문을 열어 젖히고서 함께 문을 여는 연습을 여러 번 했다. 연습할 땐 되는데 막상 외출하고 돌아와서는 문이 열리지 않으니 정말 난감했다. 2층이 숙소였던 암스테르담에서는 너무 문이 열리지 않아 길거리에 지나가는 사람을 붙잡고 부탁을 했다.

"아 유 홀랜드 피플?"

"예스."

내 열쇠를 보여주면서 문을 좀 열어 달라고 하니 이 사람이 너무 의아해하는 표정이다. 암스테르담의 숙소는 대개 2층이나 3층이고 숙소로 올라가는 계단이 워낙 좁고 컴컴하다. 자기에게 해코지를 하려는 건 아닌지 당황해하면서도 조심스레 따라 올라와 주었다. 아이와 내가 열쇠를 열다 지쳐 울먹이는 표정을 보면서 이 사람도 열어주지 않을 수 없었을 것이다. 현지인이 열쇠를 넣어 돌리자 무슨 일이 있었냐는 듯이 바로 문이 열린다. 마치 '이걸 왜 못 하느냐.' 하는 표정이다.

파리에서도 문이 열리지 않아서 난감했다. 파리의 숙소 건물은 겹겹의 문을 열고 가운데 있는 정원도 지나야 했기에 큰 길에서 사람을 불러오기도 어려운 구조였다. 이럴 때는 어디서 생기는지 막무가내 용기가 생긴다. 집에 못 들어가는 상황이니 나보다도 아이가 불안해하는 모습을 보는 게 견디기 어렵기 때문인지도 모른다. 위층 할머니네 문을 두드린다. 할머니에게 열쇠를 주면서 문을 좀 열어 달라고 하니 내려와서 문을 열어주시고는 아무 일 없었다는 듯이 위층으로 총총 올라가셨다. 숙소가 7층이었던(유럽에서 7층 높이면 초고층 아파트다.) 프라하에서도 문이 열리지 않아서 20분 넘게 아이와 어둠과 더위 속에서 낑낑대며 문을 겨우 열었다. 운이 좋으면 두세 번만에 열리기도 했었는데 그럴 땐 나와 아이가 서로 기뻐서 하이파이브를 할 정도였다. 심지어 뮌헨에서는 한참을 찾아도 보이지 않던 집주인이 열쇠를 넣어두었다는 자물통을 아이가 찾아내기도 했다.

경험이 많은 호스트는 집에 도착하면 맨 처음부터 열쇠로 문여는 법을 여러 번 보여주고 따라 해보라고 한다. 나 같은 사람이 많다는 얘기다. 특히 아시아인들은 문을 잘 못 여나 보다. 주인이 하는 대로 따라서 해 볼 때는 문이 잘 열리는데 여행하고 돌아와 혼자서 문을 열 때는 긴장되고 땀이 난다. 옆에서 지켜보는 아이도 표정이 풀리면서 "아빠, 우와 이번에는 한 번에 열었네." 한다. 구멍에 맞는 열쇠도 어느 것인지 헷갈리는데 잘 열리지조차 않는다는 이르집어진 경험 때문이다. 그래서 에어비앤비에 도착하면 열쇠로 문 여는 법을 몇 번이고 연습해서 익숙해진 후 집을 나서는 것이 좋다. 문이 열리지 않으면 나처럼 아주 용감하게 지나가는 누구라도 붙잡고 문을 열어야 하는 상황을 경험할지도 모른다. 아이가 불안해하지 않도록. 아이보다 내가 더 당황할 수도 있다. '빠언해' 같은 분의 도움은 쉽게 얻을 수 없으니 말이다.

인정머리 없기는

아이와 떠난 두 번째 유럽 여행은 이탈리아였다. 겨울 유럽도 처음이고 첫 여행지인 로마는 유럽 역사와 문명의 시작이며 르네상스와 음악, 미술, 패션 어느 것 하나 유럽에 손길이 미치지 않은 곳이 없는 도시지만 또 그만큼 악명 높은 도시이기도 했다. 특히 로마로 도착하는 여행자의 대부분은 테르미니역에 도착하는데 이 부근의 소매치기와 음산한 분위기를 추체험하게 해 주는 글을 자주 보았다.

4박 동안 묵을 숙소는 테르미니역 근처의 Rome_Key_Home 호텔. 말이 호텔이지 호텔 간판도 없는 B&B다. Bed&Breakfast 그래서 B&B다. 구글 지도 검색을 통해 테르미니역에서 숙소로 가는 길을 찾아보았다. 호텔 간판이 건물에 보이지 않아 구글 지도 화면을 캡쳐해서 연락을 하니 그 건물이 맞다고 한다. 이탈리아에 가 보니 저런 아파트 건물에 한 층을 임대해서 B&B로 하는 곳이 많았다. 특히 테르미니역 근처에는 대개 모든 건물들이 그랬다. 4박 가격은 25만 원 정도. 나쁘지 않은 가격이라고 생각했다. 거기다 조식까지 포함이라니.

로마까지 가는 비행기는 편도로 발권한 러시아 항공이었다. 모스크바를 경유해 로마에 도착하는 일정이었다. 러시아 항공 역시 수하물이나 기내 서비스 등 악평이 많아서 걱정했지만 들은 바와는 달리 상당히 좋았다. 기내식도 맛있었고 아이를 위한 어린이

도시락 기내식도 따로 준비해 주었다. 그런데 모스크바에서 너무 추운 날씨 탓에 비행기 출발이 1시간 40분이나 지연되었고 로마에 도착한 건 밤 11시가 훌쩍 넘었다. 레오나르도 공항은 이탈리아 최고의 공항이 맞나 싶게 썰렁했고 입국심사는 우리 비행기를 타고 온 사람밖에 없어서 채 5분이 걸리지 않았다. 수하물 벨트에는 우리 짐만 덩그러니 외롭게 돌아가고 있었다.

거의 막차로 보이는 공항버스를 타고 테르미니역으로 향했다. 1월의 한밤중인데도 로마의 겨울은 한국의 겨울과 달리 춥지 않았고 한 흑인 여자는 반소매 옷차림이었다. 외투를 손에 걸치고 바깥이 보이지 않는 로마의 어둠과 함께 깜빡깜빡 졸았다. 피라미드로 보이는 유적을 지나 (거긴 실제로 피라미드역이었다.) 야경이 한층 더 신비로움을 풍기는 콜로세움에 감탄하는 사이 버스는 테르미니역에 우리를 내려 주었다.

호객하는 택시기사와 덩치 큰 몇몇 사람들이 아이와 나를 스쳐 갔다. 유심이 먹통인지 인터넷이 잡히지 않는다. 이럴 때를 대비해 구글 지도를 통해서 몇 번이나 역에서부터 숙소까지 찾아가는 길을 머릿속으로 연습했다. 머릿속에 지도를 떠올리고 버스가 오던 방향으로 걸음을 걸었다. 아이와 걸어가는 그 방향의 길은 더 어두컴컴하다. 가로등조차도 깜빡깜빡, 켜져 있는 시간보다 꺼져 있는 시간이 길었다. 말 그대로 음침하기 짝이 없다. 듣던 대로 테르미니역 앞의 검은 분위기는 금방이라도 누가 저 좁다란 뒷골목에서 튀어나와 심간을 떨어뜨릴 것 같았다. 지금 여기서 소매치기나 강도를 당한다고 해도 하나 이상할 것이 없는 어둠의 로마였다.

조금 무서워하며 겁을 먹은 아이를 달랬다. 아빠가 방향을 잘 못 잡은 것 같으니 다시 왔던 길을 가자. 아이는 작은 캐리어를 끌고 나는 한 손으로 신호가 잡혔다 끊겼다를 반복하는 휴대폰을 들고 길을 찾았다. 테르미니역으로 다시 길을 돌려 잡고 곰곰이 그리고 천천히 긴 호흡으로 머릿속으로 경험한 그 지도를 다시 그렸다. 이번에는 역을 통과해 반대편으로 길로 진입하니 지도에서 보았던 그 길이다. 어두웠지만 또렷하게 알 수 있었다. 한 번 더 좌회전을 해서 횡단보도를 지나니 구글 지도에서 봤던 대로 이게 주유소가 맞나 싶을 정도로 작은 로마의 주유소가 있었고 그 건물 옆에 우리의 목적지가 있었다.

마침 건물을 나오던 두 사람이 덜덜덜 캐리어를 끌고 오는 우리를 발견하고 먼저 알은체를 했다. 키가 매우 컸고 모델처럼 잘 생겼으며 심지어 목소리도 좋았다. 그때가 현지 시간 새벽 1시가 되어 가는 시각. 한국 시간으로는 아침 8시. 모스크바에서 로마로 오는 비행기에서 조금 잤다손 치더라도 거의 밤을 꼬박 샌 것이다.

이 사람들은 우리가 너무 오지 않아서 문을 닫고 퇴근하려고 건물 앞에 서 있었던 참이었단다. 정말 조금만 더 늦었으면 아이와 한겨울 로마 길바닥에서 어쩔 뻔했겠는가. 안도의 한숨이 길게 새어 나왔다. 건물 입구의 카운터에서 체크인을 하는데 청구서에는 무려 42유로나 더 찍혀 있었다. 원래는 10시 안에 체크인을 해야 하는데 우리 둘이 늦게 와서 자기들이 퇴근을 하지 못했다는 것이다. 이런 말도 안 되는 일이 있는가. 42유로면 5만 원이 훌쩍 넘는 이 숙소 1박 값이었다.

"우리도 여기까지 오느라 너무 힘들었어. 미리 연락을 하지 못한 건 미안해."

"알아. 근데 지금은 너무 늦었어. 레이트 체크아웃 시 42유로야. 아이와 둘이라 두 배."

"인터넷이 안 돼서 미리 연락하지 못했고, 디스 이즈 낫 마이 폴트. 비행기가 지연되었어. 공항에 확인해봐."

"그래? 그럼 내가 영수증을 발행해 줄 테니 이 영수증으로 항공사에 청구해."

"ㅠㅠ"

항공사에 청구하라니…. 그렇지 않아도 악명 높은 러시아 항공인데 언제 그걸 하고 있나. 아이는 옆에서 피곤에 절은 졸음과 사투를 벌이고 있다. 집에서 공항버스를 타고 나온 지 거의 스무 시간 만에 도착한 곳이었다. 새벽 1시가 가까워지는 시간에 더 이상 실랑이를 벌이기엔 체력적으로도 힘들었다. 잘생기고 따뜻해보이는 외모와는 다른 그들의 아망스러움에서 모멸감과 비루감마저 느껴졌다. 억울함을 닫고 지갑을 열어 돈을 주고 어벌쩡 상황을 끝냈다. 그들의 입장을 이해하지 못하는 것도 아니다. 지금의 나라면 영수증으로 받아서 항공사에 청구했을지도 모른다. 그리고 그 전에 레이트 체크인 수수료가 있는지부터 확인을 했을 것 같다.

유럽 여행 첫날은 대개 시차 적응을 하지 못해서 현지 시각으로 새벽이면 눈을 뜬다. 이날도 1시에 잠들었지만 새벽 5시도 되지 않아 눈을 떴다. 그 싸구려 숙소의 침대는 예상과 달리 편안했고 아주머니가 방안으로 들여보내 주는 조식 쟁반에 든 마른 빵과 누텔라 초콜릿, 우유와 씨리얼 그리고 과일은 훌륭했다. 씻고 나온 내가 "화장실에 미니 세면대가 있네." 했던 것은 유럽식 수동 비데라고 아이가 알려주었다. 이 아이는 어찌 이런 것까지 알고 있는 것일까.

새벽의 잿빛 어스름 낀 창문을 열었다. 네로 황제의 로마 시대에 일어났던 대화재 이후 건물 안 중앙 정원이 생겼다. 불을 끄기 위한 물이 필요했기 때문이다. 그때부터 유럽엔 건물 가운데 정원을 배치했다. 중앙 정원의 차갑지 않은 새벽 공기가 들어와 방안을 신선하게 해 주었다. 로마의 첫 여행지인 포르타 포르테제 벼룩시장으로 가는 길을 떠올렸다. 창문 간에 서서 밝아오는 1월 로마의 아침 공기를 맞으며 남은 이탈리아 여행이 이 인정머리 없는 로마의 첫인상과 달리 무사하길 바랐다.

유럽 여행 최고의 꿀잠 핫스팟은 여기!

길~었던 프라하의 3박 여행을 끝내고 오늘은 부다페스트로 가는 날이다. 프라하 여행이 길다고 느꼈던 것은 나의 여행 준비가 부족했기 때문이다. 글 첫머리에 남겼듯이 '온전한 하루'를 챙겨내지 못한 불안감 때문이었다. 준비가 없으니 숙소 주인인 '마리오'가 추천해 준 사파리 같다는 프라하의 동물원이라도 가야 하나? 바츨라프 광장 끝에 서서 박물관에 들어갈까? 말까?' 등등 여행지를 선택해야 하는 갈등은 계속 따라붙었고 어제 걸었던 프라하 유대인지구에서 올드타운 광장으로 가는 길을 다시 걸으며 '지루함'을 느꼈다. 유럽 여행 한번 오는 게 쉬운 게 아닌데 이렇게 지루해도 되나 싶었다. 스트르젤레츠키섬에서는 돗자리를 펴고 낮잠을 잤고 존 레논 벽에서 아이는 연필로 흔적을 남겼다. 그렇게 아이와 프라하의 골목길을 쉬엄쉬엄 걷다 걷다 보니 프라하에서 3박이 참 길게만 느껴졌다.

부다페스트로 가면 더 이상 쓸 수 없는 코룬 동전을 모두 털어 숙소 앞 큰 마트에 들렀다. 프라하에서의 마지막 쇼핑으로 아이는 포도를 골랐다. 포도 한 팩을 손에 들고 지하철로 프라하 중앙역으로 간다. 프라하 사람들도 참 무표정에 무뚝뚝하다. 지하철에 탄 사람들의 표정을 보면 웃거나 대화하는 사람들이 잘 없다. 조~용하다. 파리나 런던은 안 그랬다. 지하철이 시끄럽다 여길 정도로 대화 소리가 컸다.

역에 도착해서 기차표를 확인하고 발권했다. 그리고 우리는 프라하에 언제 다시 올지 모르니 역을 배경으로 기념 사진 하나 남기자 했더니 주머니에 손을 찔러 넣고 멋진(?) 포즈를 취한다. 첫 유럽 여행 사진 안에 있는 2학년 아이는 항상 같은 자세였다. 언제 어디서든 'V'를 그리던 녀석이었다. 이제는 한쪽 주머니에 손을 찔러 넣고 다리도 비껴 세워 놓는 포즈로 바뀌었다. '너의 지난 3년이 그저 키가 좀 더 자란 시간만은 아니었구나.'

우리를 부다페스트까지 데려다 줄 기차가 왔다. 스위스나 독일에서 봐 왔던 빠르고 편해 보이는 기차의 느낌은 아니다. 왠지 북한 기차 같은 느낌이다. 이 기차는 일반 의자도 있고 컴파먼트 형태의 쿠셋도 있고 침대 기차칸도 있다. 기차가 부다페스트까지 가는 동안 여러 번 정차하므로 타고 내리는 사람들도 꽤 있다.

아이는 침대 기차 타는 것을 매우 기대했다. 어떻게 기차에 침대가 있는지 궁금해했고, 자면서도 여행할 수 있음에 설레했다. 드디어 침대칸 탑승! "와~ 생각보다 되게 좋다." 아이는 이때부터 흥분하기 시작했다. 아주 신나했다. 세 명이 탑승하면 맨 위에 침대는 정말 자기 불편할 정도로 좁지만, 두 명에겐 넉넉한 공간이었다. 이 기차 침대칸 차량의 절반은 한국 사람이었다. 옆방. 그 옆방. 그 옆옆방. 그 옆옆에 또 옆방. 오랜만에 만난 한국인 언니들이 반가웠는지 아이는 왁자해진 객실을 왔다 갔다 했다. 그렇게 붙임성이 좋은 아이는 아닌데도 이 방 저 방 기웃거리며 언니들의 대화에 끼곤 했다.

침대 기차가 얼마나 신났는지 밤 12시가 가까이 되도록 잠도 잘 이루지 못했다. 아이는 자기가 꼭 2층에서 자겠노라고 했다. 2층 침대로 올라가는 사다리를 타고 올라갔다 내려갔다 했다. 이렇게 부산스러운 아이가 아닌데 넘치도록 흥분해 좋아할 줄은 예상하지 못했다. 여행에 돌아와서 가장 좋았던 시간이 침대 기차를 탄 일이었음을, 침대 기차의 내부 구조를 모르는 엄마에게 야간 기차의 밤을 열정적으로 설명했다. 이번 여행에서 제일 좋았던 것 중에 하나가 프라하-부다페스트 야간 침대 기차였단다. 사십이 넘은 나도 침대 기차가 설레고 신기한데 너는 얼마나 더 신기했을까 싶다.

프라하에서 부다페스트는 꽤 거리가 멀다. 낮에 운행하는 빠른 기차로 가도 5시간이 넘게 걸린다. 그래서 야간 침대 기차가 운행되는데 시트도 깔끔하게 깔려 있고 수건도 있고 물도 4병이나 있다. 간이 세면대가 내부에 있어 간단하게 세수나 양치를 할 수 있다. 슬리퍼에 칫솔 치약까지 있다.

기차는 미끄러지듯 정확한 시간에 프라하에서 출발했다. 밤 9시 58분에 기차가 출발해 곧 아이를 잠옷으로 갈아입히고 이제 잘 준비를 한다. 밤 기차에서 책 보면서 마실 프라하의 마지막 코젤 맥주도 좀 꽂아놓고 아이도 가지고 온 책을 보며 침대에 눕는다. 2층이 좋으냐고 물으니 너무 좋단다. 자리를 바꿀 생각이 없냐고 물으니 단호하다. "아빠도 2층이 궁금해. 좀 올라가면 안 될까?"라고 하니 "그래, 그럼 구경하러 올라와." 한다. 1층 침대는 기차의 진동이 온몸으로 느껴진다. 반면 2층 침대가 진동이 적고 좀 더 안락한 느낌이었다. 아이는 심심했던지 2층 침대에서 1층으로 머리를 거꾸로 내려 귀신 머리를 해서는 나를 깜짝 놀래키며 혼자 재밌다고 깔깔거린다.

기차는 체코와 슬로바키아의 국경에서 멈췄다. 새벽 2시인가. 꽤 긴 시간을 그대로 서 있었다. 야간 기차라고 밤새 달리는 기차는 아니었던 모양이다. 다시 잠이 들었고 눈을 뜬 건 햇살이 환한 5시 50분쯤이었다. 슬리퍼를 신은 채로 침대칸 밖으로 나가 보았다. 슬로바키아 농촌의 어느 작은 역의 인부들의 얼굴엔 삶의 고됨을 증명하듯 굵고 깊은 주름이 패여 있었다. 슬로바키아를 지나는 내내 인터넷은 거의 터지지 않았다. 나는 평화로운 바깥이 있는 평평한 땅, 지평선이 맨몸으로 그대로 드러난 평원을 넋 놓고 바라보았다.

기차 문은 이중 잠금으로 되어 있어 나갈 때는 꼭 카드를 챙겨 나가야 한다. 문이 닫히면 자동으로 잠기기 때문에 화장실 가거나 씻으러 갈 땐 꼭 카드키를 챙겨 나가야 한다. 아뿔싸! 키를 꺼내 오지 않았다. 아이를 아무리 불러도 소리를 듣지 못한다. 새벽이라 옆칸 사람들의 잠을 깨울까 봐 크게 부르지도 못한다. 소리로는 아이의 잠을 깨울 수가 없다. 문을 두드린다. 그 쿵쿵하는 소리에도 아이는 잠들어 있어 점점 세게 두드린다. 그렇게 20분이 넘도록 두드렸지만 아이는 일어나지 않았다. 대략 난감. 다시 문을 세차게 두드리며 아이 이름을 부르자 그제야 아이가 듣고 문을 열어주었다. 아이의 단잠을 깨워 미안하다는 말을 할 틈도 없이 그대로 아이는 다시 2층 사다리로 올라가더니 잠이 들었다.

이번에는 잊지 않고 키를 챙겨 조용히 샤워실로 가 샤워를 하고 나왔다. 머리도 감고 양치도 하고 나니 정신이 든다. 기차가 도착하기 1시간 전 즈음에 "Breakfast for you~"하면서 무섭게 생긴 승무원이 와서 아침을 던지듯 주고 간다. 오렌지 주스, 버터, 크림치즈, 빵, 잼까지 있을 건 다 들어 있다. 나 혼자 마른 빵에 버터를 덕지덕지 발라 우유가 있으면 좋겠다 생각하며 우걱우걱 주스와 함께 입안으로 구겨 넣었다. 아이의 빵까지 내가 다 먹었다.

프라하에서 밤 9시 58분에 출발한 기차는 다음 날 아침 8시 25분에 부다페스트역에 우리를 내리게 했다. 기차가 멈추고 햇살이 환해 아주 밝아졌는데도 아이는 미동도 없다. 심지어 아이를 흔들어 깨워도 일어날 생각을 하지 않았다. 누군가 문을 세게 두드려 나가보니 승무원이다. 빨리 내리란다. 승무원의 빨리 내리라는 재촉에 나와 보니 벌써 옆 침대칸의 시트를 갈고 있는 관리원들이 기차에 부지런히들 올라와 있었다. 서둘러 아이를 챙겨 내려왔다.

아이를 깨워 급히 옷을 입히고 세수고 양치고 없다. "아빠는 씻고 양치하고 샤워하고 아침까지 먹었어~ 꿀맛이더라." 하니 아이가 자기 밥도 내놓으란다. '미안'. 난 너의 단잠을 깨울 수가 없어서 내가 다 먹었지.

대신 넌 빵보다 맛있는 꿀잠을 잤잖아.

피하고 싶은 노천 카페의 낭만

뮌헨 시청사에서 칼스 광장으로 이어지는 Kaufingerstraße 카우핑게르 슈트라쎄는 뮌헨에서 가장 번화하고 복잡한 거리다. 명품 가게도 있고 상점이 많아 관광객이 많다. Kaufingerstraße 거리에는 주말에도 평일에도, 낮에도 밤에도 버스킹 공연이 많이 열린다. 그랜드 피아노를 놓고 연주하는 버스킹 팀도 있고, 클래식 버스킹은 유럽 어디를 가나 많이 볼 수 있다. 귀가 호강하는 뮌헨의 거리다. 이 화려한 거리의 멋스러운 하얀 로코코 양식풍의 건물엔 유리창 개수만큼 칸칸이 달아 놓은 꽃들이 있어 화관을 쓴 신부같이 맑은 순백의 얼굴을 하고 있다.

이런 멋진 거리 풍경을 제대로 즐기기 위해서는 야외 좌석에 앉아야 한다. 유럽 사람들은 날씨가 추운 겨울에도 야외 좌석에 앉는 걸 포기하지 않는다. 그래서 겨울이면 불을 피우고서라도 노천의 테이블에서 커피를 마시고, 식사를 한다. 어느 작은 소도시를 가더라도 야외 좌석이 있는 노천 카페, 노천 식당이 꼭 있다. 우리는 수많은 유럽의 이미지 중에서도 야외의 테라스가 있는 멋진 식당과 카페가 있는 거리의 풍경을 먼저 떠올리지 않는가.

뮌헨의 아우구스티너 맥주 홀. 뮌헨에서 흰색 소시지와 맥주로 워낙 유명한 곳이라 대낮인데도 사람들이 엄청 많아 야외 좌석에는 자리가 없다. 잠시 기다려 야외 좌석에 앉았다. 우리도 이 멋진 풍경의 일원이 되고 싶었다. 음식이 나오는 동안 아이는 가방에 넣어둔 노트와 필통을 꺼내 그림을 그렸다. 아이의 여행 가방엔 노트와 책, 필통, 잔돈 유로, 물, 가벼운 바람막이 점퍼가 항상 들어 있다. 여행 15일 내내 가지고 다닌다. 가방이 무거우니 놓고 다니라고 해도 자기도 여행자니까 가방이 있어야 한다며 꼭 메고 다녔다.

그런데 잠시 뒤 앞이 뿌옇게 되더니 양쪽에서 담배 연기가 넘어온다. 아니, 좌석 간격이 워낙 좁아 넘어온다기보다 한 공간 안에 같이 있다. 아이가 있든 말든 상관하지 않는다. 테이블도 좁은데 아이한테 담배 연기가 계속 와서 콜록콜록하는데도 옆자리에서는 아랑곳하지 않고 내뿜는다. 눈치를 줘도 그냥 뿜뿜이다. 이미 맥주와 소시지를 주문해 놔서 나갈 수도 없다. 저런 흡연석 자리에 데려간 내 잘못이다. 하필 앉아도 담배를 양쪽에서 피워대는 자리를 고르다니. 내 머리통을 치고 싶다.

결국 빈자리가 생겨서 냉큼 자리를 옮겼더니 웨이터가 와서 자리 옮겼다고 무서운 표정으로 화를 내며 큰 소리로 나에게 뭐라고 한다. 담배 연기가 너무 심하니 어쩔 수 없이 자리를 옮기겠다니 단호하게 떨뜨린다. 내 표정도 심각했다. 고개를 돌리니 맥주를 마시며 떠들던 사람들이 우리 둘의 기 싸움에 조용해졌고 시선의 대부분은 내게 와서 꽂혔다. '저 작은 동양인은 왜 저러는 거야?'라고 느껴지는 불리한 싸움이었다.

보다 못한 어느 독일인 노부부가 나에게 와서 자기 자리를 양

보할 테니 옮기라고 해 주었다. 그런데 이 웨이터가 그것도 안 되는 일이라며 막아선다. 분위기는 더 심각해졌지만 정작 담배를 양쪽에서 피워대는 일행은 1도 개의치 않는다. 이럴 수가 있나 싶을 정도다. '이거 인종 차별인가?' 하는 생각마저 들었다. 그사이에 소시지가 나왔고 아이에게 소시지를 숭덩숭덩 잘라 후딱 먹이고 돈은 던지듯 테이블에 동전까지 딱 맞춰서 놓고 바로 일어서며 이 까끄름한 사태를 아쉬지었다.

유럽은 길거리 담배 문화에 관대하다. 길 가면서 담배를 피우는 사람이 정말 정말 많다. 특히 로마는 완전 흡연 천국 같았다. 우리나라의 흡연율이 세계적으로 높다는데 체감상으로는 유럽이 몇 배는 더 높게 느껴진다. 어쩌면 실내에서는 금연이니 담배를 피우기 위해 야외 자리에 앉는 걸지도.

멋진 야외 노천 카페의 풍경에 내가 있는 사진만 봐도 여행이 가고 싶어지고 여행의 추억이 새록새록 돋지만 이 담배 연기는 그 풍경과 추억에서 지르잡아 빼버리고 싶다. 처음 하는 여행도 아니고, 처음 보는 담배에 관대한 문화도 아닌데 아이에게 조금 더 세심하지 못한 시간이었다. 아이와 유럽 여행을 하며 걷다 보면 들어가 보고 싶게 만드는 카페를 만난다. 꼭 만난다. 그러나 그렇게 멋진 야외 좌석이 있는 카페라도 주변에 담배 피우는 사람이 있으면 피하자. 멋진 카페는 얼마든지 또 만날 테니까.

1일 1맥주 VS 1일 2젤라또

"아빠, 1일 1맥주야! 그 이상은 안 돼. 알았지?"

북경에서 출발해 런던으로 가는 비행기가 유럽 대륙으로 진입할 즈음이었다. 두 번째 기내식이 나오고 있었고 나는 음료 대신 연경 맥주를 요청했다. 기내식을 먹으면서 아이는 내 맥주와 나를 번갈아 가며 바라본다. 그러면서 아이가 던진 말이었다.

유럽 여행에서 큰 즐거움 중에 하나가 도시마다 다른 맥주를 맛볼 수 있다는 점이다. 독일은 말할 것도 없다. 특히 바이에른주가 있는 남부 독일은 가게 간판만 봐도 그 집이 어느 맥주를 내놓는 집인지 알 수 있다. 스페인도 가게마다, 도시마다 다른 맥주를 내놓는다. 여름 여행이건, 겨울 유럽 여행이건 매 식사 때마다 맥주를 함께 주문해 마시는 일이 무척 즐거웠다. 프랑크푸르트의 여름날, 땀 흘리며 걷다 마인강 너머 식당에 들어와 마셨던 파울라너 생맥주 한 잔, 해물 빠엘라 한 냄비를 게 눈 감추듯 아이와 둘이 먹고 맛에 감탄해서 그 자리에서 먹물 빠엘라 한 냄비를 더 주문했던, 대성당 앞의 빠엘라 집에서 내놓던 그라나다 맥주는 잊기 힘든 맛이다.

체코나 헝가리처럼 동유럽 물가가 아니라면 대개 식당 맥줏값은 조금 비싼 편이다. 맥주 한 잔에 3~6유로 정도를 받으니 대략 5,000원은 생각해야 한다. 그러나 마트에서 파는 맥줏값은 대개

1유로를 잘 넘지 않는다. 특히 양조장에서 만들어 나온 효모가 살아 있는 Keller 맥주는 우리나라에서는 맛보기 힘들다. 하루 여행을 마치고 집에 돌아와 씻고서 다음 날 여행 일정을 짜거나 책을 보면서 마시는 맥주 한 잔을 포기하는 것은 꽃이 다 져버린 뒤에 떠나는 꽃놀이 여행과 같을 것이다.

아이와 여행을 하다 보면 식사 시간이 일정하지 않다. 여행을 시작하는 날 아침을 어떻게, 무엇으로 먹었는지, 여행 일정이나 관광지 사정에 따라 그때그때 먹을 시간을 결정하게 된다. 루브르나 바티칸 미술관의 경우는 입장 대기 시간과 얼마나 거기서 오래 보고 머물렀는지, 근교 이동이라면 교통편의 이동 시간에 따라서 하루의 일정이 유동적이기 때문에 시간과 때에 맞춰 밥을 먹는다는 건 어려운 일이다. 아이가 얼마나 배가 고픈지, 밥을 먹고 움직이는 게 나은지 어떤지를 부모가 판단하면서 여행해야 한다. 아이의 잔소리는 대개 오후 식사 때부터 시작한다.

"아까 맥주 마셨잖아?"

"그건 점심 때 스테이크가 너무 맛있어서 그랬지."

"1일 1맥주잖아. 안 돼. 맥주 취소해."

"야~ 이 집 소시지가 얼마나 맛있는지 알아? 아빠 이 집 꼭 와 보고 싶었단 말이야."

"그래도 안 돼. 그럼 소시지만 먹어. 엄마한테 다 이른다."

'ㅠ.ㅠ'

"아빠, 콜레스테롤 생각해. 왜 맨날 맥주, 맥주, 맥주야~"

나도 가만히 듣고 지진 않는다. 주절주절 핑계를 댄다. "유럽 여행에서 맥주란 말이지…" 하면서 주문한 음식이 나오는 동안 일장 연설을 늘어놓는다. 말이 연설이지 거의 읍소다. 내 말을 곰 곰이 다 듣고 있던 아이는 그제서야

"알았어. 오늘만 봐준다. 시켜."

"아싸~"

바로 맥주 한 잔을 주문한다. 맥주는 무조건 큰 사이즈다. 사실 처음 음식 주문할 때부터 이 집은 무슨 맥주를 파는지 이미 스캔 은 다 해 놓았었다. 하하하하.

나한테 맥주가 여행의 힘과 즐거움이라면 아이한테는 그게 젤 라또다. 아이가 첫 유럽 여행을 시작했던 초등학교 2학년 꼬꼬마 시절. 어쩌면 아이는 그때부터 유럽 여행은 걷기 여행이란 걸 알 았는지도 모르겠다. 매일매일 2만 보에 가까운 걸음을 걷다 보니 아이가 아침에 잘 일어나지를 못했다. 시차 적응이 된 날부터는 아이는 말 그대로 꿀잠을 잤다. 아침에 아이를 깨웠지만 밥을 먹 이지 못할 때도 있었고, 비몽사몽인 아이를 깨워 업고서 하루를 시작하는 경우도 있었다. 특히 여름 여행의 후반으로 갈수록 오 전부터 더위와 걷기에 힘들어했다.

그럴 때는 꼭 주변에 젤라또 가게로 들어가서 젤라또를 고르게

했다. 열 가지 혹은 스무 가지가 넘는 젤라또 진열장 앞에서 한 가지 혹은 두 세가지 맛만을 골라야 하는 건 아이에게 즐거운 고통이었을 것이다. 아이가 젤라또 진열장 끝에서 끝까지를 천천히 왔다갔다하는 시간이 1분여를 넘기면 그때부터는 나도 긴장이 된다. 손님이 별로 없는 때라면 아이의 선택만을 기다리고 있는 종업원의 눈치까지 봐야 한다. 그러면 나는 아이의 선택은 금방 끝날 거라는 의미를 담아 애써 종업원에게 웃어 보인다.

젤라또는 이탈리아에서 가장 많이 만날 수 있지만 이탈리아의 유명한 젤라또 가게는 런던에도 있고 독일에도 있다. 또 어느 나라나 도시를 가든 유명한 아이스크림 가게는 대개 한두 군데씩은 있다. 그래서 맛있어 보이는 가게를 만나면 아이에게 의사를 물었고 또 웬만하면 아이는 그냥 지나가는 법이 없었다. 사실 아이도 젤라또 가게 간판이 보이면 자연스럽게 진열장 앞의 먹음직스러운 젤라또 앞을 서성인다. 내가 식당에서 파는 맥주가 뭔지를 스캔하는 것처럼.

피사에서 기차를 타고 돌아온 저녁 피렌체역에서도, 칼바람 부는 겨울 아침 밀라노에서도 아이는 딸기맛 젤라또를 손에 들고 여행했으며 (겨울이라 1시간이나 손에 들고 있어도 그 젤라또는 전혀 녹지 않았다.) 여름 여행에서는 하루에 몇 번이나 아이에게 젤라또를 맛 볼 기회를 주었다. 부다페스트의 성이슈트반 성당 앞 장미 젤라또는 예뻐서 이걸 어떻게 먹나 할 만큼 예쁜 젤라또였다. 로마에서 유명한 파씨 젤라또가 우리 동네 상가에 생겼을 때 아이와 나는 "올레~"를 외치며 뛰어가서 쌀맛 젤라또를 둘이 먹으며 로마의 추억을 떠올렸다.

여행에서 돌아온 날. 아이 엄마가 말한다. 그렇게 매일매일 오래 걸었다는데 살은 안 빠진거 같다고. "그럴 리가 있나. 우리가 얼마나 많이 걸었는데. 우리 둘 다 힘들어 죽을 뻔했어."라고 능청을 떨어본다. 그러나 우리는 서로 알고 있다. 우리를 걷게 하는 힘은 맥주와 젤라또라는 걸. 네 번째 유럽 여행을 떠나기 전 짐을 꾸리면서 아이가 말한다.

"아빠! 1일 1맥주야. 알지?"
"1일 1맥주라고? 그럼 넌 1일 1젤라또야!"

아우토반을 신나게 달린 대가는?

2019년 7월 31일.

프랑크푸르트에서 하이델베르크로 가는 길.

첫 유럽 렌터카 여행. 숙소 주인 마르티나가 렌터카 회사로 가는 길을 알려주었다. 프랑크푸르트 시내와 한참 떨어진 거리라 우버를 불렀는데 마르티나가 자기 집 앞에서 트램으로 한 번에 가는 길을 찾아주었다. 트램으로 거의 스무 정거장을 거쳐 아이와 함께 자동차 렌트 회사로 갔다. 변속 기어가 수동인 차를 인수하고 겨우 300m를 가는 동안 몇 번이나 덜커덩거리며 브레이크를 밟았다. 클러치를 밟고 기어를 바꾸는 일이 익숙하지 않은 탓이다. 7년이나 수동 자동차를 타고 다녔음에도 내 더딘 운동 신경은 그때의 나로 빨리 회복시켜주지 않았다. 고속도로에 올라서자 기어 변속 없이 쭉쭉 미끄러져 나갔다. 그제야 아이가 하는 말이 "이제 좀 운전이 익숙해진 것 같네."

어릴 적. 아주 어릴 적에 엘란트라라는 자동차가 있었다. 정말 빠르게 달릴 수 있다는 최신 자동차였다. 그 자동차 광고는 쭉 뻗은 고속도로를 최대치의 속도로 내달리는 독일의 속도 무제한 고속도로, 아우토반을 보여주었다. 그 오래전의 날에 아우토반을 보고서 언젠가 저기를 직접 달려보고 싶다는 생각을 했다. 그 생각이 거의 30년 만에 이뤄지는 장면이었다. 자주색 엘란트라가 달리는 모습을 하늘 위에서 찍은 그 광고 속 자동차와 평평하게 쭉 뻗어 나간 땅 위의 길을 달리는 나. 그 두 장면이 마치 이등변 삼각형의 합동처럼 딱 포개어지는 기분이었다.

내가 빌린 건 프랑스 차 르노였는데 도로의 제한속도가 바뀔 때마다 계기판에 바로 표시가 되었다. 속도가 무제한일 때는 '∅' 이렇게 나왔다. 내 옆에 차들이 150km 넘게 달리는 것을 보고서야 '아, 여기가 속도 무제한 구간이구나.' 싶었다. 120km 정도로 달리는 내 옆으로 차들은 나보다 더 빠르게 지나갔고 140~150km쯤 속도를 내고 달려도 1차선 구간에서는 나보다 더 빠른 차들이 쌩쌩 달렸다.

땅이 넓은 나라 독일의 고속도로는 확실히 우리나라의 고속도로와는 판이하게 다르다. 길이 거의 직선으로 뻗었으며 평평한 길 위에 땅을 높이는 작업 없이 그대로 도로를 내어 깔았다. 주변으로는 멋진 아름드리와 황금빛 평원의 들이 펼쳐져 있다. 말 그대로 그림이다. 그러니 얼마나 속도를 즐기는 맛이 좋은지. 유럽 렌터카 여행의 들뜸과 멋진 풍경이 그려내는 신남이 만나 운전하는 내내 흥이 폭발할 지경이었다.

그렇게 신나게 달려 나와 하이델베르크 시내로 들어가는 길. 빨간불이 길가에서 번쩍한다. 제한 속도 60km. 내 차 속도는 80km. 20km 속도 위반이었다. 속도 무제한이라고 신나게 달리다 속도 감각도 잃어버리고 돈도 잃게 생겼다. 우리나라처럼 머리 위에서 찍는 게 아니라 길가에 세워진 신호등처럼 생겼는데 그게 과속단속 카메라일 거라고는 생각하기조차 어렵게 생겼다. 심지어 스페인은 뒤에서 찍는다고 한다. 외국에서의 과속 단속에 걸리다니. 더구나 이 나라는 법규가 엄격하기로 유명한 독일이 아닌가.

첫 번째 독일 여행. 뮌헨역에서 유레일 패스를 개시하는 날 아침. 개시 날짜를 적어 유레일 패스 도장을 받으려고 패스를 내미니 직원이 다짜고짜 화를 버럭 내면서 패스 개시 날짜는 자기가 적어야 하는데 내가 마음대로 적었다면서 얼마나 화를 내던지. "넌 나를 곤란하게 했어."라며 유레일 패스를 눈 앞에서 박박 찢어버리는 게 아닌가. 벌금으로 36유로를 내고 새로 유레일 패스를 발급받았다. 직원이 적어야 할 날짜를 내가 적었다는 실수 하나로 5만 원 가까운 벌금과 매섭게 혼나야 했던 곳이 독일이라는 불쾌한 기억이 다시 떠올랐다.

하이델베르크 성으로 올라가면서도 과속 벌금 생각에 걱정이 늘어졌다. 성에 올라 멋지고 아름다운 하이델베르크의 풍경에 혼을 뺏긴 건 잠시. 뒤에서 한국말이 들려 귀를 바짝 세워 들어보니 교민 같은 느낌이다. 얼른 쫓아가서 묻기를

"독일 교민이세요?"
"네."
"제가 고속도로를 나와서 하이델베르크로 오면서 과속에 걸렸는데 벌금이 얼마나 나오나요?"
"얼마나 위반하셨는데요?"
"20km 정도요."
"그럼 20유로 나올 겁니다."

엥? 20유로? 정말? 그렇게 저렴하다고? 독일인데? 그 순간 불안했던 마음이 사르르 녹으면서 안도감이 든다. 그래 그 정도는 감수할 수 있지. 하지만 다음 날 독일에서 스위스로 넘어가는 국경 근처에서 다시 한번 불빛이 번쩍였고 그땐 하얀 불빛이었다. 하…. 아이가 나를 쳐다보는 눈빛이 왜 그리 조심성이 없느냐는 미

덥지 못한 눈초리다.

스위스 국경을 넘어 장크트갈렌으로 가는 길은 유럽 여행에서 본 그 어느 풍경보다 멋지고 예뻤다. 장비만 있다면 그대로 차를 여기에 딱 멈추고 캠프를 차려 아이와 하룻밤 묵어가고 싶은 풍경의 연속이었다. 그 멋진 풍경 안에서도 자꾸 두 번의 과속 불빛이 어른거렸다. '벌금 왕창 맞는 거 아닌가.' 하는 불안감이 쉽사리 떨쳐지지 않았다.

여행에서 돌아와 블로그를 검색하니 나 같은 사람이 적지 않다. 하나같이 과속 벌금이 날아오긴 온다는 것이다. 독일 과속 벌금이 언제 날아올까…. 언제 날아올까…. 설마 안 날아오는 건 아닐까? 하는 생각이 들 즈음 문자가 날아왔다. 결국 올 게 왔다. 분명히 하이델베르크에서 그 교민분이 독일과속 벌금은 20km 위반이면 20유로라고 했는데 29.75유로를 렌터카 회사가 결제를 해 버렸다! 아까운 내 돈 39,000원 ㅠ.ㅠ 아직 독일에서 스위스 넘어갈 때 번쩍한 하얀 불빛 값은 청구되지도 않았다.

"잘못 알고 계신 것 같아 적습니다. 렌터카에서 차지하는 29.75 유로는 핸들링 피라고 하며, 렌터카 회사가 그 나라 교통당국에 드라이버 정보를 줄 때 이슈잉 하는 피이며 교통벌금은 별개입니다."

내 블로그에 이런 답글이 달렸는데 이 분의 말이 맞다면 과속 요금은 한국까지 날아오지 않는 것이다. 그러고 보니 다른 블로그에서도 벌금이 20유로였는데 30유로가 청구되었다는 글을 본 적이 있다. <꽃보다 할배> 스페인 편에서 이서진이 이렇게 과속 카메라에 걸려도 여러 가지 절차가 복잡해서 한국까지 날아오지 않을 거라고 했다고 한다. 이 답글이 맞다면 이서진의 말대로 독일에서 이 멀리 한국까지는 과속 벌금이 나오지 않은 것이 맞다. 어쩌면 아직도 벌금이 청구되지 않은 것인지도 모른다. 스위스에서 내지 않은 주차요금이 6개월 뒤에 한국으로 청구되어 날아오더라는 이야기도 들려왔다. 어느 것이 맞는지는 나는 모르겠다. 그러나 이런 불안은 오래 함께하고 싶지 않다. 찜찜한 걱정을 여행 내내 가방끈 끄트머리에 붙여 놓고 다니는 마음이었다.

우리는 세체니 온천을 갔어야 해

더운 8월의 부다페스트지만 헝가리는 온천물이 그리 좋다 하니 부다페스트 온천을 가 보기로 했다. 아이는 부다페스트로 오기 전부터 책을 통해서 부다페스트의 온천이 유명함을 알고 있었다. 우리는 부다페스트의 여러 온천 중에서 루다스 온천을 골랐다. 호텔에서 가장 가깝다는 이유였다. 호텔 정문에서 트램을 타면 12분밖에 안 걸리는 거리였다. 또한 온천에서 바라보는 다뉴브강 야경이 참 예쁘다는 루다스 온천. 그래서 주저 없이 루다스 온천으로 가기로 했다.

그.러.나.

이 선택이 온천에 머무는 내내 불편한 일이 될 거라곤 1도 상상하지 못한 일이었다. 오후 9시나 되어야 캄캄해지는 여름 유럽의 낮의 길이 때문에 저녁 5시가 되어 호텔을 나섰어도 덥기만하다. 부다페스트의 상징 같은 노란색 구형 트램을 타고 도착한 루다스 온천은 다뉴브강 양쪽 부다와 페스트를 잇는 에르제벳 다리 아래 내리면 바로다. 아이는 루다스 온천을 바라보면서 "와 ~ 우리나라 온천이랑 다르다." 한다. 마침 온천에 입장해 강 풍경을 바라보는데 다뉴브강 위로 비행기가 현수막을 매달고 비행하고 있다. 우리의 부다페스트 여행을 기념하는 비행일까.

루다스 온천에서 가장 인기 있다는 루프탑 야외 온천. 우리는 제일 먼저 여기로 올라갔다. 그런데 아뿔사. 여기는 연인들이 모여서 사랑을 나누는(?) 데이트 핫스팟이었다. 젊고 열정이 끓는 연인들이 서로 예쁘게 마치 한 몸인 듯 엉켜 키스 파티를 하고 있는 풍경에 들어서 버리고 만 것이다. 눈을 어디다 둬야 할지 모르겠다. 내가 생각한 세체니 온천 여행은 이런 곳이 아니었는데. 이런 곳에 아이랑 나랑 둘이 왔으니. 루프탑 온천탕에 들어가는 데 정말 탕 안에 있던 반라의 젊은이들 모두가 우리 둘을 쳐다봤다. 가족이라곤 그리고 동양인이라곤 이날 이 시간 온천 전체에 우리 둘밖에 없었다. 루프탑 온천 뒤로는 이탈리아에서 이슈트반 1세의 왕자 교육을 위해 초빙된 성 겔레르트 상이 내는 번쩍이는 황금빛보다 나의 무안함에 달아오른 얼굴이 더 붉게 질어졌다. 겔레르트가 불행하게도 와인통에 갇혀 다뉴브강으로 던져질 운명이었던 것처럼 나도 이 루다스에서 이렇게 난처해질 운명이었던가.

이렇게 연인들의 뜨거운 성지라도 온천은 온천. 여러 곳 온천탕이 있다. 우리나라의 목욕탕처럼 여기저기 몇 곳의 탕이 있다. 제일 뜨거운 탕이 우리나라 목욕탕의 열탕 정도 되는 뜨거움이었다. 아이가 여기에 들어가니 안내원이 화들짝 놀란 얼굴로 뛰어와서 아이는 안 들어가는 게 좋을 거라 한다. 나는 걱정 말라고 했다. 다른 외국인들도 여기 들어올 때 거의 비명을 지르는데 아이가 들어와 있으니 탕에 있던 몇몇의 외국인들도 놀래서 쳐다본다. 그래서 내가 한 말이,

"한국에서는 보통 이 정도 뜨거운 온천을 즐긴다. 노멀 템퍼래쳐."라고 하니 또 한 번 더 놀랜다.

이 탕 안에서도 남녀노소할 것이 없다. 대부분 탕에 들어가서도 꼭 붙어 있고 겹쳐져 있다. 무슨 안고 있기 대회를 하는 건가 싶을 정도다. 이 더운 8월 여름날에 더운 온천탕 곳곳에서 열 커플 가까운 사람들이 다 키스만 하고 있었다.

실내 탕도 루프탑 온천도 우리가 있을 곳이 못 되었다. 아이를 데리고 서둘러 시원한 물이 있는 수영장으로 왔다. 루다스 온천에는 실내수영장도 있었다. 얼마나 다행인지 모른다. 이 난처함을 피할 곳이 있었다는 게 말이다. 수영장마저 없었다면 아마 우리

는 그대로 나왔을 것 같다.

아이는 수영장에서 더 신나했다. 수영장은 바로크 시대 궁전같이 꾸며져 있다. 수영장 깊이는 180cm. 유럽의 수영장이나 워터파크는 깊은 곳은 대개 180cm 이상이다. 키가 커서 그런가 보다. 아이가 놀기에는 위험한 깊이다. 180cm의 깊이에도 아랑곳하지 않고 둥둥 떠서 아이는 잘 논다. 역시 물 만난 고기가 따로 없다. 물에만 들어가면 신난다. 두 돌을 지나 처음으로 물놀이를 갔을 때도 아이는 물에 대한 무서움이 전혀 없었다. 수영장 안전 요원 할아버지는 수영장 안의 손님들을 보고 있는 게 아니라 맥주를 마시고 놀고 있었고.

야경을 보기 위해 다시 루다스 온천 루프탑으로 나왔다. 루다스 온천 수영장에서 바라보는 다뉴브강의 풍경은 듣던 대로 몽환적일 만큼 아름다웠다. 왜 부다페스트를 야경의 도시라고 하는지 단박에 알아버렸다. 다뉴브강에 석양이 지면 에르제베트 다리와 도나우강의 가로등이 켜진다. 부다페스트 중앙시장 그레이트 마켓홀이 있는 자유의 다리에도 석양이 지고 야경을 밝히는 불이 켜진다.

둥근 지붕이 있는 루프탑 온천 돔에 다시 올라가니 '아…. 아까는 양반이었구나.' 이젠 다들 손에 맥주병이 들려 있다. 디제잉도 시작되려는지 심장마저 쿵쿵 울리는 음악 소리가 울리고 이내 연인들의 축제가 시작될 듯하다. 이날은 하필 토요일이었다. 구글에 나온 루다스 온천 정보에는 '금, 토요일 새벽 4시까지 영업.' 그렇다.

여기는 주말이면 밤 10시부터 새벽 4시까지가 말 그대로 열정과 젊음과 사랑의 축제가 열리는 밤. 연인의 밤. 겨울이면 이곳은 뜨거운 온천에서 내리는 눈을 맞으며 다뉴브강 뷰를 즐기기 좋은 데이트 장소였다. 나는 여기에 아이랑 둘이 온 것이다. 눈치도 없이.

루다스 온천 바깥 야경은 더욱 깊어지고 노란색 트램은 부다페스트의 어둠을 갈라놓을 듯 빛 한 자루를 실어 도나우강변을 달리고 있다. 갈 곳이 없어진 우리는 결국 다시 실내 탕으로 돌아온다. 아이는 너무 심심했던지 뜨거운 탕에 들어가 앉아 눈치를 살핀다. 그러더니 탕에 같이 있던 외국인들과 대화를 시도한다. 스위스와 독일에서 온 커플들은 뜨거운 탕에 잘 들어가는 꼬마가 신기했는지 아이에게 말을 걸었고 그 틈을 놓치지 않은 아이도 이방인과의 대화를 시작했다. 커플이 가는 대로 탕을 요리조리 옮겨가며 졸졸 따라 대화에 끼려고 하고 있다. 결국 우리의 부다페스트 온천 탐험기는 이렇게 실망(?)스럽게 마무리되고 말았다.

유럽의 온천이나 워터파크 수영장의 락커와 탈의실은 남녀 구분이 없다. 처음 가면 살짝 놀랍고 당황하게 되는 풍경이니 너무 놀라는 척은 하지 마시기를! 남녀가 섞여 있지만 옷도 그냥 아무렇지도 않게 작은 칸에서 갈아입는다. 루다스 온천에 있는 시설이라곤 샤워기와 약하디약한 소리를 내는 연~한 바람이 나오는 드라이기 두 대가 전부다. 그 외에 어떤 시설도 없으니 돗자리, 수건, 샴푸, 비누, 드라이기, 슬리퍼, 젖은 옷 담아올 봉투 등등 다~ 준비해 가야 한다. 이 준비성 없는 아빠는 그런 것조차 하나 챙겨오지 못했다.

밤 10시 1부 마감 시간이 다 되어서 루다스 온천을 나오는데 주말 밤 루다스 온천을 즐기기 위해 입장을 기다리는 사람들의 줄이 끝이 보이지 않을 정도다. 주말 데이트, 새벽까지 놀려고 작정하고 온 젊은 연인들이 대부분이었다.

나는 아이랑 여길 간 것이다. 이 멋진(?) 곳을. 이 경험을 이야기하니 듣고 있던 누군가 말했다. "성교육 잘하고 왔네."

도나우강의 에르제벳 다리가 완벽한 부다페스트의 야경으로 바뀌었고 우리는 함께 도나우 강변을 걸었다. 배가 고파 구야쉬라도 한 그릇을 먹어야 했다. 온천에 담그고 나와 몸이 개운해졌는지는 몰라도 마음은 내내 오그라들었기에 밥이라도 먹어줘야 진정이 될 듯한 심정으로 아이 눈치를 보며 걸었다.

여름날의 다뉴브 강바람이 선선하게 불기 시작했다. 나의 서글펐던 마음을 알았는지 다뉴브 강변을 따라 부다왕궁 방향으로 걷는데 부다페스트의 불꽃놀이가 빵빵! 헨델의 왕궁의 불꽃놀이였다. 부다페스트에 가시거들랑 가족 여행은 꼭 넓고 분위기 좋은(?) 세체니 온천으로 가시길.

어린이 요금은?

헝가리 부다페스트. 체코 프라하에서도 그랬지만 사람들 표정에서 웃음기가 별로 없다. 지하철에서도 거리에서도 심지어 내 돈 내고 밥을 먹으러 간 식당에서조차도 그러하다. 종업원이나 승무원들은 대체로 무뚝뚝하고 표정을 알 수가 없다. 가이드북에서 검표가 유명한 체코, 헝가리 일화를 보고 나도 바짝 긴장했다.

갈아탈 수 있는 표가 있고 갈아탈 수 없는 표가 있고 파리나 바르셀로나처럼 까르네 T-10과 같은 10장짜리 묶음도 있고 복잡하다. 나는 이런 거 저런 거 생각할 필요 없이 만능권 72시간짜리 3일권을 샀다. 부다페스트공항에서 시내로 가고 부다페스트 시내에서 부다페스트 공항을 갈 수 있는 교통권은 900포린트짜리가 따로 있다.

그런데 아이 요금이 없다. 아무리 티켓 머신을 이리저리 뒤져봐도 어린이 요금은 없다. 모두 full fare라고만 표시가 된다. Full fare라면 reduce도 대개 있기 마련인데 없다. '뭐지? 어린이 요금이 없는 거야? 에이 설마 그럴 리가 있겠어~'라고 생각하고 그룹 티켓을 보니 요금이 성인 요금이랑 별반 차이가 없다.

'어린이는 무료인가?'
'음….'
'우와 헝가리 좋은 나라네. 공산권 국가라 다른가 보네.'

영국이나 다른 나라처럼 일정한 나이까지는 무료라고 하기에
는 헝가리가 그렇게 국민 복지가 좋단 얘기를 들어본 적이 없어
서 상당히 미심쩍었지만 설마 그래도 어린이 요금이 없다는 게
말이 되나 싶은 심정으로 그냥 지하철로 내려갔다.

검표.

우와…. 정말 지하철 입구에서 빨간 완장을 찬 검표원이 웃음
기를 지운 표정으로 서서 행인들의 표를 체크하고 부다페스트 사
람들도 당연하게 표를 보여준다. 너무나 자연스러운 모습이다. 나
도 그들의 일부처럼 자연스럽게 표를 내밀었다. 3일권의 날짜와
시간을 몇 초간 길게~ 응시한 후 내 표정을 한 번 더 보더니 "지
나가."라는 의사를 말 대신 표정과 고갯짓으로 보여준다. 살~짝
긴장감을 주는 장면이었다. 그 이후 갈아타는 역 또는 사람들이
많이 몰리는 역 입구와 출구마다 검표원들이 서 있었다. 신기한
건 그들 나름의 방식이 있는지 지하철역에 들어갈 때 표를 검사
했으면 나올 때는 검사하지 않고 지하철 타러 들어갈 때 표를 검
사하지 않으면 나올 때는 어김없이 검표원이 있었다.

일요일 아침 부다페스트 외곽 소도시 센렌드레로 가는 bat-
thyany ter역에서다. 아마도 한무리의 사람들은 검표에 걸린 듯
하다. 그 엄한 분위기를 보는 것만으로도 무서워 얼른 교외로 나
가는 전차표를 사려고 줄을 섰다. 내 차례가 되어 표를 사려고

창구에 얼굴을 바짝 대고 큰소리로 말했다.

"센텐드레. 어덜트 원. 차일드 원."이라고 하니

"부다페스트 티켓."이라고 무서운 인상의 역무원이 말한다. 관광객인지 한눈에 봐도 알 수 있는 차림과 인상이었으니 프리패스 티켓이 있을 거라고 생각했던 모양이다. 교통권으로 사 둔 3일권을 보여주니 역시 어느 부다페스트 사람들처럼 표정 없는 얼굴로 "오케이."라고 한다. 중년을 훨씬 넘어 할머니에 가까운 역무원의 무뚝뚝함과 무표정함이 센텐드레로 가는 티켓이 무료라는 기쁨마저 잊게 할 정도로 무서웠다. 내가 다시 묻는다.

"아이 표 살게요."

그러자 어깨를 으쓱이며 "프리."라고 한다.

'우와 헝가리 정말 좋은 나라구나. 이럴 수가 있나….'라고 생각하며 당당하게 검표원에 내 표를 보여주며 센텐드레를 다녀왔다. 센텐드레를 갈 때도 역시 입구에서 탑승권 표를 검사하고 부다페스트에 도착을 해서도 또 검사한다. 당연히 내 옆에 찰싹 붙은 아이도 무료 통과다. 센텐드레를 다녀와 오후에는 부다페스트 미술관을 가는 일정이었고 그게 이번 여행의 마지막 행선지였다. 지하철을 갈아타려는데 할아버지 검표원에게 또 걸렸다. 당당하게 표를 보여주자 살짝 웃음기를 보이며 아이를 가리킨다.

"얘는?"

"얘 어린이잖아요. 무료 아닌가요?"

"아니. 아이 표 보여줘."

"무슨 소린가요. 어린이 무료라고 역무원이 말했어요."

어제부터 검표를 네 번이나 했고 오늘 이 표로 검표하면서 센텐드레까지 다녀왔는데. 그때마다 아무 일이 없었는데 뭔 소리인가. 도통 모르겠다는 표정을 짓자 할아버지 검표원이 6세까지는 무료, 60인지 65세인지는 기억나지 않지만 '6 < < 65' 이렇게 부등호를 그려가며 어린이는 무료가 아니라고 했다. 그러면서 위반했으니 8천 포린트를 내어놓으란다.

"뭐? 8천!?"

그때 부다페스트 여행 가이드북에서 본 6천 포린트 벌금 일화가 훅 떠올랐다. 지은이는 지하철을 갈아타기 전이었는데도 갈아타려고 했으니 벌금을 내라 해서 내고 말았다는 일화. 말도 안된다. 나는 낼 수도 없고 돈도 없다 하니 카드 단말기를 내민다. 현금이 없으면 카드를 내란다.

"와…."

이거 뭐지? 검표원마다 고무줄인 거야 뭐야? 미술관이고 뭐고 상하고 헤집어진 기분에 그대로 되돌아가려고 지하철을 기다렸

다. 그러자 잠시 뒤 그 할아버지 검표원이 쫓아와 불뚝거리는 표정으로 CCTV 카메라를 가리키면서

"널 다 보고 있어."라는 단호한 표정으로 손가락으로 자기의 눈과 나를 번갈아 가리킨다.

사람이 없는 지하철역, 후춧가루 냄새가 나는 고요한 역에 할아버지 검표원의 목소리가 더 매섭고 무겁게 울렸다. 숙소로 돌아오는 길 Széna tér역에서 또 한 번 검표를 했지만 아무 일도 일어나지 않았다. Széna tér역은 수많은 노선의 트램과 버스 정류장의 환승장 같은 역이고 부다 왕궁, 어부의 요새, 국회의사당 야경을 볼 수 있는 16번 버스의 종점이기도 해서 관광객과 현지인들이 뒤엉키는 매우 혼잡하고 사람들이 많이 몰리는 역이었는데도 우리에겐 어떤 일도 일어나지 않았다.

다음 날 아침. 다시 티켓 머신으로 가서 확인해 보았다. 아무리 봐도 어린이 요금이 없다. 옆 기계에서 표를 사는 현지인에게 물었다.

"헝가리에는 아니 부다페스트에는 어린이 요금이 없나요?"
"음…. 아마도요?"
"그럼 모두 full fare만 있나요?"
"그룹 티켓을 사세요."

이게 뭔가. 그 자리에서 아이도 1일권 24시간짜리 표를 샀다. 1,650포린트를 냈다. 7천 원이 조금 안 되는 돈이라 얼마 안 되는 액수인데도 끌끌하지 못해 더쳐진 기분은 알쏭달쏭함을 해결하지 못한 탓인지 공짜를 바랐던 내 심리가 좌절된 건지 둘 중에 하나의 이유일 것이다. 아침으로 쌀국수가 맛있는다는 집을 찾아가려고 깊고 깊은 (부다페스트의 지하철 깊이는 정말 엄청나다. 깊은 곳은 180m.) 지하철을 내려가자 입구에서 검표원을 역시나 만났다.

내 표만 보여주자 "아이 표는?" 하고 묻는다. 당당하게 아이 표도 보여주자 씩~ 웃으며 역시 다른 검표원들처럼 손가락으로 지나가라는 표시를 한다. 손.가.락.으로. 이제 알았다. 헝가리 부다페스트 교통권에는 아이 요금이 없다. 그럼 지금까지 그냥 나를 보내줬던 검표원들은 뭐지? 아이를 보지 못했거나, 아이가 여섯 살이라고 봤거나, 이도 저도 아니면 그냥 귀찮아서 봐줬거나. 이 중에 하나가 아니겠는가.

너무도 불편한 이 검표 시스템을 왜 고집하고 있는 건지는 모르겠다. 이 불편한 검표의 상황을 다시 한 번 만난 적이 있다. 이번엔 내가 주인공이 아닌 관객으로 말이다. 타들어 가는 부다페스트의 낮 더위를 피해 숙소로 돌아가는 길. 부다페스트를 오는 여행객이라면 꼭 타야 하는 다뉴브 강가를 따라 달리는 2번 트램에서 내려 16번 버스를 타고 부다페스트 성으로 올라가는 버스 안에서 만났다. 검표원 두 명이서 버스에 순식간에 올라타더니 사람들의 표를 검사한다. 험악한 인상의 검표원은 프랑스에서 온 것 같은 젊은 대학생쯤으로 보이는 외국인 여럿에게 계속해서 너희들의 표가 무엇이 문제인지 벌금을 왜 내야 하는지를 땀을 뻘뻘 흘리며 설명하고 있었고 젊은 외국인들은 모르쇠로 혹은 이해할 수 없다는 듯 서로의 눈짓으로만 절박한 심정을 교환하고 있었다.

복잡한 버스 안은 괴까닭스러운 두 검표원의 등장으로 에어컨도 없어 더운 버스 안의 공기를 어느 계절보다 싸늘하게 만들었다. 여전히 그들은 이해할 수 없고 모른다는 표정이었고 검표원은 벌금을 받아내야 하는 배역에 충실한 열정배우였다. 젊은이들 표정은 겁을 잔뜩 먹은 표정이다. 지하철에서 부다페스트의 검표를 여러 번 당해 보고, 검표원 할아버지의 매서움을 경험한 나는 그들의 마음이 훤히 보였기에 이 사태의 결말이 어떻게 날지 조마조마하게 바라보았다. 버스 맨 뒤칸 위쪽에 서서 말이다.

버스는 대부분의 여행자들이 내려야 하는 부다성의 꼭대기에 도착했고 이미 이 사달의 결말을 내린 독일의 중년 부부는 벌금을 내기 위해 지갑을 열고 있었다. 너무나도 억울하다는 표정이었다. 부부가 벌금을 지불하고 영수증을 받고 있을 때 젊은이들은 짐짓 이해할 수 없다는 표정을 지키며 벌금을 피하기 위한 마지막 사투를 벌이고 있었다. '저들이 버스에서 내리면 어떻게 될까…' 했는데 검표원도 따라 내려 끝까지 다섯 명의 젊은 여인들에게 벌금을 받아내고자 하는 강력한 의지의 눈빛을 나는 보았다. 1명당 8천 포린트이니 무려 3만 원. 15만 원이 넘는 큰돈을 벌금으로 지불했는지 안 했는지는 버스가 출발하면서 내가 알 길은 없어졌다.

　부다페스트 검표의 불편함은 이런 거다. 만약 내가 이때 부다페스트 3일 교통권을 갖고 있지 않았더라도 나는 무사통과가 아닌가. 어느 버스에 어느 검표원이 탈지도 모르고 검표원마다 사람의 사정을 봐주면서 다른 금액의 벌금을 걷는 것도 같다. 이 복불복 검표 시스템 여간 엉터리없지 않다. 부다페스트에서는 이렇게 걷는 벌금이 다른 방식보다 더 합리적이거나 이득이라서 무감해진 걸까? 분명히 뭔가 불합리적으로 보이는 검표시스템이다. 이런 방식은 헝가리뿐만 아니라 이탈리아나 스페인에서도 마찬가지다. 20여 일 동안 피렌체 버스에서 한 번, 세비야 트램에서 한 번 검표원을 만난 적이 있다. 그러나 부다페스트의 검표원은 4일 동안 거의 열 번 가까이 만난 듯하다. 사회적 질서와 약속에 대한 공고한 사회적 믿음이 다른 나라에 비해 약하다는 반증인 걸까. 헝가리를 까는(?)건 아니고. 부다페스트는 프라하만큼이나 예쁘고 프라하보다 더 착한 물가의 매력적인 도시다.

V

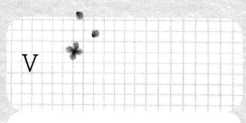

유럽 여행에서 만난
사람들

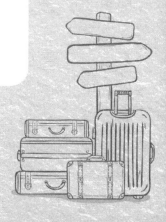

죽으라는 법은 없었다.
마드리드의 변호사와 통역사

그라나다에서 마드리드로 왔다.

마드리드의 첫인상은 정말 큰 대도시의 느낌이 물씬 풍겼다. 시끄러운 자동차 소리, 제법 큰 건물들, 역 앞에 늘어선 크고 멋진 바로크 스타일의 유럽식 건물 호텔들. 스페인에 와서는 처음 보는 왕복 8차선이 넘는 큰 도로. 아토차역에 내려서 출구를 향해 빨리 걸음을 옮겼다. 4시간의 이동에 따라오는 피곤함보다 빨리 마드리드를 느껴보고 싶었던 탓이다.

지난 이탈리아 여행에서 나를 홀딱 반하게 한 중세 도시 아시시와 씨에나의 그 골목길을 여전히 그리워하고 있었다. 그 14세기 어느 시간을 다시 만나고파 중세의 시간에 멈춰서 있다는 중세 스페인의 고도 톨레도와 로마 수도교가 있는 세고비아. 이 도시를 보고 오겠노라며 유럽의 발코니라 불리는 네르하와 론다를 버리고 마드리드를 선택했다.

나에게 주어진 마드리드의 시간은 짧았다. 도착한 날 저녁과 그다음 날에 마드리드 왕궁과 프라도 미술관, 산 미구엘 시장을 가 보겠노라. 그리고 마요르 광장에서 솔광장으로 천천히 걸어 내려와 푸에르타 델 솔의 0km 기준점을 내 발로 밟아보고 마드리드의 상징 곰을 만난 후 마드리드에 있는 세상에서 제일 아름다운 우체국도 보고 오겠노라 마음을 먹었다.

프라도 미술관의 시녀들, 고야의 작품이나 루벤스의 그림들도 궁금했지만 그냥 마드리드라는 곳이 궁금했다. 최도성 작가의 『일생에 한번은 스페인을 만나라』라는 책에서 읽은 마드리드에 관한 이야기가 아마 나를 마드리드로 가게 했는지도 모른다. 마드리드 숙소를 향해 열심히 걸었다.

세비야와 런던에서 선물을 가득 사는 바람에 한계치의 무게에 다다른 캐리어 두 개를 낑낑 끌고 소피아 예술 센터를 지나 예약해 둔 숙소로 향했다. 소피아 예술센터 도서관은 정말 정말 들어가 보고 싶게 했다. 블라인드 틈으로 보이는 도서관의 풍경은 내가 아직 만나보지 못한 아름다운 도서관의 모습이었다. 도서관 서가의 풍경을 담아 몇 걸음 더 걷자 너무도 친절한 구글맵이 알려주는대로 숙소 앞에 닿았다.

구글맵은 전 세계 어디서도 나를 감시할 것만 같은 느낌이다. 여행에서 돌아온 며칠 뒤의 알람은 김포공항을 출발해 런던 세비야까지의 일정을 감시카메라로 들여다보듯 살살이 찾아내서 이르집어 보여주고 있었다. 이 편리함이 가끔은 섬뜩함으로 다가온다.

구글맵으로 내가 찾아온 건물이 분명히 이 숙소가 맞는데 어느 벨을 눌러야 하는지 알 수가 없었다. 대개 유럽의 건물은 건물 입구 벨이 여러 개 있고 그 벨 옆에 주인의 이름이 있다. 주인인 크리스티나의 쉽게 찾을 수 있다는 말을 굳게 믿었지만 Cristina 이름을 찾을 수가 없다. 숙소 건물 앞에서 왔다 갔다 서성이기를 5분여…. 숙소를 지키는 경비 할아버지에게 다가가 묻기를

"여기 이게 이 주소가 맞느냐, 나는 이 건물에 Cristina를 찾는다." 하고 말을 건네자 돌아온 경비 할아버지의 제스쳐는 스페인어라고는 '올라', '그라시아스', '씬쌀'밖에 모르는 나도 아이도 단박에 알아들을 수 있었다.

"너 누구야? 여기 아니니까 빨리 꺼져버렷~!"

동양에서 온 어른 남자와 여자 아이가 건물 앞에서 계속 서성이자 이 할아버지는 신경이 어지간히도 쓰였나 보다. 신경질적으로 노려보며 자발없이 쏘아붙였다. 계속해서 철문 안에 서서 우리를 지켜보고 있었고 나도 그 시선이 적지 않게 부담스러웠다. 경비 할아버지는 영어를 1도 못 알아들었다. 답답…. 답답. 다시 건물 밖으로. 집주인은 네 번째 전화도 받지 않는다. 여섯 번쯤 전화를 시도한 끝에 주인과 통화가 되었고 주인이 대신 보낸 Diana가 철컹거리는 열쇠 꾸러미를 들고 옆건물에서 불쑥 나와

천천히 걸어왔다. 그녀가 손에 들고 있는 열쇠꾸러미만 보고서도 그녀가 나를 숙소로 데려다줄 구세주임을 알아차렸다. 그렇게 반가울 수 없었다. 역시 내가 맞았다.

그.건.물.!

건물 경비원 할아버지는 어이없다는 듯 시선을 내 뒤통수까지 따라 붙였고 짐을 풀고 나온 나와 아이는 그 할아버지를 아주 통쾌한 시선으로 노려보았다. '난 이상한 사람이 아니라 여기 묵으러 왔다고요.' 하는 무언의 시위와 항의의 눈빛을 보냈다. 아주 강렬하게. 그러고선 할아버지의 시선을 피해 소심하게 내뱉은 한마디. "할아버지. 여기 맞잖아요! 거 너무하네~"

숙소를 나와 솔광장으로 제일 먼가 가 보기로 한다. 마드리드의 심장 솔광장. 거기서 저녁도 먹을 겸 마드리드의 밤거리 풍경을 눈에 담기 위해. 스페인 사람들은 저녁을 7~8시에 먹고 식당도 그 시각에 문을 열기도 하니 타파스 가게며 식당에는 사람들이 즐비했다. 어느 유럽에서도 만나기 힘든 풍경이다. 여름 뮌헨은 저녁 7시만 넘으면 주택가에선 문을 연 가게 하나조차 발견하기 어렵다. 슈퍼며 식당이며 찬찬히 구경하며 걸어가니 솔광장으로 향하는 Lavapies역이 나오고 그 앞엔 반갑게도 24시간 문을 여는 까르푸가 있었다.

"앗, 까르푸다. 그것도 24시간이야. 와, 대박 우리 숙소 너무 잘

잡았다. 지하철도 가깝고. 마트 한번 들러볼까?"

"응. 그래."

이게 실수였다. 아니 그날 이후 모든 여행이 멈춰지는 폭탄이
되고 말았다. 마트는 솔광장에서 숙소로 돌아오는 길에 들렀어야
했다. 그때 그 까르푸 24시간 마트에 왜 홀렸는지 지금도 모르겠
다. 그 오렌지색 간판이 왜 나를 그렇게 끌어들였는지. '이 마트
를 가지 않았더라면…'이라고 매일 열 번씩 생각했다. 인생은 언
제나 순간의 선택으로 상황이 바뀌고 예상치 못한 일들로 적잖
이 당황하게 된다.

까르푸에 들러 아이가 먹고 싶다는 먹음직스럽게 담긴 멜론 한
통을 샀다. 내일 아침에 먹을 아침거리와 물, 청포도 등등은 돌아
오는 길에 사주마 하고 약속했다. 그라나다에서 2시에 출발해서
그때까지 아무것도 먹지 못한 터라 배도 고팠고 하얀 통에 잘 깎
여서 담긴 멜론은 정말 유난히도 맛있게 보였다. 이쑤시개를 깊
숙이 찔러 아이 하나, 나 하나.

"우와, 대박 꿀맛! 스페인은 멜론도 맛있네. 이래서 멜론하몽을
먹는구나."

"진짜 맛있어."

입속에 그 달달한 멜론을 우물거리며 바로 앞에 있는 지하철로

들어가면서 휴대폰을 오른쪽 외투 주머니에 넣자 구글맵 음성이 울렸다. "지하철 ○호선. ○○○ 방향."

'음 구글맵은 정말 대단하구나…. 지하철 방향까지 알려주네.' 다 씹어 삼켰지만 달달한 멜론의 향이 남아 입속을 메워 마드리드의 맛을 과일향으로 채워주고 있었다. 퇴근 무렵의 분주한 마드리드 지하철 계단을 서둘러 내려갔다. 아이 손을 꼭 잡고.

Lavapies역에서 솔광장으로 가는 건 고작 한 정거장. 표를 사기 위해서 티켓 머신 앞에 섰다. 마드리드 지하철은 빨간색 교통카드를 사야 한다. 바르셀로나의 T-10이나 48시간권처럼 종이가 없었다. 그렇다고 런던 오이스터 카드처럼 환불이 되는 것도 아니다. 10회권 단위로 살 수 있다. 내가 다녔던 많은 유럽의 도시들은 이런 적이 없었다. 1회권이던가 1일권이던가 48시간권이던가…. 아니면 환불이라도 되던가. 도무지 종이로 된 지하철 교통권은 찾을 수가 없었다. 주변을 둘러봐도 모두 빨간색 카드만 찍고 있는 것이 아닌가. '에이, 설마. 그럴 리가 있겠어? 나 같은 여행자는 어떡하라고.' 혼자서 이리 낑낑 저리 낑낑하는데도 알 수가 없었다. (난 휴대폰이 있었고 검색을 해 보면 되었을 것을, 세상 멍청하기 짝이 없다. 마드리드로 오는 그 긴 시간 동안 그것조차 검색하지 않고 뭘 했는가.) 옆에서 표를 사고 있는 남자에게 물었다. 영어가 매우 어눌하고 진갈색 곱슬머리에 배낭을 멘 그 남자는 흔쾌히 도와주었다. 처음에 내 왼쪽에 있던 그 남자는 삼십 초 정도 기계 앞에서 애를 쓰더니 다시 내 오른쪽으로 와서 다른 기계에서 이것저것 해 보더니 자기도 모르겠다는 눈치였다.

'이 사람 뭐지? 마드리드 사람이 아닌가? 뭐야 이 사람….'

그 남자는 별수 없다는 듯이 그냥 가 버렸다. 결국 '그냥 카드 사자, 사야지 뭐.' 하고 카드를 샀다. 솔광장으로 가는 방향은 지하도를 다시 건너야 했다. 용케도 아이는 그사이에 지하철 노선도를 쫙 훑어보고서는 방향을 딱 정확히 가리켰다. 어느 도시를 가든 이제는 아이가 교통 노선도를 나보다 더 잘 살펴본다.

아이를 믿고 지하철로 가는데 마침 '띠링, 띠리링' 소리와 함께 지하철이 들어왔고 문이 착 열렸다. 계단을 서너 개 남겨둔 터라 살짝 빠른 걸음으로 지하철로 들어가면서 한 남자와 눈이 마주쳤다. 키가 187cm 정도 되어 보이는 얼굴에 붉은기가 도는 백인. 나는 지하철을 가리키며 "sol?"이라고 물었고 (지금도 나는 내가 왜 굳이 그런 질문을 했는지 모르겠다.) 고개를 끄덕이며 웃어주던 그 남자도 우리와 함께 지하철 안으로 발을 내디뎠다. 지하철이 출발하자 이때부터 아이와 다시 한번 멜론 쟁탈전이 시작되었다. 입안에 남은 상큼 달큰한 멜론향이 저절로 먹다 남은 멜론 통 뚜껑을 열게 했다. 대여섯 조각 남은 멜론을 서로 한 개라도 더 먹으려고 입을 바쁘게 움직였고, 마지막 하나 남은 멜론을 향해 맹수가 사냥하듯 이쑤시개를 찔러 넣었다. 마지막 멜론은 나에게!

멜론 뚜껑을 살포시 닫고 지하철 문에 기대섰는데 '한 정거장이 생각보다 기네…' 하고 생각하는 찰나 뭔가 툭 하는 느낌. 지하철에 함께 오른 그 남자였다. '뭐지? 이 느낌은…' 하고 그 남자를 살짝 올려다보았고 그 남자의 시선은 다른 곳을 향해 있었다. 마침 그 순간 솔광장임을 알리는 안내방송이 나왔고 아이와 서둘러 내려 아이를 놓칠세라 지하철을 탈 때 그러했던 것처럼 손을 꼭 잡고 출구로 향하는 계단을 사람들 틈에 끼어 빠져 올라왔다.

마드리드의 광장은 악머구리 끓듯 불빛으로 물든 사람들로 가득했고, 어둠속에도 짙게 도드라진 검은 형상의 카를로스 3세 기마 동상이 내가 평온하게 만난 처음이자 마지막으로 만난 솔광장의 모습이었다.

"와 여기가 바로 마드리드의 심장 솔광장이구나!" 하는 탄성을 저절로 불러 세웠다.

"아, 사진 찍어야지."

순간, 다리가 후들거리고 등줄기에 땀이 흘렀다.

'뭐지?'
'어디 갔지?'
'어디 놓고 왔나?'

주머니를 뒤지고 털고 가방에 넣어둔 적도 없는 휴대폰을 찾으려고 가방을 걸터듬고 뒤집어 털어냈다. 다리가 후들거려 딱 그 자리에 주저앉고 싶은 심정이었다. 얼음처럼 그 자리에 서서 멍해지는 정신줄을 붙잡고 있자니 솔광장이 빙빙 돌아가는 느낌이었다. 마치 영화에서 주인공을 세워 둔 채 배경이 돌아가듯. 아직도 그 느낌이 생생하다.

구글맵으로 길을 찾고, 식당을 찾고 하는 건 두 번째 문제고 일단 마드리드 왕궁 입장권, 프라도 미술관 입장권, 바르셀로나로 가는 렌페 티켓은 100유로짜리였다. 사그라다 파밀리에 입장권과, 까탈루냐 음악당 투어 티켓도 거기 있었고 무엇보다 바르셀로나에 어찌어찌 간다 하더라도 숙소를 찾을 방법이 없었다. 숙소 주소를 안다 한들 건물의 몇 호인지. 주인 이름은 누구인지.

그대로 주저앉고 싶었다. 여행을 여기에서 멈춰 버리고 싶었다. 하지만 인천행 비행기를 바르셀로나에서 타야 했기에 안 갈 수가 없다. 모레 있을 세고비아 톨레도 투어는 아침 8시 20분. 바르셀로나로 가는 렌페는 아침 첫 기차인 6시 20분 기차였다. 더구나 숙소인 마드리드 아파트는 창이 없었고 해가 들지 않아 한낮에도 어두컴컴 한 곳이었다. 아침 8시에나 해가 뜨는 마드리드에서는 시간의 흐름조차 가늠하기 힘들었고 숙소엔 주인도, 시계도 없었다. '시간이 몇 시인지는 어떻게 알며 안다 한들 그 시각에 맞춰 어떻게 일어나지…? 지금부터의 여행은 기억 속에만 남겠구나.' 솔광장이고 뭐고 그대로 다시 지하철을 타고 혹시나 싶어 다시 주머니를 뒤지며 lavapies역으로 돌아왔다. 표를 샀던 기계 앞을 서성이고 쓰레기통을 다시 뒤지고 기계 아래를 뒤졌다. (있을 리가 있겠는가….) 멍하니 티켓 머신 앞에 서 있었다.

"아빠, 괜찮아?"
"응. 그럼 괜찮지."
"안 괜찮아 보여. 여기 왜 이렇게 서 있어? 안 괜찮은 거잖아."
"응, 아니야. 가자."

내일 아침은 일단 먹어야 하니 다시 까르푸에 들러 청포도와 물만 덜렁 사 가지고 돌아왔다. 무슨 정신이었는지도 모른 채 걸었다. 돌아오는 길에 즐비했던 타파스 바, 맥주 마시는 저녁 마드리드 사람들, 붉은 정육점, 낡은 전파상. 모든 것이 내 머릿속을 헤집어 놓는 광경들뿐이었다. 난 아직도 휴대폰을 가져간 범인이 누군지 알쏭달쏭하다. 지하철 표를 살 때 내가 도움을 청했던, 휴대폰이 있던 주머니 쪽으로 왔던 그 남자일까. 지하철 안에서 툭 건드리던 느낌이 났던 내 옆에 서 있던 그 남자일까.

숙소로 돌아와 청포도를 씻어서 아이에게 주고 쓰레기통을 뒤져 버렸었던 귀찮은 무게감들을 서둘러 되찾아와 왔다. 입장권이며 렌페 기차표며 여행 일정표 모두를 주워왔다. 다행히 구겨져 약간은 더러워진 종이 뭉치를 어둠 속에서도 손을 더듬어 찾을 수 있었다. 쓰레기 더미에서 주워온 종이들을 손에 쥐고 나자 한

숨과 서러움이 밀려왔다. 그 일정표엔 다행히 바르셀로나 숙소 주소와 주인 전화번호가 적혀 있었다.

"그걸 뭐하러 프린트해요? 하나 쓸데없어요."
"왜? 이걸 가지고 가야 여행하는 기분이 나지. 이거 하나씩 프린트할 때마다 기분이 얼마나 좋은지 알아?"
"이런 디지털 시대에 휴대폰에 넣어가지 누가 종이 프린트를 하나요?"

기차표 3장, 입장권 8장, 여행 일정표 2장, 투어 일정표, 혹시 몰라서 준비한 여권 복사본. 아이 표까지 두 배로 더해 총 28장! 프린트해서 넣고 보니 한 뭉치가 되었다. 잔소리 같은 말이었지만 그 말이 옳았다. 여행 내내 여권과 현금 그리고 이 종이 뭉치까지 가방 제일 안 주머니에 꼭꼭 넣어 다녔다. 혹시라도 있을 도난 사태에 대비해 옷핀으로 꼭꼭 잠그고 다녔다. 여행 내내 배낭에 넣고 다니니 무게가 꽤 나갔고 점점 귀찮고 무거운 존재를 마드리드에 도착한 날 저녁 나는 그것들을 일시에 쓰레기통에 버렸다. 한결 가벼워진 가방을 들고 나섰지만 열 배 천 배 더 무거운 마음으로 돌아오게 될 줄이야.

마드리드의 숙소에는 주인이 태국 어디선가 가져왔을 법한 조명 불빛 하나만 게슴츠레 켜져 있었다. 복도는 부엌, 옆방, 앞방을 구분할 수 없을 만큼 좁고 어두컴컴했다. 그 어둠만큼 절망이 마구 밀려들어 한겨울 바닷바람을 민소매 차림으로 마주하고 선 기분이었다. 이제 뒷일을 어떻게 감당하나. 침대에 넋을 놓고 있다가 아이를 씻기고 재울 준비를 했다. 일상은 계속 이어져야 하기에. 그러면서도 머릿속은 그대로 여행이고 뭐고 다 포기해버리고 싶었지만 그렇게 해 버리기엔 내가 이깟 휴대폰에 무너져야 하나 싶었다. '이 주소만 가지고 바르셀로나 숙소를 찾을 수 있을까…. 건물이야 어떻게 물어물어 찾아간다 해도 숙소 주인이 사는 건물이 몇 호였지?' 남자인 숙소 주인 이름조차 생각나지 않았다. '어떡하지….'

도무지 방법이 떠오르지 않았다. 그러나 그보다 먼저 새벽 5시 30분에 일어나 아침 6시 20분에 출발하는 바르셀로나행 렌페를 탈 수 있을지조차 알 수가 없었다. 이런 시각 렌페를 예약한 내가 너무도 후회스러웠다.

"왓 타임 이즈 잇 나우?"

"나인 써리."

"마이 파더 해즈 빈 로스트 모바일 폰. 소 위 돈 노우 어 타임."

방 바깥에서 들리는 아이 목소리에 얼른 나가보았다. 옆 방에 머물던 남자가 아이에게 킷캣 초콜릿을 내밀자 아이가 그렇게 물어보았나 보다. 아이도 심히 걱정이 많이 되었을 거다. 내 얼굴에 묻은 걱정을 감출 수 없었으니. 아이도 이 여행의 단순 참여자가 아닌 함께하는 일원임이 틀림없이 확인되는 순간이었고 아이의 용기에 잠깐 놀랐다가 다시 걱정과 후회의 세계로 돌아왔다.

아이가 말을 걸었던 그 남자에게 오늘 지하철에서 소매치기당했다고 얘기를 하고 내일 일어날 일이 걱정이라 했더니 그 스페인 남자는 환하게 웃으면서

"걱정 마. 나 스페인 변호사야."

"리얼리? 경찰이라고?"

"아니. 형사 전문 변호사라니까." 껄껄 웃는다.

그 변호사 남자는 친절히도 내일 가야 할 아토차역 인근의 경찰서 위치와 경찰에 가서 해야 할 말들을 차근차근 스페인어로 적어주었다. 내가 한국인이며 마드리드 지하철에서 휴대폰을 도둑맞았고 폴리스 리포트가 필요하며 스페인어를 모르니 한국인 통역을 불러 달라. 등등. 열서너 문장을 스페인어로 써 주었다. 더 필요한 문장이 있으면 알려달라고 했다. 변호사가 스페인 법만 열심히 공부했는지 영어가 유창하진 않았고 우린 서로 통역기로 대화를 이어갔다. 그러다가 잠깐 기다리라면서 통화를 어디론가 하더니 나에게 자신의 전화기를 건네준다.

"여보세요?"

뜻밖에 한국어가 들린다. 60대 중후반으로 들리는 할머니 목소리다. '응? 이거 뭐지?'

"뭐가 어떻게 된 거예요?"
"네 제가 휴대폰을 소매치기당해서…. (어쩌고저쩌고) 바르셀로나 숙소를 찾아가는 게 우선 급하네요."
"이름이 뭐예요?"
"킴이라고 예약했어요."
"내 친구 아들인데 그 변호사를 채용한 거예요?"
"아… 아니요…. 그냥 숙소 옆방 손님…인데요."
"…"

그 스페인 변호사는 나와 말이 통하지 않자 자기 엄마 친구 중에 한국 사람이 있다는 걸 알고 연락해서 바꿔주었던 것이다. 이렇게 영어, 스페언어, 한국어. 오늘 이 시간에 처음 만난 세 사람이 함께 내 사정을 그 변호사에게 알려주었다. 적어 둔 종이를 곱게 챙겨 고맙다고 말하고 방으로 돌아왔다. '이 변호사는 뭐지…? 변호사가 이런 싸구려 숙소에서 머문다고?' 이십여 분간 벌어진 그 상황에서 고마우면서고 혼란스러운 상황이 어지러운데

'똑. 똑.' 그 변호사였다.

"빠진 문장이 있어. 종이 줘봐." 다시 뭔가 막 써 내려가고 두 세 번 검토 후 종이를 준다.

"경찰서에 가면 이걸 보여줘. 그리고 바지 갈아입어."

"…?"

"시계 사러 같이 가자. 아주 싸."

3초간 망설인 후….

"내가 내일 살게. 까르푸에 가면 팔겠지."

"그래? 알았어."

3분여가 지났을까. '똑. 똑.' 또 그 변호사였다.

"무슨 일이 있거나 잘못되면 여기로 전화해. 방해해서 미안해 ^^" 하면서 자기 명함을 내민다.

'하…. 이런 고마움도 있구나.' 나는 정신이 이탈된 채로 그가 누구인지 이름도 물어보지 못했다. 두 시간 전에 휴대폰 소매치 기를 당해 좌절하고 두 시간 후에 이런 도움과 친절함에 당황하 고 같은 도시에서 겪은 두 얼굴치곤 너무나 양 극단의 모습에 잠 은 더 오지 않을 것 같은 밤이었다.

잠이 오지 않을 것 같던 그 밤도 뒤척거리다 늦게는 잠이 들었 던 것 같다.

"아빠… 아빠…."

"응? 응? 왜?"

"나 쉬한 것 같아."

"어? 어어, 그래. 어서 갈아입자."

아이 옷을 갈아입히고 젖은 옷을 빨아 뜨거운 라디에이터에 올려 말렸다. 이 녀석이 얼마나 불안했으면, 나의 불안함이 고스란히 이 아이에게도 전해졌나 보다. 그러니 낯선 외국인 남자에게 먼저 영어로 말을 걸어낸 아이다. 런던 입국 심사에서도 입 한마디 열지 않던 아이였는데 말이다. '아. 내가 이러면 안 되겠다. 정신을 차리고 아이 앞에서 불안한 내색을 하면 안 되겠구나.' 하는 생각에 정신이 번쩍 들어 긴 호흡으로 마음을 가다듬었다.

겨울 유럽의 짧은 해는 이른 오후부터 어두워져 시간이 몇 시쯤인지 가늠할 순 없지만 안쪽 정원으로 밝아진 바깥 풍경이 오전 9시쯤임을 짐작케 했다. 다음 날 아이를 깨워 간단히 라면과 햇반으로 아침을 먹이고 나설 준비를 했다. 지나는 길 가게에 걸린 시계는 아침 9시 50분을 가리키고 있었다.

오늘 가야 할 곳은 마드리드 왕궁과 프라도 미술관. 10시 30분 입장인 마드리드 왕궁을 향해 갔다. 어제 휴대폰을 잃어버린 그 역으로 다시 가야 한다. 그 지하철 티켓 머신 앞에서 발을 누가 잡아끄는 것같이 잘 움직여지지 않는다. 눈길은 자꾸 뒤쪽을 향한다. 마음이 아리고 쓰려온다.

Opera역에 내려 두 번을 물어 왕궁에 도착했다. 마드리드 왕궁은 생각보다 크고 웅장했다. 마드리드 왕궁은 꼭 한번 들러볼 만

하다. 누가 마드리드에 볼 게 없다 했는가. 궁전의 샹들리에는 정말 그지없이 우아하고 아름다웠다. 스트라디바리우스를 그렇게 가까이 눈앞에서 또 언제 볼 수 있겠는가. 왕궁을 나와 광장에서 한국인으로 보이는 몇몇 분께 사진을 부탁했다. 나는 괜찮지만 아이 사진은 꼭 한 장 남겨주어야 했다.

아이가 노는 순간순간을 담을 수 없다는 게 더 크게 다가왔고 더 간절하게 들어왔다. '저럴 때 좀 찍어주고 싶은데. 아 요거 사진으로 찍으면 좋을 건데.' 마드리드뿐만 아니라 렌페로 바르셀로나 가는 길에 멀리 보이던 몬세라트, 바르셀로나에서 내내 아이의 모습을 담을 수 없었다. 그렇게 씁쓸한 기분으로 왕궁 전망대에서 마드리드 시내를 내려다보고 왕궁을 나와 아토차 경찰서를 향해 나섰다. 가이드북을 펴서 아토차로 가는 길을 알아보는데 마침 경찰차가 다가온다. 무턱대고 손을 과하다 싶도록 흔들어 경찰차를 세웠다.

"이즈 히어 니어바이 폴리스 스테이션?"
"쿠쥬 플리즈 티치 미 웨얼 이즈 더 폴리스 스테이션?"
"오, 아주 가까워. 여기서 걸어갈 수 있어. Leganitos를 찾아가. 거긴 national 경찰서야."
"그라시아스, 그라시아스, 그라시아스."

경찰에게 볼펜을 주고 부탁해서 Leganitos라고 적은 종이를 들고 그라시아스 3연발을 하고 길을 나섰다. 아토차역까지 갈 생각이었는데 이런 행운이. 그것도 큰 경찰서라니. (그러나 큰 경찰서라고 좋아할 것만은 아닌 일이 생겼다.) 지도라고는 스페인 여행 책자에 대충 그려진 지도 한 장이 전부이고 큰 대로도 아닌 길에 있는 경찰서를 쉽게 찾을 리 만무했다.

가는 동안 두 번이나 지나가는 사람에게 길을 묻고 세 번째는 호텔 컨시어지에게 가서 길을 물어 경찰서를 찾았다. 내가 생각하는 우리나라 같은 그런 경찰서가 절대 아니었다. 그냥 우리 눈에 다 비슷해 보이는 건물에 경찰서 간판만 달고 있고 앞에는 두 명의 경비 경찰이 있을 뿐이었다. 주차장이 있고 단독 건물로 큰 우리나라 경찰서가 아니었다. '여기가…. 경찰서라고?'

"무슨 일로 왔어?" 스페인어로 말했다.
"휴대폰을 소매치기당해서 폴리스 리포트가 필요해서 왔어." 영어로 말했다.
"잉글리쉬?"
"응, 잉글리쉬."

경찰은 곤란하다는 표정을 지어 보였다. 영어를 모른다는. 그때 번뜩 생각이 난 어제 그 옆방의 변호사가 적어준 종이를 경비 경찰에게 내밀었다. 그제야 알겠다는 듯 씩 웃으며 잠시 기다리란다.

'휴.' 한숨이 저절로 나왔다. 한고비 넘어 한고비. 끝이 없는 느낌이다. 잠시 후, 파란 셔츠에 조금은 날카로운 눈매의 검은 단발머리 여인이 춥다는 듯 으스스 움츠리며

"한국인이세요?"
"네? 네. 한국인이세요?"
"아. 네. 저는 경찰은 아니고 통역이에요."
"일단 제 사무실로 가요."

경찰서에 한국인 통역이 있다니. 기쁨과 희망이 햇볕처럼 내 몸을 감싸는 기분이었다. 그렇게 경찰서 안쪽에 있는 그녀의 사무실로 갔다. 그러고 보니 그녀의 가슴엔 태극기와 성조기 배지가 달려 있었다. '하. 내가 구세주를 만났구나. 어제 옆방의 변호사에 이어 이런 행운이.' 내 사정을 설명하니 그녀는 참 친절하고 꼼꼼하게도 내가 해야 할 말을 스페인어로 적어주었다.

"휴대폰 고유 번호 알아요?"
"그걸 어떻게…. 모르죠."
"스페인 경찰이 그 번호를 모르면 폴리스 리포트를 잘 안 써 주려고 해서요. 집에 누가 없어요?"
"집에 연락하면 알 수도 있어요. 휴대폰 케이스가 있어요."
(그 휴대폰은 나중에 중고로 팔려고 정말 고이고이 썼고 얼마 전에 액

정도 새로 갈고 뒷면에 흠집 날까 봐 필름은 살 때부터 뜯지도 않은 새것에 가까운 휴대폰이었다.)

"전화해 보세요."

"네?"

그녀는 너무도 쉽게 국제전화를 허락해 주었다. 마침 아이 엄마와 연락도 되지 않아서 연락이 꼭 필요한 상황이었다. 그 기회는 이렇게 쉽고 우연히도 찾아왔다.

"여보세요?"

"응, 나야."

"어떻게 된 거야? 연락도 안 되고…."

"휴대폰 잃어버려서."

"뭐?"

"그렇게 됐어. 나중에 설명할게. 휴대폰 케이스에 보면 35로 시작하는 번호 있어. 그거 좀 알려줘. 서재방 책 뒤편에 있을 거야."

"그래 애 안 잃어버렸으면 됐지. 알겠어. 잠깐 기다려."

아이 엄마가 휴대폰 고유 넘버를 찾아 알려주었고 돌아가는 날까지 다시 연락이 안 될 수 있다고 알려주었다.

"어떻게 마드리드 경찰서에 한국인 통역이 있죠?"

"그러게요. 국격이 달라졌음을 느껴요."

"그 휴대폰 못 찾겠죠? 한국어 휴대폰이라 쓸 수도 없을 텐데. 그리고 완전 멀쩡했어요. 그 사람."

"다 멀쩡해 보여요. 백인이라도. 눈에 보이면 다 가져갑니다. 거의 모로코 쪽으로 많이 넘어가요."

"저는 아토차역으로 갈려고 했어요. 여기 경찰서 있는 줄도 모르고."

"아토차역으로 가면 여기로 다시 보낼 거예요."

아. 이런. 이건 그야말로 천운이라고밖에 할 수 없는 일이었다. 이런 운이 어제 있었다면 휴대폰을 잃어버리지 않았을 테지만 어찌 되었건 너무도 감사한 하루였다.

"저… 근데 제가 바르셀로나 숙소를 찾을 길이 없어서요. 이 주소를 구글맵에서 프린트 좀 해 주실 수 있으세요?"

"아, 그럼요."

"그런데 제가 이 건물 몇 호가 숙소인지 몰라요. 이 번호가 주인 번호인데 혹시 물어봐 주실 수 있나요?"

"네."

세 번이나 전화를 걸었고 신호음이 울렸지만 통화는 연결되지 않았다. 할 수 없다. 여기서 뭘 더 부탁할 수도 없을 만큼 미안한 상황이다. 이렇게 해서 숙소 위치도 프린트하고 휴대폰 시리얼 넘버까지 적고…. 휴대폰 소매치기 상황, 시간, 장소, 범인 인상착의, 휴대폰 가격까지 꼼꼼히 적어 대기실로 가서 기다렸다. 대기실 앞 번호표 기계에서 뽑은 내 번호는 14번이었고 내 앞엔 세 사람이 있었다. 통역사는 대기실의 사람들을 향해 누가 13번인지 스페인어로 물어보고는 나에게 친절하게 얘기해 주었다.

"저 여자 다음이니 기억했다가 번호 부르면 가세요. 여행 즐겁게 하시고요."
"감사합니다. 정말 감사합니다."
"아니, 뭘요."

'하, 이제 다 끝났다.' 그렇게 폴리스 리포트만 받아서 나가면 되겠구나 싶었다. 이때가 12시가 가까워 오는 시각이었다. '빨리 받고 나가서 밥 먹어야겠다. 벌써 12시가 넘었네. 밥 먹고 프라도 미술관 가야지.'

마드리드 경찰서 대기실의 분위기는 어수선했다. 사자머리의 흑인 아주머니가 내 앞 번호표 13번을 들고 있었고 12번 번호표의 스페인 남자는 오토바이 헬멧을 보니 배달을 하는 것 같았다. 10여 분이 지나는 동안 경찰은 누구도 부르지 않았다. 20여 분이 지나자 경찰서 안의 대기실은 술렁이기 시작했고 그사이 번호표를 든 사람 대기번호는 24번까지 늘어나 있었다.

남미에서 온 어느 여행자 커플은 나처럼 도둑을 맞았는지 급하게 고국으로 전화를 하는 듯 보였고 내 옆에 앉은 정말 잘생긴 남자는 그사이에 처음 만난 여자를 어떻게 꾀었는지 어느새 옆자리에 여자가 찰싹 달라붙어 앉아 있었다. 그 남자는 남자인 내가 봐도 정말 잘생겼다. 조각 미남이란 게 그런 얼굴인가 싶을 정도로. 그 잘생긴 남자가 나와 눈이 마주치자 윙크를 하는 게 아닌가! 이런…. 돌+I 를 보았나!

마드리드역에 도착한 저녁 캐리어를 끌고 낑낑거리며 나오던 길 아토차역에서 게이 커플을 보았다. 세상에! 남녀가 그 대합실에서 딥키스를 해도 눈이 돌아갈 지경인데 남남커플이 그러고 있으니 어떠했겠는가. 난 사람 혀가 그렇게 길게 나올 수 있는지 어릴 적 우리 집에서 여물 먹여 키우던 황소 누렁이 혀 이후로 처음 알았다. 그 윙크 날리던 조각 미남 녀석을 보는 순간 그 장면이 떠올라 더쳐진 마음을 들이뜨렸다.

아이도 이제 슬슬 지겨워진다. 갖고 있던 셜록 홈즈 책도 다 읽었고 가지고 있던 젤리도 다 먹어가는데 40분이 지나도록 어떤 누구도 조사실 안으로 들어가지 못했다. 마음이 조급해진다. 때마침 경찰이 와서 무언가를 설명한다. 스페인어를 모르는 내가 눈빛을 보낸 건 어쩔 수 없이 그 조각 미남이었다. 그러자 그 미남 옆에 앉아 있던 여자가 영어로 상황을 설명해주는데 역시 알아들을 수 없다.

"플리즈 잉글리쉬, 아이 돈 언더스탠드 에스파뇰."

"이해 못 해? 나 지금 영어로 말하고 있다고. 스페인어가 아니라고."

"왓?"

난 정말로 그녀의 영어를 알아듣지 못했다. 다시 한번 그녀가 찬찬히 설명을 해 준다. 그제서야 귀에 조금 들어왔다. 마드리드 전체에 경찰 컴퓨터 시스템 문제가 생겨 언제 복구될지 모르니 오래 걸릴 수도 있고 내일 다시 와야 할 수도 있으니 기다리든가 돌아가라는 말이었다. '뭐? 뭐라고? 나 내일 투어하는 날이고 투어 마치면 저녁 8시 반. 경찰서에 올 시간이 없는데?' 마침 경찰서 사무실 입구를 향해 걸어가는 경찰을 쫓아갔다.

"헬로우. 아이 해브빈 스톨른 마이 폰. 저스트 아이 니드 폴리스 리포트. 돈니드 컴퓨터 시스템. 포르빠보르."

"이봐. 폴리스 리포트가 그렇게 간단하지 않아. 기다리든지 집에 가든지."

"…포르빠보르."

"…"

그렇게 1시간이 지나자 기다리다 지친 사람들 중 몇몇은 돌아가고 또 상황을 모르는 새로운 불운의 여행자들이 들어왔다. 마드리드 경찰서 대기실은 체기가 있던 날 내 위장 속처럼 북적거렸다. 지쳐서 나한테 기대 누운 아이를 달래려 아이한테 물과 과자를 사 오겠노라고 하고 경찰에게 슈퍼를 물어 뛰어가서 물과 과자를 사 와 먹였다. 아이가 좋아하는 빨아먹을 수 있는 구조로 된 생수 한 통이었다.

마침 경찰서 옆에 중국인 교포가 운영하는 전파상 같은 전자제품 가게가 있다는 걸 통역사가 알려주었다. 가게에 들러 알람시계를 샀다. 1.97유로. 그 변호사의 말대로 시계 가격은 저렴하기도 저렴했다. 급하게 시계를 집어 드는데 그건 샘플이니 박스에 든 새 시계를 골라주었다. 시계에 건전지를 넣으며 알람이 되는지를 물었다.

"이 알람이 나에게 정말 중요하니 작동되는지 보여 달라."

너무나 저렴한 가격이라 그 간단한 기능조차 확인을 다시 했다. 알람은 정확히 작동했다. 3,500원이라는 가격이 믿어지지 않을 정도로 말이다. 멍한 정신에 아무 생각도 못 하고 있던 내게 알람시계를 알려준 그 변호사가 다시 한번 고마웠다. 경찰서 대기실로 돌아와서 계속 조사실 입구를 서성인다. 아까부터 내 행동이 신경 쓰였는지 경찰 한 명이 와서 험상궂은 얼굴로 신경질이 덕지덕지 묻은 채 말한다.

"들어가. 들어가서 기다리라고."

그사이 사람 몇몇이 또 돌아가고 어느새 시간은 오후 2시를 넘겨 이제 대기실에 사람은 일곱으로 줄어 있었다. '내 진술서에 여권 복사해서 넣고 도장만 찍어주면 되는 걸 왜 이렇게 오래 걸린다는 거야.' 지난 이탈리아 여행 중 로마의 떼르미니역에서 폴리스 리포트를 신청했다가 대사관으로 가라는 아주 신경질적으로 말을 던지듯 내뱉고 문을 쾅 닫아버린 경찰을 만나 할 수 없이 며칠 뒤 피렌체 산타 마리아 노벨라역 경찰서로 갔다. 피렌체역의 중년 경찰은 친절하면서도 세상 느긋하게 내 영어 진술서와 여권 복사본, 경찰 확인서에 도장을 쾅쾅 찍어주며 간단히 처리했었다는 것을 기억하기에 더욱 화가 나고 초조해졌다.

순간 놓쳐버린 정신줄 때문에 이런 고생을 하고 있는 내가 너무도 미웠다. 온 여행이 나 자신에 대한 짜증과 화로 치밀었다. 배달 짜장면 그릇에 감긴 랩처럼 둘둘 말아졌다 아무렇게나 찢어져 버려진 것 같았다. 다시 조사실 입구를 서성인다. 이제는 조사실 입구 경찰의 위압적 시선 따윈 나도 신경 쓰지 않는다. 무언의 시위였다. '빨리 조사실로 보내 달라.' 일부러 더 얼쩡거렸다. 두 번. 세 번. 네 번. 나를 본 경찰도 더 이상은 말이 없다. 외려 다른 경찰과 잡담에 더 열을 올린다. 아이도 지치고 나도 이젠 포기해야 하나 하고 지쳐갈 즈음…. 파란 셔츠의 한국인 통역이 지나간다. 잽싸게 안으로 따라가 통역을 부른다.

"저기요!"

순간 경찰이 호루라기를 불며 뛰어와 나를 잡아챈다. 통역사도
놀라서 나에게 뛰어온다.

"여기가 보안구역이거든요. 근데 아직도 못하셨어요?"

"지금 거의 3시간을 기다렸는데도 아직 안 부르네요. 어떻게
된 건지 좀 알아봐 주실 수 있으세요?"

"아, 이렇게까지 오래 걸리지는 않는데…. 제가 한번 알아볼게
요."

잠시 후…. 통역사가 왔다.

"문제가 좀 있나 봐요. 최소 1시간은 더 기다려야 할 것 같은데
요?"

"… 하…. 기다릴 수는 있는데 얘가 지금 밥을 못 먹어서요. 큰
일이네요."

말 그대로 그 좁은 경찰서 대기실에서 3시간을 기다리고 있으
니 답답하고 지쳐가는 아이가 너무 안쓰럽고 미안하기 짝이 없었
다. '내 실수로 네가 하지 않아도 될 이 고생을 하는구나.' 아이
얼굴을 볼 면목이 없었다. 아이 얼굴을 한번 쓰다듬어 주고 빗을
꺼내 머리도 다시 묶어 주었다.

"아, 그럼 제가 데리고 나가서 밥 같이 먹고 올게요."

"아, 그래 주시면 너무 감사하죠."

아이한테 20유로를 쥐여주면서 "밥값은 꼭 네가 내야 한다."

하고 당부하고는 통역사 손에 아이를 맡겨 보냈다.

"아버님도 같이 가시죠? 1시간 뒤에나 부를지 모르는데."

"저는 언제 부를지 몰라서요. 지금 나갔다가 순서 밀리면 기다린 시간이 너무 아까워요."

점점 초조해져 갔다. 언제나 부르려나. 아이가 밥 먹고 돌아오기 전까진 모든 상황이 끝나 있기를 바랐다. 내일 투어를 포기해야 하나. 바르셀로나로 가서 경찰서를 다시 찾아간다면 또 이렇게 기다려야 하는 건가. 온갖 초조와 불안이 너스레를 떨며 나를 몸살 앓듯 괴롭혔고 경찰서 대기실의 공기는 불만 가득한 침묵으로 고요했다.

잠시 후 큰 덩치의 경찰이 대기실로 오더니 스페인어로 뭐라 뭐라 한다. 그러자 영어인지 스페인어인지 알아들을 수 없었지만 나에게 통역의 친절함을 보여주었던 스페인 여자가 나를 가리키며 "저 사람 차례"라고 했다. 밥 먹으러 가는 아이와 통역사를 보내고 5분이 채 지나지 않아 거짓말처럼 나를 불렀다. 내 뒤에 사람들도 함께 줄줄이 조사실 경찰관 책상 앞으로 갔다. 이제야 경찰 시스템이 회복되었나 보다.

스페인 경찰은 참 꼼꼼도 했다. 내 진술서에 도장만 찍어주던 이탈리아 경찰과 달랐다. 범인의 인상착의며 그 당시의 상황, 휴대폰 가격까지. 통역사가 꼼꼼히 적어주었음에도 불구하고 확인하고 또 확인했다. 심지어 엄마, 아빠의 이름까지 물어보고 확인했다. 스페인 경찰이 우리 엄마 아빠 이름을 왜 궁금해하는지. 그 통역사분이 없었다면 폴리스 리포트를 받는 것 자체가 불가능했을지도 모른다는 생각이 들었다. 그렇게 30여 분간의 일처리를 마치고 폴리스리포트를 받아들 때 마침 아이와 통역사가 밥을 먹고 돌아왔고 내 손엔 서류 세 장이 쥐어졌다.

"아빠. 밥 엄청 맛있어. 불고기랑 김치찌개 먹었어."

"뭐? 한국 식당이 있었어?"

"응, 근데 밥값을 언니가 냈어. 어쩌지?"

"왜 그러셨어요…." 통역사를 보면서 내가 한마디 거든다.

"이모뻘인데 언니라고 해서요. 제가 냈어요. 일 처리는 잘 된 것 같으니 어서 가서 식사하세요."

"네."

"아이가 식당 위치 알아요. 주인이랑 얘기 많이 해서 아이 얼굴도 알 거예요."

아이가 밥 먹으면서 또 이야기를 미주알고주알 했었음을 짐작해 본다.

"정말 고맙습니다."

그렇게 세 시간 반을 넘게 기다리다 초조해하다가 마치고 나오니 '하…. 기운이 쏙 빠진다.' 다리에 힘이 없다는 게 그런 느낌이었다. 등산하고 내려올 때 다리에 힘이 없어 후들거리는 건 비교도 안 되는 느낌이었다.

"그 식당 어디야?"

"응, 내가 알아. 가까워."

"그래. 오늘은 한식을 좀 먹어야겠다."

세 번째 유럽 여행. 그간의 여행의 합을 날짜로 치니 삼십 일 만에 처음 먹는 유럽에서의 한식이었다.

"어? 아…. 아이 아빠구나."

"김치찌개 하나 주세요."

온몸에 기운이 하나도 없고 진이 다 빠져서 이거라도 먹지 않으면 기운을 못 차릴 것 같았다.

밥과 함께 나온 김치찌개 한 냄비를 다 비우고 나니 그제야 기운이 돌아오고 세상 편한 안도감이 들었다. 음식 한 그릇이 사람을 그렇게 기운 나게 한다는 걸 사십이 넘어 처음 알게 되었다.

"어쩌다 그랬어요? 여기 많아요. 남미에서 건너온 사람들이 주로 그래요. 가이드들은 딱 보면 안다더라고요. '쟤 소매치기구나' 하고."

"그러게요."

주인 아주머니와 마드리드 생활이며 교육, 집값 등등 한동안 이야기를 나누다가 음식값 10유로를 내고 나오는 길은 경찰서로 갈 때와 딴판이 되어버린 세상을 걷는 듯했다. 음식점 이름도 'Mashita(맛있다)'였다. 군대에서 몰래 먹은 중국집 짜장면 이후로 이렇게 세상 맛있었던 음식이 또 있었을까 싶었다. 그렇게 밥을 먹고 아이와 산타도밍고역으로 향했다.

"자, 이제 프라도 미술관으로 가자. 벨라스케스의 시녀들. 고야. 루벤스. 카라바조. 뒤러. 우리 다 보러 가자."

바르셀로나행 렌페 티켓. 아침 6시 20분 아토차역의 첫 기차. 무사히 탈 수 있었다. 그 알람 시계 덕분에 아침 일찍 일어나 세고비아+톨레도 투어도 갈 수 있었고 바르셀로나도 무사히 갈 수 있었다. 사실 바르셀로나로 가는 날 새벽에 잠을 설쳐 시계를 찾다 더듬거려 그만 시계를 떨어트리고 말았는데 시계가 와장창 분해되는 게 아닌가!

또 한 번 낭패를 겪는 게 아닌가 불길한 기분이었지만 다행히 시계는 무사히 돌아갔다. 시침을 맞추는 버튼은 댕강 부러지고 말았지만. 혹시라도 못 일어날까 봐 10분 빨리 시간을 맞추어 놓았고 알람은 정확히도 작동했다.

한국에 무사히 돌아와 여행자 보험으로 어느 정도 보험금도 받았고 여행 사진은 마드리드 아토차역을 배경으로 찍은 것이 마지막이 되었다. 마드리드에서 휴대폰을 도난당하거나 소매치기를 당했다면 아토차로 가지 말고 여기 경찰서에 가서 한국인 통역을 찾고, 폴리스리포트는 최대한 꼼꼼하고 자세하게 써야 하며 휴대폰 IME 고유 넘버를 반드시 알아가야 한다. 스페인에서 만난 잊지 못할 인연들. 이렇게 책 속에 이름을 담아 감사의 표시를 오래오래 남겨 두고 싶다.

우연히 만난 숙소 옆방의 변호사와 마드리드 경찰서의 통역사 분. 그사이 아이 둘의 엄마가 되셨단다.

마드리드 왕궁 앞에서 만나 경찰서 위치를 알려준 경찰,

왕궁에서 사진 찍어 보내준 가현 씨 남매,

톨레도 세고비아 투어에서 하루 종일 휴대폰을 빌려주며 사진을 맘껏 찍으라 해 주신 따님과 함께 여행 온 어머님,

까탈루냐 음악당 투어에서 사진을 찍어 보내준 분,

사그라다 파밀리아 앞에서 사진 찍어 보내준 신혼부부님,

사그라다 파밀리아 안에서 사진 찍어 보내준 성애 선생님,

바르셀로나 대성당 앞에서 사진 찍어 보내준 분,

마드리드 하몬 박물관에서 상그리아 마시다 사진을 찍어 보내주고 바르셀로나 람블라스 거리에서 우연히 다시 만났던 형제.

다들 정말 정말 감사하고 고마웠습니다. 덕분에 여행이 온전하진 않았더라도 잊을 수 없는 여행이 되었습니다.

참 고마웠습니다!

파리와 그라나다의
유쾌한 아주머니 둘

파리 여행을 가는 한국 사람이라면 대부분 한 번쯤은 들른다는 곳. 패키지 여행의 단체 관광객들도 쏟아져 들어온다. 버스에서 내린 일행들의 손이 분주해지고 여행 가이드는 홍보대사로 변신한다. 산더미처럼 쌓아 놓은 유명 연예인이 썼다는 크림 앞에서 설명하는 건지 파는 건지. 계산하는 사람들도 한국 사람들이다. 이쯤 설명하면 파리 여행을 준비하는 사람이나 다녀온 사람은 모두 여기가 어딘지 알 것이다.

나도 거길 갔다. 화장품에 대해 아는 것도 살 것도 없었지만 싸다고 하니 몇 가지 선물로 쓸 요량으로 주워 담아 나오는 길에 조카가(첫 유럽 여행엔 조카가 동행했다.) 아침에 충전한 나비고를 잃어버린 걸 알았다. 나비고는 파리의 충전식 교통카드로 일주일 치를 충전해서 쓰는 것인데 자기 사진도 붙여야 쓸 수 있다. 당장 버스나 지하철을 탈 수 없었고, 다음 날 공항 가는 버스도 탈 수가 없게 된 것이다. 나와 아이 조카 셋은 왔던 길을 되짚어보고 몽쥬 약국 안도 살살이 찾았으나 보이지 않았고 어디서 잃어버린 지 알 수가 없었다.

새로 나비고를 살 수도 없고 잃어버린 돈도 아까워 벤치에 앉아 어떡할까 하며 잠시 쉬었다. 상심한 조카도 달래주면서. 그러는 사이에도 아이는 나비고를 찾아 이리저리 혼자서 뛰어다녔다. 너무 열심히 찾고 있는 아이가 안쓰러워 "괜찮아. 그만 찾아."라고 했다. 얼마가 지났을까. "아빠, 찾았어. 여기." 하고 소리친다. '그럴 리가….' 아이가 가리킨 곳을 보니 분수대였다. 분수대 안에 나비고가 빠져 있는 것이다. "아니, 이게 왜 여기서 나와…." 어이도 없고 웃음도 나고 그걸 찾아낸 아이가 신기하기도 했다. 머리를 쓰다듬어 주고 번쩍 들어 안아주니 아이의 뿌듯함이 파리의 여름 가을빛 하늘을 가득 채우고도 남는 듯한 표정이다. 역시 아이의 사고는 유연했다. 조카와 나는 분수대 안에 나비고가 있을 거라고는 상상조차 하지 않았으니.

목적지에 닿은 지하철을 나와 보이는 작은 분수대가 있는 공원은 여기가 파리라는 것을 색깔로 보여주었다. 여름이었지만 꼭 가을날같이 울긋불긋 연한 갈색과 붉은빛의 나뭇잎을 달고 있는 나무들로 꾸며진 작은 공원이었다. 그 공원이 예뻐 잠시 우리는 분수대에 앉아 쉬었고 그때 나비고가 주머니에서 흘러 나와 분수대 안으로 빠진 것이었다.

그렇게 우여곡절을 겪고 찾은 나비고를 들고 우리는 노트르담 성당으로 향했다. 버스를 타고 가는데 창밖 풍경이 사뭇 달라진다. 변두리 같은 느낌이 강하게 들었다. 버스는 점점 파리 외곽으로 향하고 있었던 것이다. '아. 또 반대로 탔구나.' 싶었다. 얼른 내려 지하도를 건너 다시 버스를 탄다. 참 평범한 하루가 되는 게 쉽지 않은 날이었다.

다시 버스에 오르니 파리 중심가로 향하는 버스라 그런지 사람이 많다. 자리가 나자 얼른 아이를 데리고 가서 앉혔다. 버스 앞 두 번째 좌석. 우리나라 버스처럼 바퀴가 올라오는 위치의 좌석 간격이 넓은 곳이었다. 점점 사람이 많아졌다. 그러고서 두 정거장이나 갔을까.

짙은 갈색 머리를 한, 눈이 부리부리하게 큰 아주머니가 그대로 엉덩이를 들이밀었다. 상당히 과감했다. 아이가 앉은 자리에 앉아 큰 엉덩이를 들이밀면서 강제 합석을 시도하였다. 털석 앉더니 자기 장바구니를 아이 앞에 내려놓고 아이를 안은 것도 아니고 옆으로 밀치면서 앉았다. 아이가 아무리 덩치가 작아도 그렇지, 부모가 이렇게 붙어 서 있는데 양해도 없이 이건 무슨 행동인가 싶었다. 너무 놀라 내가 눈을 똑바로 쳐다보니 이 아주머니 그냥 씽긋 웃는다. 아이도 당황했는지 나만 쳐다본다. 적잖이 당황스러웠지만 아주머니 인상이 나쁜 사람 같지 않아 그냥 같이 앉으라고 했다.

이 아주머니는 자신의 말로 대화를 건넨다. 그리고 그녀는 서로 말이 통하지 않는다는 것을 알고는 혼자서 우리를 보고 몇 번이나 웃었다. 무슨 말을 나눌 수는 없었지만 별일 아니라는 듯

무심히 앉아 창밖을 보는 눈이 큰 아주머니와, 같이 앉아 있는 아이를 보고 있노라니 파리는 아직 이런 정서가 살아 있는 도시인가 싶다. 과거에 우리의 정서도 이랬다. 어르신들이 버스에 타면 꼬마들은 같이 합석했다. 그러면 할아버지 할머니는 아이가 귀엽다고 사랑도 주고 백 원 짜리 동전도 꺼내 아이에게 쥐어 주곤 했다. 만국 공통인가 싶었다. 사람 사는 건 파리나 한국이나. 아주머니는 우리보다 먼저 내렸다. 내리면서도 과한 제스쳐와 웃음으로 한 번 더 우리를 놀래켰고 역시 별일 없다는 듯 내려 멀어졌다. 2021년의 서울이나 대도시에서 이런 일이 생겼다면 어떤 일이 벌어졌을까 싶다. 어느 인터넷 뉴스 사회면에 나오는 건 아닐까.

파리의 이 버스 아주머니와 너무도 닮은 사람을 만난 건 그라나다에서였다. 한 번에 쉽게 찾은 그라나다 중심 거리 숙소 앞에서 벨을 눌러도 주인은 나오지 않았다. 마침 그 건물에서 자전거를 끌고 나오는 부녀가 있어 도움을 요청했다. 호스트의 전화번호를 건네자 두 현지인 간의 통화가 이어졌고 그 인상 좋은 아저씨는 잠시 기다리면 주인이 올 것이라며 전화기를 건네주고는 아이와 함께 떠났다. 그리고 1분쯤 기다렸나. 곱슬 사자머리에 눈이 부리부리한 아주머니가 환하게 웃으며 나에게 다가왔다. 그녀가 숙소의 주인이라는 것은 아이도 단박에 알 수 있었을 것이다. 영락없는 파리의 버스에서 만난 그 아주머니를 다시 만난 듯한 데

자뷰의 순간이었다.

끙끙거리며 캐리어를 4층까지 들고 올라가서 여정을 풀면서 주인에게 물었다. 아직 밥을 못 먹었으니 근처에 맛있는 집을 소개해 달라고. 영어가 전혀 통하지 않았기에 나는 구글 번역기 음성 기능을 켜서 아주머니에게 뜻을 알려주었다. 그때부터 나와 아이는 터지는 웃음을 참을 수가 없었다. 번역기에 대고 하는 아주머니의 말은 심하게 빨랐고 동작은 거의 원맨쇼 수준이었다. 마치 모노드라마 무대에 선 코믹 배우를 보는 느낌이었다. 이 숙소 주인의 열정에 비해 심하게 능력치가 낮은 구글 번역기는 아주머니의 말을 거의 번역하지 못했다. 아주머니 일행은 그렇게 오래 말을 했는데 번역이 하나도 되지 않은 화면을 보고서 폭소를 터트렸다. 내가 다시 한번 천천히 설명해 달라고 부탁하자 아주머니는 알겠다더니 휴대폰 화면에 대고 또 연기를 시작했다. 말과 손 동작이 약간 느려지긴 했지만 여전히 번역해 낼 수 없는 수준의 양과 빠르기의 말이었다. 아주머니의 그 큰 눈이 스페인어 특유의 억양에 따라 좌우 상하 왔다 갔다 했고 손은 이제 거의 열창을 뿜는 가수 같았다. 이탈리아 사람 이다도시와 비슷했다.

결국 우리 옆방에 머물던 영어를 할 줄 아는 게스트가 극적으로 나타나면서 아주머니와 우리 사이에 통역사가 되어주었고 우리는 식당 몇 곳을 추천받을 수 있었다. 실제로 아주머니가 추천해 준 곳은 하나같이 맛있고 유명한 식당이었다. 지금도 그라나다 대성당 앞의 해물 빠엘라 맛은 너무 그립다. 이 아주머니의 목소리, 표정, 동작이 재밌어서 그날 아이와 나는 식당으로 가면서 아주머니 흉내를 내느라 둘이서 배꼽이 빠질 뻔했다.

파리와 그라나다. 전혀 다른 분위기를 가진 두 거대 도시지만 그 도시에서 만난 두 아주머니는 당혹스러우리만큼 유쾌했고 서로 닮아 있었다. 아직도 그날이 생생하다. 혹시 어쩌면 파리의 버스 안에서, 그라나다의 번화한 중심 거리에서 그 두 사람의 웃음을 만날 것도 같다.

"내일 아침은
  몇 시에 준비해 줄까?"

나는 할머니가 무척 무뚝뚝하다고 짐작했다. 숙소를 예약하면
서 던진 몇 가지 질문에 대한 대답이 짧았기 때문이다. 이전의 경
험으로 미루어보아 내 짐작은 충분히 근거가 있었다. 그래서 세
비야로 향하는 마음이 설레지만은 않았다. 더구나 새벽에 숙소
를 나섰지만 빅토리아역으로 가는 버스도 없고, 우버도 먹통이
된 탓에 비행기 놓치겠다 싶은 절망과 불안으로 달구치듯 도착한
런던 게트윅 공항에서는 정작 비행기가 지연되었다. 마리아 할머
니와 만나기로 한 약속 시간도 지킬 수 없게 되었다.

할머니의 집에 도착해 초인종을 눌렀으나 답이 없었다. 몇 번
을 더 눌러봐도 아무도 나오지 않았다. 할머니에게 전화를 걸었
다. 잠시 기다리라고 했다. 급히 뛰어오는 할머니의 표정이 좋지
않다. 이 할머니에 대한 나의 짐작은 빗나가지 않았다. 유럽 사람
들은 시간 약속에 비교적 철저하다는 것을 알기에 긴장이 되었

다. 할머니는 "약속 시간에 기다렸지만 네가 오지 않았어."라고
말했다. 그러면서 오늘은 홀리데이라고 하며 화난 것인지 반기는
것인지 알 수 없는 표정으로 조용히 말했다. 그랬다. 1월 6일. 그
날은 주현절이었다. 동네 사람들이 삼삼오오 모여 축제를 벌이는
날이었다.

　마리아 할머니 숙소는 세비야 스페인 광장에서 직선거리로
3~400m 정도 떨어진 곳이었다. 대부분의 여행자들이 머무는 세
비야 대성당 근처가 아니었다. 숙소가 관광지와 떨어져 있어서
불편한 점도 있지만 장점도 있다. 가격이 무척 저렴하다는 것이
첫 번째다. 할머니네 숙소는 2박에 70유로였다. 청소비랑 에어비
앤비 수수료 모두 포함해서. 1박에 35유로. 4만 5천 원. 아침 식
사까지 포함된 가격이고 욕조랑 화장실도 따로 있는데 말이다.
정말 저렴하다. 두 번째는 말 그대로 현지인들이 가는 동네 맛집
을 경험해 볼 수 있다. 프라하 숙소도 그랬지만 마리아 할머니네
집 근처에도 정말 동네 맛집이 많았다. 할머니가 추천해 준 곳을
다 가보지 못한 게 아쉬울 정도였다.
　마리아 할머니네는 3층이었다. 할머니네 정원은 식물이며 나무
며 거의 열대지방 수준이다. 아무리 아프리카와 가까운 이베리아
반도 남쪽의 세비야라고는 하지만 동남아시아인가 착각할 정도
로 나무 크기나 식물이 크다. 우리 방은 3층이라 캐리어를 들고
올라오는 데 힘이 좀 들었다. 난방은 라디에이터로 하는데 제법

따뜻하지만 대리석의 차가운 바닥의 냉기가 느껴지면 발바닥에 닿는 온기가 있는 바닥이 그리운 것은 어쩔 수 없다. 첫날 밤 우리가 잠들기 전 에어비앤비 알람 메시지가 왔다.

"내일 아침은 몇 시에 준비해 줄까?"

다음 날 아침, 부엌으로 내려가니 보통의 가정집에서는 보기 어려운 긴 테이블이 있고 그 끝에 반쯤 잘라 먹은 하몽이 놓여 있었다. 꽤 많은 수의 한 무리 사람들이 부엌에 북적거린다. 아침 부엌 풍경이라고 보기 어려울 만큼 시끌벅적하다. 할머니와 너무 자연스럽게 이야기를 하길래 동네 사람들인가 했는데 보이는 외모가 어딘지 달랐다. 아르헨티나 사람들이었다. 부에노스아이레스에서 온 가족이 여행을 왔다고 했다. 한국에서 왔다고 하니 다들 깜짝 놀라 했다. 그렇게 멀리서 왔느냐고. 영어를 꽤 잘하시는 마리아 할머니는 두 손님의 언어를 가운데서 건조하고 단순하게 통역해 주는 것으로 호스트의 역할에 충실했다. 다른 대륙의 두 가족이 만든 여행 이야기와 완벽히 지구 반대편인 나라에 대한 관심은 이야기 가득한 세비야의 화원이 되었고, 그렇게 둘째 날 스페인 여행은 부엌에서부터 시작이 되었다.

할머니가 무뚝뚝한 사람이라는 내 생각이 바뀐 건 그때부터였다. 마리아 할머니는 짧고 엷은 웃음이 있는 분이었다. 자세히, 그리고 오래 보니 귀엽고 예쁜 얼굴 인상이었다. 집 주변에 맛있는 타파스 집, 스테이크 집, 빠엘라 식당도 많이 알려주셨다. 위치를 설명하기 어려웠던지 할머니는 종이와 펜으로 그려가며 정성스럽게 설명해 주었고 대문까지 따라 나와 스페인 광장으로 가는 빠른 지름길을 알려주었다. 할머니의 마음씨만큼이나 따뜻했던 겨울 세비야에서 우리는 과달키비르강을 따라 자전거로 세비야를 만났다. 도움이 되는 뭐든 하나라도 알려 주려고 애썼다. 둘째날 밤 잠자리에 들려고 할 때 또 메시지가 울렸다.

"내일 아침은 몇 시에 준비해 줄까?"

마지막 날 아침, 세비야를 떠나는 날 할머니는 내가 어디로 가는지를 물었고 나는 그라나다로 간다고 대답했다. 그라나다로 간다니 할머니는 활짝 웃으며 소녀처럼 좋아하셨다. 자신이 그라나다 출신이라면서. 세비야역으로 가는 교통편을 묻자 할머니는 내 기차표를 보여 달라고 하신다. 그러더니 산타 후스타역까지 갈 필요 없이 걸어서 5분 거리의 산 베르나르도역에서 타면 된다며 기뻐했다. 하마터면 멀리 갈 뻔했다고. 나는 "정말이요? 정말?"이라고 몇 번이나 물었다. 혹시나 기차를 못 타게 될까 불안해하자 할머니는 자신의 휴대폰 어플로 산 베르나르도 정차역을 직접 찾아 우리 기차편을 보여 주며 "걱정 마."라고 했다.

정이 많은 마리아 할머니는 아이를 너무 이뻐해 주셨다. 이쁘다고 아이를 꼭 안고 뽀뽀도 하고 우리가 떠나는 날 아침엔 정말 아쉬워하며 눈물까지 글썽이셨다. 플라멩코 부채도 아이에게 선물로 주셨다. 그러면서 함께 하얀색 케이크를 내어놓았다. 기차 시간이 남게 되었으니 먹고 가라면서. 할머니가 직접 만들어 주신 케이크였다. 만들기 엄청 어렵다며 으쓱해 하셨다. 케이크를 먹는데 딱딱한 덩어리 이물질이 느껴져 놀래서 꺼내니 초록색의 군밤 모양 자석이었다. 할머니가 양팔을 크게 벌리고 웃으며 아이를 향해 "써프라이즈!" 하면서 여행의 피곤함으로 퉁퉁 부어오른 아이의 얼굴을 부볐다. 할머니는 마음을 하얀 케이크 안에 넣어두었다.

그라나다로 가는 기차에서 아이와 마리아 할머니 이야기를 나눴다. 꼭 우리 친할머니 같지 않냐고. 그리고 할머니가 참 고운 얼굴이었다고. 할머니네 부엌에 있던 검은 발톱의 하몽 이야기며 맛있는 케이크와 부엌에서 만난 아르헨티나 사람들 이야기까지. 할머니가 아침으로 차려준 게 꽤 많았었지만 그래도 아이는 햇반과 참깨라면 컵라면이 더 맛있었단다.

"할머니, 저는 할머니 케이크가 훨씬 더 맛있었어요!"

① Soy surcoreano. I'm south korean
② Me robaron el móvil y toda la documentación en el metro. Samsung Galaxy note7. 500€
③ Hablo inglés y coreano.
⑤ Comisaría de Policía, ¿dónde está?
④ Gracias.
⑥ ¿Comisaría de Policía de Atocha?
⑦ No te entiendo
⑧ Necesito alguien que hable inglés.
⑨ Necesito un comprobante para el seguro de viajes.
⑩ ¿Cuánto cuesta?
⑪ Necesito un móvil y una tarjeta prepago.

오래된 빵집,
오스트리아 슈와츠

네 번째 여행에서 포기한 세 곳이 있다. 비엔나-체스키크룸루프-할슈타트. 비엔나는 일정이 짧아서 넣을 수가 없었다. 참 아쉽다. 지금 생각해 보니 프라하와 부다페스트를 각각 1박씩 줄여 비엔나에서 2박을 할 걸 그랬다. 살기 좋은 도시 1위에 꼽히는 비엔나 사람들의 출근길 얼굴 표정이 궁금하다. 그들도 우리처럼 다들 번아웃에 시달리는 무표정한 출근길 위에서 어딘가로 끌려가는 사람들의 얼굴인지 아닌지.

체스키크룸루프와 할슈타트는 모두 숙소를 예약했다가 취소했다. 이유는 너무 상업화된 관광지 같아서였다. (유럽 어디든 큰 도시는 다 이미 그렇겠지만) 빨간 지붕으로 덮인 예쁜 길과 그림처럼 아름다운 호수가 내어주는 풍경에 대한 내 기대를 많은 관광객이 들끓는 기억으로 바꾸어 놓을 것 같았다.

그래서 바꾼 곳이 가르미슈파르텐키르헨-슈와츠-아헨제/키츠

뷀이었다. 이 산골 알프스를 알게 된 건 EBS 세계테마기행 알프스 편을 보고 홀딱 반했기 때문이었다. 나도 관광객이 내뿜고 다니는 번잡함을 보태지 않고, 구경꾼이 없는 알프스의 깊은 속살을 구경해 보고 싶었다. 아이와 아헨제에서 패러글라이딩을 하고 슈와츠에서 토요일마다 열리는 농부마켓에서 오스트리아 빵 대회에서 다섯번이나 상을 받았다는 진짜 유럽 빵을 맛보고 싶어서. 그리고 조용한 알프스의 산골 동네에서 돗자리 펴고 그 빵을 먹으며 누워 풍경의 일부가 되어 보고 싶은 마음이 컸다. (방송 따라쟁이가 된 듯하지만 '방송은 방송이고 루트만 같을 뿐 내 여행은 내 여행이다.'라고 위안하면서)

　다행히도 아헨제는 구글 검색을 하니 몇 군데 업체 정보가 나왔고 여러 가지 체험 프로그램이 여름과 겨울로 나와 있었지만 슈와츠의 빵집은 어떤 정보도 찾을 수 없었다. 독일어를 모르니 검색의 한계에 막혀 포기할까 하다가 EBS <세계테마기행> 팀에 빵 농가의 위치와 토요일 빵을 팔던 시장의 위치를 물어보았다. 답을 안 주려나 하고 기다렸는데 답을 주셨다. 빵 농가의 위치는 알지만 빵집 아저씨가 빵을 내다 팔던 시장은 촬영팀도 농장 아저씨의 차를 타고 따라갔기에 모른다고 했다. 이런. 우선은 구글 지도 스트리트맵을 이용해서 방송화면과 비교해 보면서 시장의 위치로 추측되는 곳을 찾아봤다. 금요일에 도착할지, 토요일에 도착할지 몰라서 금요일에 간다면 빵 농가에, 토요일에 도착한다면 시장으로 가야 했기 때문이다.

예정대로 우리는 가르미슈 파르텐키르헨의 추크슈피체를 올랐다. 그러나 이게 웬일. 우리는 전날 쏟아부었던 폭우 탓에 3천 미터의 알프스 안개만 보고 왔다. <세계테마기행> 방송편과 똑같이 아무것도 볼 수 없었다. 프랑크푸르트를 시작으로 여행 내내 맑던 하늘이 하필 이날 비가 내리고 바람이 불어 잔뜩 기대했던 아헨제에서 패러글라이딩 취소는 나의 기대도, 아이의 기대도 무참히도 꺾여버린 날이었다. 오스트리아를 자동차로 여행하는 사람이라면 꼭 한번 들러보라고 하고 싶을 만큼 아름답고 예쁜 아헨제에서 차를 몰아 오스트리아 알프스의 산골 도시 티롤의 슈와츠로 갔다. 이때부터는 무작정에 가까웠다. 예약한 곳도 아니고 빵집에 빵이 있을지, 없을지도 알 수 없었다. 그냥 그 집에 꼭 가서 빵 맛을 보고 싶었다. 그게 다였다. <세계테마기행> 제작진에게서 받은 빵집 주소를 따라 도착하고 보니 간판도 없고 아무것도 내걸리지 않은 그냥 농가다. '이 집이 맞는 건가?' 하고 집 주위를 몇 바퀴 빙빙 돌아봤으나 아무것도 알 수 없다. '에라 모르겠다'라는 마음으로 빵집이라고 예상되는 집 나무 문을 무작정 열고 들어갔다.

　문을 여니 하얀 벽에 걸린 여러 개의 상장이 보인다. '맞네. 맞아. 이 집 맞다.' 방송에서 본 화면 속의 그 집이 맞았다. 제대로 찾은 것이다. 어릴 적 시골에 살던 우리 고모가 입었을 법한 빨간 내복 같은 옷을 입고 있던 주인 할머니는 낯선 동양 사람이 들어오니 까끄름한 표정을 보인 반면 나는 이 집을 찾았다는 기쁨을

온 표정으로 드러냈다. 한국에서 왔고 방송을 보고 찾아왔다고. 그러자 할머니는 마치 기대하지 않던 반가운 손님이 온 듯 밝고 기쁘게 맞아주었다. 그 환대가 얼마나 부산스럽고 달콤했는지 아이도 나도 어안이 벙벙해질 지경이었다. 나는 단지 이 오래된 집의 빵 맛이 궁금하여 빵을 사러 간 것인데 조용해 인기척도 없던 이 집이 갑자기 시끌벅적해진다.

이 집 빵은 금요일에 나와서 거의 다 팔고 남은 것들은 토요일에 슈와츠 시장에 내다 파는데 내가 도착한 날은 토요일이었다. 그래서 만약 이 집을 못 찾으면 시장을 찾아 슈와츠 시내 중심으로 나갈 작정이었다. 자동차도 있겠다, 작은 시골 마을이 커봐야 얼마나 크겠냐는 심산이었다. 빵이 없으면 어떡하나 했는데 다행히 거의 다 팔리고 남은 빵 몇 개가 아직 선반에 놓여 있었다. 그 남은 몇 개의 빵에 안도감이 들었다. 불완전했던 여행 계획이 실현되었기에. 가장 먼저 우리와 마주친 이 빵집 주인 할머니와 며느리가 빵에 대해서 설명해 주면서 맛을 보라고 권했다. 우리네 시골 장터 인심이 이보다 더 친근할까 싶었다. 오스트리아 알프스 산골에서 맞는 이 한국적인 느낌은 뭘까. 달콤한 빵을 먼저 내밀었다. 밀로 빻아 씨앗을 올려 오븐에 구워낸 정말 순수한 빵인데 자연의 밀이 내는 달콤한 맛이 났다. 구수하고 달콤하고 "아, 이게 진짜 빵 맛이구나." 다른 빵도 맛보라면서 남아 있는 빵을 모조리 우리 앞에 내놓으며 집에서 만든 버터와 과일 음료도 함께 내어 왔다. 우리를 대하는 이들의 표정에서 내가 진심으로 환대받고 있다는 것을 조금도 의심할 수 없었다. 단 1유로도 받지 않았다. 빵 맛을 충분히 느꼈다 싶을 즈음엔 빵 옆에 있던 햄도 같이 잘라준다. 이 농가에서 직접 만든 햄인데 염장한 고기를 건조해 만든 유럽식 햄이었다. 역시 맛은 엄청 짜다. 여행하면서 받게 되는 이런 환대는 기쁘고도 놀라운 일이었다. 나보다 더 신난 듯 보이는 이는 빨간 내복 스타일의 할머니였다.

'저…. 너무 환대해 주셔서 고맙기는 한데 얼떨떨해요. 저는 그냥 빵만 사서 갈려고 했던 건데.' 빵 만드는 곳이 방송에서 봤던 그대로다. 빵 반죽하는 기계며 오븐이며. 오늘 시장에 내다 팔 빵을 구웠는지 오븐을 만져보니 돌로 된 화덕에 남은 온기가 있었다. 날씨로 엉망이 된 오늘 여행을 보상받는 듯했고 내가 행운이 있는 여행자임을 그 화덕 온기와 가족의 환대가 대신 말해주고 있었다.

이렇게 넉넉한 인심으로 과일음료와 직접 만든 햄, 빵에 박힌 여러 가지 곡물들의 맛을 보고 있는데 주인 할아버지가 나타났다. 역시 방송에서 보던 그 얼굴의 주인공이었다. 할머니가 바깥에 계시던 할아버지를 불러온 것이다. 일이 점점 커진다. 난 빵맛을 보러 왔을 뿐인데 잠시 뒤에 이 집에서 빵을 만드는 사람인 아들까지 불러온다. 오전 내내 장에 내다 팔 빵을 만들었을 아들은 2층에 있다가 내려왔다. 나의 예고 없는 방문에 빵집 아들 딸 며느리, 사위, 할아버지 할머니 손자까지 모여 우리를 둘러싸고 잔치가 벌어진 듯했다.

아이도 나도 이 사태(?)를 그대로 받아들이기엔 당황스럽고 어찌할 바를 몰랐다. 가족 3대가 모여 우리를 환영해 주다니. 우리 아이보다 어려 보이는 주인집 손자도 함께 나와 아빠 뒤에 숨어 아마 처음 보는 동양인을 신기함과 두려움이 섞인 시선을 보내고 있었다. 이 멋진 오스트리아 알프스에 사는 저 아이는 스키도 타고 알프스의 호수에서 수영도 하면서 자랄 거다. 미세먼지도 모르고 학원도 모르겠지.

부부가 뭔가 이야기를 나누더니 바깥으로 나가자 한다. 나오면서 빵 두 덩어리와 몇 가지 햄을 봉투에 담아 나에게 건넨다. 몇 유로를 꺼내 건네자 오히려 빵집 젊은 아들은 내 손목을 강하게 잡으며 거절의 표정을 보인다. 이건 프리. 선물이라고 했다. 오스트리아 티롤의 알프스에 사는 시골 마을 가족의 인심은 빵 위에 뿌려진 씨앗 개수보다 예고 없이 찾아온 낯선 여행자에게 넉넉히 베풀어졌다. 아이는 입을 틀어막으며 환대와 인심에 감격하고 있다. 아이도 이런 낯선 방문에 주인의 거대한 환대가 얼떨떨한지 몸을 이리저리 배배 꼬면서도 짧은 영어로 의사소통을 하기 위해 애를 쓴다. 어색한 눈빛과 몸짓을 해 가면서도.

한참이나 이 집에 대해서, 빵집에 대해서, 왜 간판은 안 달았는지 등등 한동안 서서 이야기를 나누었다. 방송에서 보았던 농가의 지하창고도 구경시켜 주었고, 배우 이수련 씨에게 닭을 잡아 주는 걸 봤다고 하니 어느새 말릴 틈도 없이 할아버지가 닭장에 들어가더니 퍼득이는 하얀 닭 한 마리를 잡아와 아이에게 안아

보라고 한다. 아이는 기겁을 하고 도망을 갔고 덕분에 한 가족과 두 여행자도 맘껏 웃었다.

다시 빗방울이 떨어지기 시작하고 우리는 이 슈와츠 마을 농가 주인의 따뜻함과 환대로 한껏 들뜨고 마음이 벅찬 기분으로 다시 차를 몰아 오늘 저녁에 묵을 숙소가 있는 키츠뷜로 향했다. 키츠뷜로 가는 길 내내도 알프스 산 아래의 마을들은 너무나 예뻤고 오랜 운전으로 피곤도 했지만 이 아름다운 알프스 티롤의 풍경에 담긴 그 마음이 간간이 차를 세우게 만들었다. 조금은 무모했던 오스트리아 알프스 산골기행은 풍성한 인심과 마음을 빼앗는 풍경으로 오래오래 여행을 따라다녔고 암갈색 통밀빵 두 덩어리와 뭉뚝한 두께의 햄이 내는 뭉근한 기름 냄새가 남은 내 여행에 동행해 주었다. 프라하로 가는 길 버스 안에서 빵을 꺼내 먹으며 다시 슈와츠 빵집 사람들의 웃음소리와 환대의 표정이 떠올랐다. 지금껏 맡아본 어떤 빵 냄새보다 구수하고 달콤했다.

5

혼자 여행하던 민정 씨
그리고 뜻하지 않은 가족여행

유럽 여행을 하다 보면 혼자서 여행하는 한국인들을 종종 만나게 된다. 특히 스페인과 이탈리아에서 더 자주 만났다. 혼자 여행을 한다는 것은 자유롭지만 또 그만큼 지치는 일이기도 하다. 혼자 하노이를 사흘 동안 걸었던 적이 있다. 압도하는 오토바이 무리가 점령한 대로를 걷기도 하고 한가한 공원이나 사람들의 일상이 펼쳐지는 구석진 골목길을 걷기도 했다. 그런 날은 하루 종일 말 한마디 하지 않을 때도 있다. 걷고 또 걷는 동안 내 머릿속은 비움이 아닌 채움의 생각들이 걸음 숫자의 곱절보다 더 가득 차기도 한다.

민정 씨를 만난 건 겨울 그라나다에서였다. 알함브라 궁전의 야경을 보기 위해 니콜라스 전망대로 가기 전 들른 타파스 집에서였다. 이 사람 천성이 참 유쾌하다는 건 만난 지 5분도 채 않고도 알아차릴 수 있을 만큼 쾌활했다. 아이와 내가 그라나다를 떠나서도 흉내를 내면서 깔깔거릴 수 있게 해 준 주인이 추천해 준

타파스 집이었는데 꽤 유명했던지 한국인도 많았다. 나는 감바스와 맥주를, 아이는 무척이나 맛이 좋다고 했던 문어 요리를 먹었다. 혼자 온 민정 씨 옆자리에서 식사하면서 우리와 다른 음식을 주문한 걸 보고 그 음식 맛은 어떤지를 물었다. 이후 우리가 같은 행선지를 다음 목적지로 두고 있음을 알았고 자연스럽게 동행하게 되었다.

니콜라스 전망대로 오르는 길은 꽤나 구불구불하고 좁았으며 가파른 길이었다. 숨이 헐떡이기도 했고 너무나 인적이 없어서 이 길이 맞는가 몇 번이나 의심하며 올랐다. 한참을 그렇게 오르자 이제 다 올라왔을까 싶은 지점에서 희미하게 기타 소리가 들려왔고 우리는 안도감과 함께 니콜라스 전망대를 잘 볼 수 있는 곳에 자리를 잡았다. 스무 살 때 처음 '알함브라 궁전의 추억'을 듣고 여기는 언젠가 꼭 한번은 와 봐야겠다 싶은 곳이었다. 학교가 훤히 내다뵈는 동아리방에서 오래된 카세트테이프로 선배가 들려주던 알함브라 궁전의 추억은 '황홀'하다는 느낌을 몸에 전율로 가져왔다. 그 달빛 아래 궁전의 풍경이 어떠하길래 타레가는 어린 연인에게 바치는 이런 곡을 한밤 만에 지을 수 있었는지 내 눈으로, 내 감성으로 그 풍경과 마주해 보고 싶었다.

어둠이 깔린 니콜라스 전망대에 모인 이들 중 한국인들이 절반이 넘는 듯 보였고 한국의 어느 축제장에 온 듯한 소리로 에둘러졌다. 일찌감치 전망이 좋은 자리를 차지하고 앉은 사람들 역시 대개 한국인이었다. 아이와 민정 씨가 좋은 자리를 잡고 앉았고 나는 전망대 아래 구멍가게에서 1유로짜리 맥주를 사 왔다. 맥주 한 캔씩을 마시면서 민정 씨가 말했다.

"이런 풍경에 맥주가 빠질 수 있나요. 근데 이 맥주는 한국에도 있는데도 맛이 다르지 않아요?"

"같을 수가 있을까요? 달빛 알함브라를 앞에 두고 있는데."

석양도 다 지고 인공조명에 의해 무대 조명이 스미듯 달빛의 알함브라 궁전이 빛나기 시작한다. 600년의 시간, 눈 덮인 네바다 산맥에 덧입혀진 희뿌연 빛 아래로 더해진 연한 금색 달빛은 오랜 시간 저 궁전에서 펼쳐지고 사라진 시간의 흥망성쇠를 필름으로 보여주는 듯했다. 궁전을 버리고 바다 건너 아프리카로 달아나던 밤에도 저 달빛과 어우러진 설산의 눈빛은 빛났으리라. 나는 첫 알함브라 궁전을 귀로 만나던 스무 살의 그날로 잠시 돌아갔다. '여기까지 오는 데 이십 년이 더 걸렸구나.' 겨울 저녁 먼발치의 알함브라 궁전을 보며 남은 맥주를 달빛과 함께 들이켰다.

우리는 바로 그라나다 시내로 내려가지 않고 알바이신 지구로 향했다. 밤엔 꽤나 위험하니 피하라는 글이 많이 보였지만 아침에 알함브라 궁전을 보고 바로 마드리드로 떠나야 했기에 지금이 아니면 갈 수 없을 것 같아 산책하듯 밤길 알바이신 지구를 걸었고 니콜라스 전망대 반대편까지 올랐다. 사람 하나 없는 언덕 높은 곳에서 보는 별빛이 비추는 알함브라의 반대편을 본 사람은 아마 별로 없을 것이다. 마치 비밀스러운 달의 뒤편을 본 듯.

그라나다의 밤 골목길을 걷는 내내 민정 씨가 아이와 놀아주며 걸었다. 아이의 이야기도 들어주고 이슬람의 조명이 반짝이는 골목길에서 함께 사진도 찍고 아이의 좋은 친구처럼 차분히 그라나다의 밤길에 동행해 주었고 그 풍경은 상점마다 걸린 이슬람풍의 색색 조명보다 따뜻하게 그라나다의 내리막 골목길을 채웠다. 오늘 처음 만난 언니가 좋은지 아이는 언니의 손을 꼭 잡고 걸었다. 밤 추위가 깊어지자 언니의 옷까지 얻어 입고 알함브라 궁전 언덕길을 내려왔다.

내일이면 나는 마드리드로, 민정 씨는 바르셀로나로 떠나야 하는 그라나다의 밤이 아쉬워서 우리 숙소 근처의 유명한 타파스 집에 들렀다. 독일에서의 밤과 달리 그 타파스 집의 분위기는 마치 크리스마스의 밤 같았다. 역시 스페인은 스페인답구나 싶었다. 날씨도 꼭 눈이 내릴 것만 같이 차가운 겨울바람이 불어왔다. 겨우 창가 한쪽에 자리를 잡고서 몇 가지 타파스와 맥주를 주문했다.

"여행은 할 만해요? 혼자 오게 되었네요."
"퇴사하고 다음 직장을 구하기 전까지 좀 쉬려고 왔어요."

민정 씨도 유럽은 처음이 아니었다. 미술을 전공한 그녀는 퇴사 후 새로운 직장을 찾기 전까지 여행을 왔다고 했다. 새로 직장을 구하면 다시 여행 오기 힘드니까. 맥주 한두 잔과 이국적인 음식 몇 접시 앞에서 서른의 삶을 살아가는 고민이 새어 나왔다. 그 나이 그 시절의 나는 그런 고민도 없고 철도 없이 살았기에 무슨 말도 할 수 없었고, 그저 듣기만 했다. 타파스 집을 나와 각자의 행선지로 향했다. 우리는 바르셀로나에서 맛집을 함께 가기로 했지만 내가 마드리드에서 휴대폰을 잃어버리는 바람에 그 약속은 지켜지지 못했다.

아마 혼자서 여행을 한다는 것은 그렇게 고민하는 나와 함께 걷는 일이 아닐까. 그녀의 이야기를 들으며 멈추어지지 않는 생각의 무게만으로도 머리가 짓눌려버릴 듯한 느낌으로 걷고 또 걸었던 하노이의 겨울 골목길이 떠올랐다. 내 삶은 더 농밀해지지 못했고 비움을 기대하고 떠났지만 그러지 못했던 그해 하노이의 겨울도 따뜻하지만은 않았다.

*

차에 오르자 영은 씨가 이제 막 동이 터 오는 산타 마리아 마조레 성당 하늘의 달빛을 보며 창 바깥으로 시선을 두고 앉아 있었다. 로마에서 출발해 아시시와 시에나를 거쳐 피렌체를 향하는 중부 이탈리아 여행이었다. 영은 씨는 피렌체에서 로마로 왔다고 한다. 그런데 다시 또 피렌체로 가는 것이었다. 왜냐고 물으니 배시시 웃음으로만 대답을 한다.

출발 시각이 되자 투어를 맡은 가이드가 어디론가 초조하게 전화를 급히 했다. 잠시 뒤 뭔가 허탈하다는 표정으로 차 문을 닫으며 운전석에 올랐다.

"우리 셋뿐입니다."
"네?"
"오기로 했던 사람들이 다 못 온다네요. 그래서 오늘 투어는 우리 셋이 갑니다."

그리하여 그날 이탈리아 중부 도시를 돌아보는 토스카나 투어는 영은 씨, 아이 그리고 나 이렇게 셋이서 떠나게 되었다. 내가 차 앞 좌석에 가이드와 동승하고 사람이 없어 휑하기까지 한 승합차 뒷자리엔 영은 씨와 아이 둘뿐이었다.

"이거 완전 가족여행이네."
"하하하, 그런가요? 모르는 사람이 보면 그렇게 볼 수도 있겠네요."

너무 가난한 집안에서 태어났던 꿈 많은 이십 대 청년은 혈혈단신 이탈리아로 건너와 갖은 고생 끝에 오페라 가수로 무대까지 섰다. 한국으로 돌아와 대학에서 성악을 가르쳤지만 다시 이탈리아로 돌아올 수밖에 없었던 그 청년은 이제 가이드가 되어 50대 중반을 넘어서고 있었다. 루마니아 아내와 결혼해 독일에 살고 있는 그는 운전하는 내내 이탈리아의 여행 가이드라기보다는 인생 선배로서 자신이 어떻게 갖은 고생을 하며 여기서 살아남았는지를 한 편의 다큐멘터리 인생극장으로 표현해 주었다. 한국에는 일 년에 한번 갈까 말까 한다는 말에,

"한국이 그립거나 한국 음식이 생각나지 않으세요?"

"아니, 전혀. 이제 별로 생각 안 나."라는 말로 그의 일생이 어떠했는지 대신 답하는 것 같았다.

"그때는 이탈리아로 오는 비행기도 없었을 거고, 인천 공항도 없던 시절이네요. 어떻게 이 먼 나라까지 올 생각을 하셨어요?"

"노래가 하고 싶었어. 가수가 되고 싶었지." 그러면서 자신이 공연했던 영상을 유튜브로 보여주었다. 삶을 사는 일은 여행과 같다는 말이 맞을지도 모른다는 생각이 스친다.

뒷좌석에서 영은 씨와 아이는 잠이 들었고 가이드의 인생 이야기를 듣는 사이 우리는 아시시에 도착했다. 아침 안개조차 걷히지 않은 아시시를 걸으며 처음으로 성인 프란치스코 이야기를 들었으며 클라라 성녀의 이야기를 들었다. 이른 아침의 아시시는 여행자도, 현지인들도 채 다 깨어나지 않아 고요했다. 문을 연 가게가 마침 하나 있었고 가게 진열장의 판포르테와 덩어리 초콜릿은 눈과 발을 잡아끌었다. 말하지 않아도 서로의 의중을 눈치챈 우리는 먼발치에서 앞서 걸어가는 가이드 아저씨를 불러 세웠고 잠시 우리의 투어를 멈추었다. 구미에서 왔다는 그녀는 경상도 말

씨를 전혀 쓰지 않았고 피렌체가 좋아서 피렌체에만 머물렀고 로마는 여행으로 다녀오는 길에 기차로 돌아가는 대신 이 투어를 하는 것이라 했다. 추위도 녹일 겸 커피와 차를, 케이크를 앞에 놓고 여행 대신 우리의 이야기를 아시시에 남겨 놓았다.

토스카나의 오 솔레 미오가 아시시의 평원을 가득히 채우자 연옥빛 올리브 나뭇잎의 솜털들은 일제히 은빛을 내기 시작했다. 구름 한 점 없이 맑고 파란 중세 도시 아시시도 조토의 그림이 걸린 성당과 프란치스코 성인의 장미 가시, 그를 좇은 비둘기와 함께 깨어나고 있었다.

분명히 이탈리아에서 먹었는데 오뚜기 토마토 스파게티 맛이 나는 점심 식사 후 우리는 다시 차를 달려 또 하나의 중세도시 씨에나로 향했다. 길지 않은 시간이었지만 캄포 광장과 만자의 탑 아래에서 한동안 아이와 뛰어놀았다. 그리고 멧돼지로 만든 소시지에 침을 한번 삼키며 중세를 살던 이들이 로마와 파리로 향하던 그 길을 따라 시간 여행을 다녔다. 영은 씨와 아이는 젤라또를 하나씩 샀고 가이드와 나는 둘이서 맛이 기가 막히게 좋다는 유명한 가게에서 판포르테와 커피를 한 잔씩 마셨다.

맥주보다 와인이 더 유명한 나라 이탈리아, 그중에서도 토스카나 와인은 이탈리아에서도 최고로 친다. 와인을 선물로 사고 싶다 하니 꼭 시에나에서 사 가야 한다며 가이드는 한눈에 봐도 고급져 보이는 가게로 나를 데리고 갔다. 아이와 나는 그 가게에서 먹음직스럽게 보이는 햄과 치즈들을 구경했고 와인도 두 병을 골랐다. 그리고 시에나에서 나오는 길 어귀에서 걸어오는 세 사람의 사진을 찍어 남겼다. 사진 속의 아이와 영은 씨 그리고 인생 선배 가이드까지. 누군가의 시선에서 우리는 영락없는 가족이었고 이날의 여행은 가족 여행이 되었다.

따뜻한 사람
올라프 씨 이야기

독일 여행의 숙소는 뮌헨이었다. 바이에른주의 주도이기도 하지만 뉘른베르크, 퓌센-노이슈반슈타인성, 잘츠부르크를 다녀오기에 매일 하루씩 이동하는 것보다 뮌헨에서 숙소를 잡고 기차로 움직이는 것이 매일 짐을 풀고 싸는 번거로움보다는 낫겠다는 판단 때문이었다. 올라프 씨네 집은 뮌헨역에서 지하철로 6정거장이나 떨어져 있어 여행하기 편리한 중심지는 아니었지만 가격도 저렴하고 시설이 너무 좋았다. 또한 어느 나라 사람이든 후기가 너무 좋았다. 그래서 과감히 올라프 집으로 선택.

우여곡절 끝에 집에 도착하니 물과 주스가 세팅되어 있다. 여행 갔다가 오면 매일 물 3병씩을 놓아주고 침구도 정리해준다. 쓰레기통까지 비워준다. 세상에 이런 비앤비 하우스가 있다니. 넓고 푹신한 침구와 베개는 꼭 호텔에서 자는 기분이 들게 해 주었다. 그리고 매일 베개 위엔 작은 초콜릿을 하나 얹어 놓아 종일 걷고 돌아온 우리들의 피로를 달달함으로 달래 주었다. 길도 잃고 오들오들 떨다 도착한 지라 우리는 저녁도 먹질 못했다. 컵라면을 들고 부엌으로 가니 손수 물을 끓여주었고 아이가 먹을 거라 작은 젓가락으로 바꿔주기까지 했다. 올라프가 얼마나 세심한 사람인지 알 수 있다.

창문을 열면 키가 큰 멋진 전나무가 펼쳐져 있는 올라프네는 3층이었다. 1층은 거실과 주방. 식탁이 있었고 2층은 게스트 방 3개. 3층은 올라프 개인 사무실 겸 공간이다. 올라프네 집을 떠나 스위스로 출발하기 이틀 전에는 바구니를 주면서 빨랫감을 달라고 했다.

'설마 빨래까지 해 주려고?'

진짜였다. 빨래를 해서 말리고 차곡차곡 곱게 개 방으로 갖다주었다. 아침이면 전자제품 매장에서나 봤을 대형 티브이의 클래식 연주를 보며 우리의 옷감을 다림질하는 올라프의 모습을 보고 이 사람 사는 세상은 어떤 세상일까 싶었다. 그리고 내가 사는 세상에서 나의 모습은 어떤가라는 고민을 하게 만들었다. 사는 모습에 대한 서로의 비교가 아니라 우리가 치열하게 사는 목적이 무엇인지를 다시 한번 돌아보게 했다. 다음 날 저녁, 맥주를 사러 가려고 슈퍼 위치를 알려달라는 내 말에 모든 가게가 다 문을 닫았단다. 저녁 8시가 될 무렵이었는데 말이다. 내가 사는 세상과 또 다른 세상에서의 저녁 시간은 그렇게 다르게 존재하고 있음을 여행을 통해 만나는 경험이었다. 올라프는 자신이 맥주를 주겠다고 했다. 내가 독일에 가면 꼭 하고 싶었던 것이 바로 독일 맥주의 맛을 보는 일이었다. 뮌헨의 아우구스티너 켈러 맥주가 궁금하다 했더니 아우구스티너 맥주 두 병을 방으로 갖다주었다. 돈을 건네니 받지 않는다. 한국 맥주맛과 내가 얼마나 독일 맥주를 좋아하는지 맥주를 마시면서 올라프와 이런저런 얘기를 나눠볼 수 있었다.

올라프 씨의 나이는 51살이며 중동에서 오래 일했고 극동아시아는 한 번도 가 보지 못해서 궁금하다고 했다. 3년 뒤에는 나이가 많아져 운영이 힘들 것 같으니 에어비앤비 하우스를 모두 정리하고 중국과 한국, 일본을 여행할 거라고 했다.

다음 날 올라프가 또 맥주를 가져다주었다. 뮌헨 옥토버페스트 공식 맥주다. 내가 맥주맛에 감탄하자 맥주를 싸 주겠다고 했다. 농담으로 들었으나 정말 마지막 날 올라프가 물었다.

"너 맥주 몇 병 가져갈 수 있어?"
"캐리어에 안 들어가서 맘만큼 가져갈 수 없어요. 4병 정도면 좋겠어요."
"그래, 알았어."

아침 식사 시간. 1층 올라프네 식탁으로 내려간다. 우유와 주스, 요거트, 햄, 빵, 치즈, 잼을 준비해주고 자리에 앉으면 호텔 조식타

임처럼 "커피 줄까?"라고 물어본다. 그러면 방금 내린 따뜻한 커피가 식탁에 차려지고 중국 상하이에서 왔다는 젊은 신혼부부도 전날 저녁 내내 올라프와 함께 떠들던 사람도, 함께 자리를 했다. 뮌헨으로 여행 온 다른 지방 독일 사람이었다. 두 사람이 너무 친하게 오랫동안 이야기를 해서 올라프 친구 부부인 줄 착각했다. 이렇게 올라프 씨네 아침 식탁은 한국, 중국, 독일 국적의 세 가족이 하나의 언어로 소통하며 서로의 나라와 각자의 여행 이야기로 훈훈했다. 방금 내려온 따뜻한 올라프의 커피처럼.

아침 식사가 마무리될 즈음 시간에 올라프 씨는 그날 나의 여행 일정과 스케줄에 대해서 물어보고 자신이 알고 있는 정보를 친절하게 알려준다. 하루 여행을 끝내고 돌아오면 우리의 오늘이 어땠는지도 물어봐 준다. 올라프와 이러구러 얘기할 수 있는 시간은 마치 여행 컨설턴트가 여기서 나를 기다리는 듯했다. 좋았다. 고마웠다. 아침에 일어나면 우리가 갈 여행지로 떠나는 기차 시간표를 프린트해서 방문 밑에 넣어주는 섬세함까지 보인다.

올라프 말이 한국 사람들은 늘 빨리빨리 많이많이 다니고 지칠 때까지 다니며 밤엔 피곤해서 돌아온다고 했다. 한국 사람만 그렇게 여행한다고 했고 자신은 이해하기 어렵다고 했다. 나는 그게 한국 사람들의 문화라고 했다. 우리가 이야기하는 사이에 아이는 피아노를 쳤다. 올라프 씨네 1층에는 그랜드피아노가 있었기 때문이었고 아이가 피아노 앞을 조심스레 서성이자 올라프 씨는 맘껏 치라고 웃으며 피아노 건반에 아이를 앉혀 주었다.

두 번째 뮌헨에 갔었지만 그땐 올라프가 이미 비앤비 하우스를 그만두고 북부 독일로 이사간 후였다. 사람이 사람에게 이토록 세심하게 배려해 줄 수 있다는 사실이 너무 놀라웠고 무섭고 뚱뚱한 할아버지 인상의 올라프 씨는 자기 집에 방문하는 그 어떤 게스트도 감동으로 기억에 남게 한다.

　떠나기 전날 저녁 올라프가 방으로 올라오더니 스티로폼 상자를 건넨다. 뽁뽁이로 감싼 맥주를 주는 게 아닌가. 세상에 이런 호스트가 있나. 이번에도 내가 건넨 맥줏값에 올라프는 "이건 선물이야. 그 돈은 스위스로 가는 길에 아이스크림 사먹어."라고 한다. 여행에서 돌아와서 한동안 그 맥주를 바라만 보았다. 그의 따뜻하고 고마운 마음이 느껴져 차마 마셔버릴 수가 없다. 얼마 뒤 올라프 SNS로 안부를 물었더니 맥주를 또 보내줄까 하고 묻는다.

　한국에 방문하면 꼭 연락을 하라고 라인 친구로 등록도 해 놓았다. 얼마 전 안부를 물으니 딸아이의 이름까지 기억하며 학교를 즐겁게 다니고 있는지를 물어봐 주었다. 그리고 언제쯤 독일로 다시 여행올 것인지를 물어보는 메시지가 올라프로부터 왔다. 겨울에 갈지도 모른다니 독일의 겨울은 너무 춥다며 "얼어 죽을지도 모르는데 괜찮겠어?"라고 한다. 이 사람 참 따뜻한 마음을 가졌다. 올라프 씨가 아침으로 차려내 주던 커피향과 딱딱한 독일빵. 지금도 그 바스삭 바스삭거리던 올라프네 빵 촉감이 잊혀지지 않는다.

VI

어쩌면 마지막,
아이와 다섯 번째
유럽 여행을
준비하며

한 번도 쉬웠던 적은 없었다

첫 유럽 여행에서는 모든 게 신기하고 경이로운 경험이었다. 미술책에서, 영화에서, 드라마에서, TV로 보던, 교과서에서 봤던 것들을 내 눈으로 직접 본다는 것은 아무리 인터넷이 발달해 가상 현실로 만날 수 있다는 언콘택트 시대에 살고 있다고 하더라도 그 감흥과 비견할 바가 아니었다. 망막으로 만나는 아름다움은 오래전에 굳고 딱지 앉은 내 감수성을 긁어내 새살을 봄꽃처럼 부풀어 오르게 했다.

암스테르담에서 고속열차 ICE를 타고 쾰른에 내리자마자 창문 유리 너머로 보이는 거대하고도 높은 쾰른 대성당의 첨탑에 압도되던 순간은 아직도 대성당의 오래된 검은색만큼 강하게 기억에 남았다. 쾰른에서 출발해 벨기에 브뤼셀에서 정차한 파리행 탈리스 기차는 파리 몽마르트 언덕 근처 어딘가에 우리를 내려 주었다. 한밤 깊어져 가는 어둠과 오렌지빛 가로등이 기묘하게 어우러지던 파리와 만난 첫 밤을 가끔 꿈에서 만난다.

하루에 몇 개의 나라 국경을 넘는 일도 신기했고, 지평선이 닿는 곳까지 너르고 평평한 잘 가꾸어진 그림 같은 풍경 그리고 도시마다 색다른 모습과 발 닿는 곳마다 볼거리가 넘쳐나는 것도 신기했다. 뉘른베르크에서 프라하행 DB 버스에 올랐다. 프라하로 향하는 버스 창밖으로 보이는 것은 평원이었다. 남동쪽 프랑스와 같이 평원은 황금색이었다. 밀이 모두 베어지고 남은 밀동만으로도 충분히 금빛으로 반짝이던 평원엔 캔버스 위의 유화처럼 먹구름이 뒤덮여 있었다. 잠시 뒤 비는 앞이 보이지 않을 만큼 세차게 쏟아부었다. 프라하에 왔음을 제일 먼저 알려준 건 국경을 넘었음을 알리는 신호를 보낸 휴대폰이었다. 비는 여전히 세차게 내렸고 얼마 뒤 버스가 검은 첨탑이 여럿 내다뵈는 언덕에 이르고서야 프라하에 도착했음을 알았다. 검푸른 블타바강 강물이 굽이쳐 흐르는 다리를 지나고 맥주가 맛있다는 강변의 어느 맥줏집을 지나 프라하역에 내렸을 때는 비는 말끔히 그쳐 있었다.

2020년 8월 여름.

어느 토요일 점심 무렵, 차를 몰아 카페로 가는 길. 구름이 서쪽 어느 높은 건물 뒤로 낮게 깔렸다. 비를 가득히 채워 검게 두껍게 질어진 구름은 그대로 비를 쏟아부어 그 무게로 아파트 천국인 이 도시를 파괴할 것만 같았다. 그 구름을 보는 순간 데자뷰처럼 검은 유화 물감으로 두껍고 거칠게 붓질해 놓은 저 구름을 만난 적 있음을 알아차렸다. 뉘른베르크에서 프라하로 향하던 날, 금빛 평원 끝에 드리웠던 그날이다. 그리고 잠시 뒤 도시를 다 집어삼킬 듯 비가 내리고 집 앞의 실개천이 폭포수로 변해 흙탕물이 되어 흐르는 모습을 본다. 프라하로 가던 날 쏟아지던 폭우처럼.

이럴 때면 여행이 가고 싶어진다. 우리 집 창고에 처박아뒀던 누런 먼지 묻은 캐리어를 툭툭 털고 열어 옷가지들을 말없이 주섬주섬 넣어 가방을 싸게 될 것만 같다. 다시 여행을 떠나는 일은 그렇게 시작된다. 삶의 어느 순간, 내 일상을 버겁지만 성실히 살아가다가도 여행의 설렘으로 나른하게 부풀어 오르는 순간이 있다. 바로 그날처럼 내 일상과 여행의 기억이 겹쳐지는 장면과 만나는 순간이다. 이 푸르스트적이고 탈감정화되지 못한 기억들을 다시 만날 때면 그 설렘에 내가 꼭 울어버릴 것 같은 느낌이다. 내겐 너무도 농밀한 기억들이기 때문이다.

길거리 풍경과 참 잘 어울리는 동네 어느 스파게티집 야외 좌석을 볼 때,

너무 크고 굵어서 한 봉지만으로 배가 부르던 암스테르담의 감자튀김이 생각날 때,

캐리어를 끌며 한 손에 휴대폰을 들고 길을 찾는 누군가를 지나치며 보았을 때,

낯선 이방인이 되어서 손님으로 누군가에게 환영의 인사가 그리워질 때,

그리고 이 순간들보다 훨씬 더 크게 울려오는 아이의 이 말을 들을 때면 그렇다.

"아빠 여행 또 언제가? 아~ 여행 가고 싶다."

그러나 나는 한 번도 떠나는 일이 쉬웠던 적이 없다. 떠나서도 순조롭지 않았다. 첫 여행을 준비할 땐 손해를 보면서 깬 보험으로 여행을 준비했지만 몸에 이상이 와서 출발하지 못했다. 실행에 옮겼던 첫 번째 여행은 직장에서의 내 위치 변화로 인해 여행을 떠날 뻔하지 못했다. 왜 그 자리를 포기하고 여행을 가느냐는 따가운 시선과 이상한 눈초리를 받았다. '가야 하나. 말아야 하나.'를 놓고 고민하고 있던 날, 퇴근해서 돌아오니 아이는 밥상에 앉아 스케치북에 풍차를 그리고 있었다. 네덜란드에 가면 풍차를 볼 수 있을 거라 말한 걸 기억하고 있었던 모양이다. 그 순간 여행을 '가야겠다.'라고 맘을 먹었다.

두 번의 여행 경험으로 세 번째 여행 준비는 모든 게 순조로웠다. 이보다 저렴하고 괜찮을 수 없는 숙소를 예약하고, 알뜰하게 구매한 기차표와 입장권, 현지 투어까지 다 준비해 놓고 출발 날짜만 기다렸는데 직장에 일이 생겨 출발이 어그러진 일도 있었다. 이백만 원 가까운 돈이 허공으로 사라졌고, 허무하게 사라진 돈보다 더 큰 우울증을 며칠이나 앓았던 것으로 기억한다.

떠나서도 역시 쉽지 않았다. 네 번의 여행에서 경찰서를 두 번

갔고, 휴대폰을 두 번 잃어버렸다. 베르사유와 버킹엄 궁전 앞에 서는 아이를 잃어버릴 뻔도 했고, 길을 잃고 헤맨 날은 부지기수 다. 주문한 음식이 이상해서 먹지 못하고 나온 적도 있고, 저렴 한 가격에 예약한 스트라스부르 외곽의 숙소는 가난한 젊은이가 올린 사진에 그대로 속은 것이었다. 너무나 불편해서 새벽에 눈 뜨자마자 나와야 했다. 겨울 피렌체에서는 몸이 아파 밤새 기침 하다 내 기침 소리에 아이가 깰까 봐 이불을 덮어쓰고 입을 틀어 막아야 했던 적도 있다.

이 동그마니 선 어려움들 앞에서도, 애써 절망과 단념 사이에서 도 아이와 함께 떠나려는 이유는 뭘까. 그건 '좀 다른 사람이 된 듯한' 나를 만나고 싶고 '좀 더 성장한' 내 아이로 자라는데 할 수 있는 최선의, 최고의 일이 여행이기 때문이다. 아직 이만한 즐거움 과 이만한 몰입 경험을 주는 다른 일을 만나본 경험이 없다. 그래 서 떠나는 것이다.

어쩌면 마지막

아이와 떠나는 다섯 번째 여행을 준비 중이다. 이 경험하지 못한 감염병의 시대가 올 줄 모르고 지난해에 사 두었던 이탈리아행 비행기표를 취소한 일이 두고두고 아쉽기만 하다. 일찌감치 비행기 표를 사 놓고 여행 일정을 생각해 두었지만 공항에 가는 일이 얼마나 어려운 일이 되어 버렸는지 이제 우리는 다 안다. 어쩌면 다시 여행을 시작하는 날은 밀린 숙제를 해야 하는 기분이 들지도 모른다.

그러는 사이에 또 몇 권의 책을 읽었다. 읽고 나니 전에 보지 못하고 내가 지나쳐버린 것이 너무 많음을 배웠다. 그래서 다시 또 떠나고 싶다. 내가 읽은 이야기들을 여행의 현장에서 아이에게 들려주고 싶다. 소설가 김영하는 소설을 읽었다면 읽기 전으로는 돌아갈 수 없다고 했다. 그렇다. 이미 읽은 후라면 그 세계와 사유를 모르던 나로는 돌아갈 수가 없는 것이다.

내가 이렇게 몇 권의 책으로 얄팍하나마 더 자랐다고 믿는 것처럼 아이도 매일매일 자란다. 몸도 자라고 마음도 자라고 있을 거라 믿는다. 아이의 삶은 지금이 최고의 성장기니까. 아이가 중학교에 가면 어떤 사춘기를 맞을까. 아이가 고등학교에 간다면 그때도 나와 함께 여행을 떠날까. 의문이다. 지금까지 그랬듯 함께 떠날 수 있을 거라 확신할 수 없다. 더 커진 아이의 삶의 반경에 내가 얼마나 함께 할 수 있을지 알 수 없다. 내 자리를 대신할 무언가가 아이의 삶에 들어올 것이다. 그래서 어쩌면 아이와 여행은 이번이 마지막일 것 같은 느낌이 든다. '메멘토 모리'와 '카르페 디엠' 사이에서 다섯 번째 여행은 꼭 떠날 수 있기를 소망한다. 나의 이 시간과 아이의 지금 이 시간은 다시 없으니.

다섯 번째 여행은 다녀온 곳과 아직 가보지 못한 곳으로 갈 것이다. 다녀온 곳을 더 자세히 그리고 새로이 보고 싶어서 도착하는 도시와 출발하는 도시로 넣었다. 파리와 로마다. 조홍식 교수의 책 『파리의 열두 풍경』을 따라서 냉철한 지성이 살아 있는 파리의 거리를 아이와 함께 걸어보고 싶다. 로마의 보르게세 미술관에서는 카라바조의 그림 앞에서 좀 더 자란 아이의 서성거림을 보고 싶고, 꼬꼬마 아이가 슬라임을 터트리고 울었던 판테온과 나보나 광장에 다시 가 보고 싶다. 지난 여행에서 약속하고 온 시에나 캄포 광장의 만자의 탑에 올라가 보는 일, 하룻밤을 묵은 뒤 아시시의 아침 풍경을 보는 일도 이제는 지켜야 하겠지?

파리로 가는 기차 안에서만 본 플랜더스의 풍경. 아이와 함께 읽은 '플란더스의 개'의 네로가 걸었던 안트베르펜도 그때처럼 기차를 타고 다녀와야 할 것 같다. 그리고 아이가 가고 싶어 했던 포르투갈도 다섯 번째 여행지에 넣었다. 해가 길어 낮이 12시간이 넘도록 이어지는 여름날에 가야 할 것 같은 크로아티아, 마케도니아를 따라 내려가는 발칸반도의 여행과 북유럽 여행은 아이가 스스로 다녀올 때를 위해 남겨두고 싶다.

누군가 내게 말한다. " 또 나가?"라고.

앞서 말했듯이 나에게 떠나는 일이 한 번도 쉬웠던 적은 없었다. 이번에 역시 그러할 듯하다. 매월 얼마씩 여행 경비를 모으고 도시에서 머물만한 숙소를 찾으려 지도를 수도 없이 움직여본다. 다섯 번째 여행 준비는 지금까지의 보통 하던 여행 준비와는 비교하기 어려운 시간이다. 인류가 감당하기 어려운 전염병으로 인해 삶의 불확실성은 더 커졌고 그로 인해 여행을 떠난다는 일 자체가 과거의 여행보다 더욱 소중하고 감사한 일이 되었다. 어쩌면 여행을 가지 못할 수도 있지 않은가. 가끔 사 놓은 비행기표를 꺼내 본다. 비행기표를 열어 보면 여행의 설렘도 조건반사처럼 따라와 흐뭇하지만 한편으로 불확실성이 지배하는 이 시간의 흐름이 계속 이어져 이 티켓이 공항에서 쓰일 수 없을지도 모른다는 불안에 사로잡히기도 한다. 그러면 작은 목소리로 나직이 읊조린다. 어느 유명한 소설의 한 구절을 옮기듯.

"이 비행기 표가 무사하기를. 내 여행은 무사하니까."

아빠가 딸에게

"자 100걸음 찬스다. 업혀! 이제 몇 번 남았지?"

"두 번"

이 장면을 기억하는지 모르겠다. 매일 2만 보를 걷는 여행에 지친 너는 아침이면 깨워도 일어나지를 못했어. 첫 여행 때는 말이지. 그렇게 지쳐서 잠들었으면서도 아빠가 거실에 나와 있으면 새벽 어느 틈엔가 비몽사몽 거실로 나와 소파 침대에 누운 아빠 옆에서 잠들곤 했었어. 매일 피곤함에 쓰러지다시피 잠들었으면서도 '하기 싫다, 가기 싫다.'라는 불평 한마디 않던 너를 업고 유럽의 도시와 골목 골목을 다녔었어. 파리의 개선문과 노르르담 성당은 너를 업고 그 많고 높은 계단을 올랐었고. 시장으로 가던 길도, 놀이터에서 신나게 놀다 그린델발트로 올라가던 길에서도.

키가 좀 더 자라 떠난 여행에서는 너를 업고 피렌체 대성당 두오모 정상으로 오르는 좁다란 틈의 천정에 머리를 쿵 하고 박았었어. 그림에 지쳐 미술관 안을 허정허정 휘우뚱 걸어 다니기도 했지만 조금 더 보려고 하기도 했고, 또 어느 도시에서는 서로 가고 싶은 곳이 달라서 안 들어가겠다고 다투기도 한 것 같구나. 스트라스부르에서 콜마르로 가는 이른 아침엔 너무 예쁜 풍경을 그냥 보내기 아쉬워 곤히 잠든 너를 깨워 셀카봉으로 사진도 찍었지만, 여행 막바지로 갈수록 너도 지쳤었나 봐. 부다페스트의 해 질 녘 노을을 배경으로 사진 한 장만 더 찍자는 말에 인내심의 한계를 느낀 네가 카메라를 향해 울면서 괴물로 변신해 달려들었던 네 모습은 사진으로 고스란히 남았구나.

다시 떠올려 보니 지난 네 번의 여행에서 우리는 길을 잃은 적도 많았네. 지하철과 버스를 잘못 타서 전혀 엉뚱한 곳으로 가기도 했었다. 심지어 집으로 가는 버스가 없어 우리가 잘못 탄 버스는 산으로 올라가기도 했고, 컴컴해진 산 중턱에서 히치하이크로 겨우 집에 온 적도 있었네. 그래도 우리는 즐거운 일도 많았잖아. 이번 숙소 주인은 어떤 사람일까 하고 설레었고, 낯선 음식 앞에서 호기심 가득했고, 자유의 여신상과 피사의 사탑을 향해서는 어느 때보다 신나게 뛰어갔고, 아헨제에서 소나기를 맞으며 보트를 직접 운전할 땐 그 어떤 배의 선장보다 씩씩했고 멋있었어. 이제는 네 번의 여행 틈에서 많이 자란 너에게 길 찾는 걸 의지하며 다니는 여행으로 변했구나.

긴 비행 끝에 열흘 혹은 이십일만에 집에 돌아온 너를 본 엄마의 첫 말은 항상 "우와~ 많이 컸네."였어. 그래 그 말이 맞을 거야. 너는 그렇게 매일매일 조금씩 자라고 있는 거야. 이제 앞으로 더. 더. 자랄 거야. 그러는 사이 시간은 또 변해서 언젠가 네 스스로 너의 여행 계획을 세워 떠나는 날이 오겠지? 그땐 온전히 너의 삶을 사는 시간일 테고 너만의 여행을 하게 될 거야. 아빠는 그날을 기다리고 응원한단다.

사는 일이 징건하고 느글느글해질 때도 있을 거야. 우리가 사는 모습을 우리 안에서만 보면 지금 겪고 보고 느끼는 것이 정상이고 상식이라고 쉽게 믿어버리지. 그러나 바깥의 더 넓은 곳으로 나가 보면 또 달리 보이는 게 삶이거든. 우리는 얼마든지 다르게도 살아갈 수 있고, 우리의 생각과 행동도 지금과 다르게 바뀔 수 있지. 꼭 지켜야 할 정해진 답이라는 건 생각보다 그렇게 많지 않아. 여행을 통해 다르게 보는 눈을 찾아가는 거야. 여행의 순간과 시간을 발밤발밤 따라가면서 각양각색의 삶이 내는 새물내를 은성하게 맡아 볼 수 있기를 바래. 그러려면 책 읽는 것과 더불어 떠나는 여행을 멈추지 말았으면 좋겠어. 좋은 사람들을 만나서 속내를 털어놓으며 이야기할 수 있는 시간도 있어야 한단다.

그러면, 그렇게 되면 아마 삶이라는 전체가 보이지 않는 숲으로 걸어 들어가는 일이 가끔 외롭거나 슬프더라도 오래도록 힘들지만은 않단다. 여행을 떠나기 전날 밤이 고상고상한 이유는 아마 여행의 설렘보다 아빠가 마흔이 넘어 알게 된 이것을 너는 조금 더 빨리 알기를 간절히 바라는 마음이기 때문 일 거야.

이 소망이 아빠가 너와 함께 여행하는 이유란다.